metro

Celil Oker

Letzter Akt am Bosporus

metro wird
herausgegeben von
Thomas Wörtche

Zu diesem Buch

Remzi Ünal, Privatdetektiv in Istanbul, hat einen Fehler gemacht. Er hat eine junge, hübsche Schauspielerin nicht ernst genommen, die sich bedroht fühlte. Jetzt ist sie tot. Um sein Gewissen zu beruhigen und seine Ehre wieder herzustellen, macht sich Remzi an die Arbeit und sticht in ein Wespennest. Er dringt in das Szene-Milieu von Off-Theatern, dunklen Bars und obskuren Spielhöllen ein, um die Wahrheit herauszufinden. Denn nur die kann ihn retten. Istanbul, wie es nicht im Reiseführer steht.

»Celil Oker erweist sich mit seinen Remzi-Ünal-Krimis als präziser Beobachter der Türkei.« *Alexander Remler, Berliner Morgenpost*

»Eine spannende Geschichte, die wie nebenbei ein genaues Bild der Stadt und des Landes transportiert, einer Gesellschaft im Umbruch. So ethnografisch im besten Sinne kann Spannungsliteratur sein!«
Harald Loch, Saarbrücker Zeitung

Der Autor

Celil Oker, geboren 1952 in Kayseri, ist Journalist, Übersetzer und Leiter einer Werbeagentur. Als er die Ausschreibung zum ersten türkischen Preis für Kriminalliteratur »Kaktus« in der Zeitung las, beschloss er, seinen Traum zu verwirklichen, und schrieb »Schnee am Bosporus«. Er gewann den ersten Preis und hat inzwischen bereits fünf Bände der Remzi-Ünal-Serie veröffentlicht.

Im Unionsverlag sind außerdem lieferbar: »Schnee am Bosporus« und »Foul am Bosporus«.

Mehr über Buch und Autor im Anhang
und auf *www.unionsverlag.com*

Celil Oker

Letzter Akt am Bosporus

Ein Fall für Remzi Ünal

Aus dem Türkischen von
Nevfel Cumart

Unionsverlag

Die Originalausgabe erschien 2001
unter dem Titel *Rol Çalan Ceset* bei
Doğan Kitapçilik in Istanbul.
Deutsche Erstausgabe

Im Internet
Aktuelle Informationen,
Dokumente, Materialien
www.unionsverlag.com

Unionsverlag Taschenbuch 313

Rieterstrasse 18, CH-8027 Zürich
Telefon 0041-1-281 14 00, Fax 0041-1-281 14 40
mail@unionsverlag.ch

Reihengestaltung: Heinz Unternährer, Zürich
Umschlaggestaltung: Vanina Steiner, Zürich
Umschlagillustration: Ulrike Haseloff, Berlin
Druck und Bindung: Clausen & Bosse, Leck
ISBN 3-293-20313-2

Die äußeren Zahlen geben die aktuelle Auflage
und deren Erscheinungsjahr an:
2 3 4 5 6 - 08 07 06 05

1

Ich parkte meinen Wagen im Innenhof, der von hohen Mauern umgeben war. Der Pförtner mit dem prächtigen Bart eines Janitscharen winkte mich ein. Doch ich fuhr nicht auf den Platz, den er mir zuwies, sondern parkte aus Trotz im Schatten einer mächtigen Rosskastanie.

Ich zog die Handbremse an, blieb aber noch im Wagen sitzen. Ich rief mit dem Autotelefon jemanden an. Nicht um etwas zu erfahren, was ich nicht wusste, sondern um mir noch einmal bestätigen zu lassen, was ich wusste. Der Pförtner mit dem Bart eines Janitscharen schaute zu mir herüber. Worauf wartet der Kerl eigentlich noch?, schien er sich zu fragen.

Der Innenhof stand voll mit Autos, die allesamt neuer und schneller waren als meines und die das Herz eines Hotelpförtners höher schlagen lassen würden. Und sie alle waren sauberer.

Ich beendete das Telefongespräch ohne eine Floskel wie »Mach es gut«, »Wir sehen uns« oder »Bis dann also …«. Mein Gesprächspartner war jemand, der nicht auf Worte, sondern auf Taten Wert legte. Er schaute genau darauf, wie weit man ihm die Hand entgegenstreckte. Ich hatte ihn nicht enttäuscht letzte Nacht. Es war sowieso nicht mein Geld gewesen.

Dann stieg ich aus. Die Türen schloss ich nicht ab.

»Mit dem Aufzug in die letzte Etage«, sagte der Pförtner mit dem Bart eines Janitscharen.

»Sind viele Gäste gekommen?«, fragte ich ihn.

»Zum Geburtstag ihres Vaters waren es mehr«, meinte der Pförtner und blickte dabei durch das breite Tor des Innenhofs auf den Bosporus.

Ohne zu antworten, ging ich zum Fahrstuhl, der sich unten an einer steil aufragenden Stützmauer befand. Die Aufzugstür war aus Glas. Als ob sie die Gäste neugierig darauf machen wollte, was sie oben erwartete. Es gab nur drei Knöpfe. Ich tippte ganz leicht auf den obersten. Der Fahrstuhl fuhr ohne zu vibrieren hoch. Sobald man die Wände des Innenhofs unter sich ließ, eröffnete sich eine Aussicht auf den Bosporus, die einem den Atem stocken ließ, wenn man sie zum ersten Mal erlebte. Auch wer von Istanbul nur Fotos gesehen hatte, konnte die Burg Rumelihisar von hier aus erkennen. Der Fahrstuhl stieg immer höher. Man kam sich vor wie in einem abhebenden Hubschrauber. Die Erde blieb weit zurück, die Busse auf den Straßen verloren zusehends ihre imponierende Größe. Ich unterdrückte mein Verlangen nach einer Zigarette. Ich betrachtete das wunderbare Panorama und atmete tief ein und aus. Statt des Zigarettenrauchs schickte ich den ganzen Sauerstoff, den der angrenzende Wald und das Wasser des Bosporus in die Luft abgaben, in mein *Hara*.

Der Aufzug fuhr noch eine ganze Weile. Wenn man in den Hochhäusern gegenüber meiner Wohnung so lange mit dem Aufzug fahren würde, wäre man längst über die siebte Etage hinaus. Die Hausbesitzer hatten offenbar keine Höhenangst. Und die geladenen Gäste mussten sie eben unterdrücken. Ich horchte in mich hinein, verspürte keine Angst. Wenn der Gebetsrufer auf sein Minarett steigt und dabei keine Angst empfindet, dann habe ich auch keine.

Schließlich hielt der Aufzug an. Bevor ich ausstieg, blickte ich noch einmal auf den Bosporus. Wenn es doch nur nicht so schön wäre, sagte ich zu mir selbst.

Ich trat hinaus und blieb einen Moment in der Eingangshalle, die mindestens vier Mal so groß war wie in normalen Wohnungen. Eine Treppe führte noch eine Etage höher. Von dort konnte man Musik und Gesprächsfetzen hören. Ich ging die Treppe hinauf. Je höher ich kam, umso mehr nahm der Lärm zu. Oben gelangte ich zu einem Salon, der größer war als der Strafraum eines Fußballfeldes. Zunächst bemerkte mich niemand.

Aus den Lautsprechern dröhnte ein Song von Frank Sinatra. Es waren viele Gäste da, doch das Durchschnittsalter lag erheblich höher, als man es auf der Geburtstagsfeier eines zwanzigjährigen Mädchens erwarten würde. Sie waren in kleinen Gruppen im

Raum verteilt, unterhielten und bewegten sich leicht zum Rhythmus der Musik. Niemand beachtete die Skyline von Istanbul hinter der Glasfront, die die ganze Wand einnahm.

Als Erste sah mich Aylin Arabaci. Sie saß alleine auf einem Diwan für vier Personen.

Sie stellte ihr Glas auf dem Boden ab, stand auf und kam auf mich zu. Es schien sie nicht zu kümmern, dass man ihre Beine sehen konnte, weil ein paar Knöpfe ihres Rocks offen waren.

»Remzi Ünal«, sagte sie, »was für eine Überraschung.« Sie sah keineswegs überrascht aus.

»Manche Gäste erscheinen auch ohne Einladung«, entgegnete ich.

»Es tut mir Leid«, sagte sie. »Diese Geburtstagsparty war nicht meine Idee.«

»Wer immer es sich ausgedacht hat, es ist eine gute Idee.«

»Es war die Idee meines Vaters«, sagte sie. »Damit sich meine Stimmung bessert.«

»Und? Ist sie besser geworden?«

»Je länger ich mir die Leute hier ansehe, umso mehr muss ich an Erol denken«, sagte sie und führte die Spitze ihres Zeigefingers an die Zähne. »Wenn Sie ihn gekannt hätten, hätten Sie ihn bestimmt auch gemocht.«

Als ich Erol Kaşikçi zum ersten Mal begegnet war, lag er in einem Bett, auf dem vier Menschen locker Platz gehabt hätten. Er lag auf dem Rücken und starrte regungslos an die Decke. In seiner Schläfe gähnte ein Loch, in seiner Hand lag eine Pistole. Ich hatte Aylin Arabaci nichts davon erzählt.

Das Mädchen erinnerte sich wohl daran, dass sie die Gastgeberin war, und zog abrupt den Zeigefinger aus dem Mund. »Möchten Sie etwas trinken?«, fragte sie. »Die Bar ist gleich da drüben.«

Ich schüttelte den Kopf. Statt eines Drinks genehmigte ich mir die Zigarette, auf die ich im Fahrstuhl verzichtet hatte. Vielleicht würde ich später einen Kaffee finden.

»Geben Sie mir auch eine?«, bat mich Aylin.

Ich zog die Schachtel wieder aus meiner Tasche, hielt sie ihr hin und gab ihr Feuer. »Ich wusste nicht, dass du rauchst.«

»Ich wusste das auch nicht«, entgegnete Aylin, als sie nach dem ersten Zug den Rauch ausstieß. »Als ich Sie rauchen sah, hatte ich plötzlich auch Lust darauf.«

Ich ließ sie einen tiefen Zug nehmen. Dann fragte ich: »Gibt es hier einen Ort, wo wir uns unterhalten können und wo uns keiner der Gäste stört?«

Der Zigarettenrauch kam wie eine Wolke aus ihrem Mund. Aber sie hustete nicht. Sie schaute mich besorgt an. Ich hielt mich an meiner Zigarette fest. Das Mädchen überlegte eine Weile. »Lassen Sie uns in den Aussichtsraum gehen«, sagte sie und wies mit dem Kopf in eine Ecke des großen Salons. Ich nickte.

Aylin schaute sich um, als suche sie einen Aschenbecher. Niemand beobachtete uns. Sie verzichtete darauf, ihre Zigarette auszumachen. »Kommen Sie«, sagte sie mit gesenktem Kopf. Sie ging auf eine Tür zu, die sich am anderen Ende des riesigen Salons befand. Um nicht durch die plaudernden und mit Drinks in den Händen herumstehenden Leute hindurchzumüssen, gingen wir am Rande des Salons und an der Bar entlang. Ich vermied jeglichen Blickkontakt mit den Gästen. Aber mich beachtete sowieso niemand.

Aylin Arabaci legte die Hand auf den Türknauf, doch bevor sie die Tür öffnen konnte, ließ sie eine Stimme innehalten. »Wo geht denn das Geburtstagskind hin und lässt uns alleine?«

Wir drehten uns um.

Aysu Arabaci war so schick gekleidet, als würde sie sich um den Preis der bezauberndsten Frau auf der Geburtstagsparty bewerben. Während sie auf die Antwort wartete, führte sie ein Champagnerglas an die Lippen. Sie trug ein Marilyn-Monroe-Kleid, das an ihrem Körper klebte. Aylin Arabaci machte Anstalten, ihre Zigarette zu verstecken, ließ es dann aber sein. Ich nahm wortlos einen tiefen Zug aus der meinen.

»Möchte Remzi Bey dir dein Geschenk überreichen, ohne dass es jemand sieht?«, fragte Aysu nach einem großen Schluck. Irgendwie hatte sie Recht, aber ich hielt den Mund.

»Hast du viel getrunken, Abla?«, fragte Aylin ihre ältere Schwester. Ihre linke Hand lag noch auf dem Türknauf.

»Das ist die letzte Gelegenheit«, antwortete Aysu. »In den nächsten Monaten steht kein Geburtstag in der Familie mehr bevor.« Dann lachte sie vor sich hin, so als ob sie sehr viele wichtige Dinge wüsste, aber nicht darüber reden wollte.

Aylin schaute ihre ältere Schwester hilflos an. »Remzi Bey wollte sich ein wenig mit mir unterhalten«, sagte sie dann und blickte dabei auf ihre Hand am Türknauf.

»Wenn es nicht ganz, ganz, ganz geheim ist, kann ich dann mitkommen?«, fragte Aysu. »So langweilige Menschen wie auf dieser Party findet man selten.«

Aylin schaute mich an. Ich zuckte mit den Achseln. Es war mir egal. Wir gingen hinein. Als ich die Tür hinter uns schloss, war Frank Sinatra nicht mehr zu hören. Der Aussichtsraum war kleiner als der Salon und bot einen anderen Ausblick auf den Bosporus. Eine Wand war vom Boden bis zur Decke voller Regale. Darin Bücher, die alle mindestens dreißig Jahre alt waren. Davor stand ein antikes Schwert. Es hatte keine Scheide und glänzte im Licht. In der Mitte des Raumes stand ein modernes Teleskop auf einem Stativ. An der Wand gegenüber den Bücherregalen hing eine riesige Schwarzweißfotografie. Sie zeigte den Bosporus, der von diesem Raum aus aufgenommen worden war. Das Rohr des Teleskops war auf den Dolmabahçe-Palast gerichtet.

Ich fand einen Aschenbecher zwischen zwei Sesseln und drückte meine Zigarette aus. Dann ging ich an die Glasfront und blickte hinaus. Weit unter uns war ein Zierbrunnen zu sehen.

Ich drehte mich um. Aysu hatte sich in denjenigen der beiden Sessel gesetzt, der ebenso antik wie das Schwert war und nach draußen schaute. Ihre jüngere Schwester hatte sich an die Wand unmittelbar neben der Tür gelehnt.

Aysu nahm noch einen Schluck Champagner. Beide schauten mich an.

Beiläufig meinte ich: »Erol hatte diesen Brief offensichtlich nicht abschicken wollen.«

Die beiden Mädchen stießen im selben Augenblick einen überraschten Ausruf aus. Der von Aylin schien ein wenig kontrollierter zu sein. Ihre ältere Schwester schien auf das Panorama hinter meinem Rücken zu blicken. Dann wandte sie sich ihrer Schwester zu, als wollte sie sagen: Na komm schon, frag du.

»Ist der Brief jetzt bei Ihnen?«, fragte Aylin. Ihre Stimme war gefasster, als ich erwartet hatte. Sie ließ ihre Zigarette auf den Boden fallen und trat sie aus. So gefasst war sie anscheinend doch nicht.

»Der Brief ist an einem sicheren Ort«, antwortete ich. Das entsprach der Wahrheit.

»Haben Sie ... haben Sie ihn gelesen?«

»Nein«, antwortete ich. Das war eine Lüge. Eine große Lüge.

Aysu nahm dieses Mal einen großen Schluck aus dem Champagnerglas. Dann drehte sie es in der Hand hin und her, als ob sie zu verstehen versuchte, wie es so schnell leer werden konnte. Sie schaute mich an und fragte: »Und was passiert jetzt?«

»Ihre Schwester wird eine Entscheidung treffen«, antwortete ich. »Sie wird sich entscheiden, ob sie den Brief lesen will oder nicht. Ich weiß, das ist sehr schwierig, aber ...«

Aysu schnitt mir das Wort ab: »Ich bin mir nicht sicher, ob es überhaupt noch eine Bedeutung hat. Was geschehen ist, ist geschehen. Jemand ist gestorben, und wir Hinterbliebenen müssen damit zurechtkommen.« Dann fügte sie hinzu: »Entschuldige, Aylin.«

Aylin lehnte sich immer noch an die Wand. Vielleicht tat sie das, um nicht umzufallen. Ob sich ihre Gesichtsfarbe verändert hatte, konnte ich nicht feststellen.

»Ist der Junge denn umsonst gestorben?«, murmelte sie mit zusammengepressten Lippen. Und als ob sie mir und nicht ihrer älteren Schwester antwortete, fragte sie: »Wann kann ich den Brief lesen?«

Bevor ich etwas entgegnen konnte, ging die Tür auf. Alle drei blickten wir auf den eintretenden Mann.

Halim Kirbaç betrat den Aussichtsraum mit einem Lächeln auf dem Gesicht, als ob er sich sicher gewesen wäre, uns drei in einem völligen Durcheinander zu erwischen. In einer Hand hielt er ein Glas Whisky. Er hatte die Krawatte gelockert, sein rundliches Gesicht war gerötet. Auf seiner Stirn glitzerten Schweißperlen. Er trug einen schwarzen Anzug, der seine überzähligen Pfunde nicht verbergen konnte. »Was ist hier denn los?«, fragte er mit dem Gebaren des Partyclowns. »Was besprecht ihr hier hinten so klammheimlich?«

Er blickte zuerst mich an, dann Aylin und schließlich seine Verlobte, die ihr Gesicht verzog, sobald er den Raum betreten hatte. Als niemand einen Witz riss, wurde sein Gesicht ernst. »Aysu, gibt es irgendein Problem?«, fragte er.

»Remzi Bey hat Erols Brief gefunden«, antwortete sie. »Wir reden gerade darüber, ob Aylin ihn jetzt noch lesen soll oder nicht.«

»Nein«, warf Aylin ein. »Darüber haben wir nicht geredet. Ich hatte Remzi Bey gefragt, wann ich den Brief lesen kann.«

»Sind Sie sicher?«, fragte ich.

»Aylin!«, rief Aysu.

Kirbaç sagte kein Wort.

Aylin Arabaci beachtete ihre ältere Schwester nicht. Sie blickte mir in die Augen und wartete auf meine Antwort. Ich überlegte mir eine für alle drei: »Wenn Sie mir versprechen, dass ich ihn auch lesen darf, dann sofort.«

»Sie haben doch gesagt, dass Sie ihn nicht bei sich hätten«, warf Aysu Arabaci ein.

»Ich habe ihn nicht bei mir«, antwortete ich. Das entsprach der Wahrheit.

»Das ist bestimmt eine von diesen geheimnisvollen Privatdetektiv-Nummern …«, stieß Kirbaç hervor. Ich gab ihm keine Antwort und blickte zu Aylin.

»Was geschehen ist, ist geschehen«, sagte sie. »Sie haben sich so bemüht, diesen Brief zu finden, da haben Sie wohl auch ein Recht darauf, ihn zu lesen. Für mich ist das kein Problem.«

»Aber für mich ist das ein Problem«, sagte Aysu. Sie schob das Champagnerglas weg und erhob sich aus dem Sessel, in dem sie die ganze Zeit gesessen hatte. Sie schritt langsam in Richtung des Teleskops, wie eine Schauspielerin, die sich auf ein Stichwort hin zu einer wichtigen Gegenrede bereitmacht. Wir beobachteten, wie sie ihre Hand auf das glänzende Gehäuse des Teleskops legte. Wie eine Hausfrau, der missfiel, was sie sah, blickte sie auf ihre Finger, an denen sie Staub erwartete. Ohne mich anzuschauen, fragte sie: »Ich verstehe nicht, Remzi Bey, was Sie dadurch gewinnen, wenn Sie Geheimnisse erfahren, die eigentlich in unserer Familie bleiben sollten.«

Darauf hatte ich gewartet. Ich antwortete, ohne dabei Halim Kirbaç anzuschauen, der sich inzwischen auf Aysus Sessel gesetzt hatte: »Es könnte sein, dass ich früher oder später mit der Polizei reden muss. Und wenn es so weit ist, möchte ich etwas Vernünftiges in der Hand haben, was ich denen erzählen kann.«

»Wieso kommt denn jetzt die Polizei ins Spiel?«, fragte Kirbaç und inspizierte eingehend sein Whiskyglas.

Dieses Mal blickte ich ihm ins Gesicht. »Vergessen Sie nicht, dass Erol Kaşikçi nicht an einem Herzinfarkt gestorben ist«, antwortete ich. »Die Polizei hat da ihre eigenen Ansichten.«

»Na und? Was kann schon passieren?«, fragte er. Aysu schaute zuerst ihren Verlobten an und dann mich. Sie ging zur Bücherwand und lehnte einen Arm auf eines der Regale, als suche sie dort Halt.

»Passieren könnte Folgendes«, begann ich. »Irgendwann in den nächsten Tagen, vielleicht schon morgen oder übermorgen, könnte die Polizei vor der Tür stehen und fragen, was es denn mit dieser Briefgeschichte auf sich habe. Woher weiß ich, dass nicht jemand von Ihnen bei der Gelegenheit meinen Namen erwähnt?«

»Aber die Polizei konzentrierte sich doch darauf, mehr über Erols Arbeit in Erfahrung zu bringen, um seinen Selbstmord aufzuklären«, warf Kirbaç ein. »Die haben nicht einmal Aylin richtig befragt. Nehmen Sie sich nicht etwas zu wichtig?«

Ich verschwendete keinen Gedanken an die Frage, ob er mich reizen wollte. »Man kann nie wissen, wo die Polizei herumstochert«, gab ich zu bedenken. Ich legte eine Pause ein, damit die folgenden Worte eine größere Wirkung hatten. Alle drei sahen mich an, als ich fortfuhr: »Und außerdem hat jemand aus diesem Haus schon vor mir mit der Polizei gesprochen«, sagte ich langsam und betonte dabei jedes einzelne Wort. »Ich möchte auf sicherem Boden stehen, wenn ich bei der Polizei an der Reihe bin.«

Drei Bewegungen fanden zur selben Zeit statt. Halim Kirbaç legte die Hand an die Stirn. Aylins Beine gaben nach, und sie hockte sich auf den Fußboden. Aysu wandte sich ab und lehnte ihren Kopf an die dicken Buchrücken im Regal. Ich machte einen Schritt auf Aylin zu. Sie hielt mich mit einer Handbewegung auf. »Nein, nein«, sagte sie. »Es ist nichts. Es ist alles in Ordnung.«

Sie stützte sich an die Wand neben der Tür und richtete sich auf. Nachdem sie ihr Gleichgewicht einigermaßen gefunden hatte, ging sie mit unsicheren Schritten zu dem Hocker, auf dem das Champagnerglas stand. Als sie sah, dass es leer war, zog sie ihre Hand zurück.

Kirbaç hatte begonnen, sich die Stirn zu reiben.

Aysu stand reglos mit dem Rücken zu uns.

Aylin ergriff als Erste das Wort: »Wer? Wer hat mit der Polizei gesprochen? Was hat er gesagt?«

Kirbaç hörte auf, sich die Stirn zu reiben. Aysu drehte sich wieder um. Alle drei sahen mich an, als wäre ich ein Richter, der ein Urteil über sie fällen würde.

Natürlich war ich kein Richter oder etwas Ähnliches. Ich war nur ein Privatdetektiv, der bei seiner Arbeit keinen Ärger am Hals haben wollte. Damit ich sie alle drei sehen konnte, ging ich langsam zurück und lehnte mich mit dem Rücken an die Glasfront mit dem Bosporus-Panorama dahinter.

»Ich weiß nicht, wer mit der Polizei geredet hat«, sagte ich.

»Mein Informant hat es mir nicht verraten. Jemand hat aber der Polizei gesteckt, dass der Tod von Erol Kaşikçi kein Selbstmord sei und dass das Ganze mit einem Brief zusammenhängen könnte, der verschwunden sei. Diese Person könnte der Polizei beim nächsten Mal auch zuflüstern, dass ich ins Spiel gebracht worden bin, um diesen verschwundenen Brief zu finden. Wer weiß, vielleicht hat diese Person es bereits verraten. Dann wird natürlich der Inhalt des Briefes sehr wichtig für mich.«

»Inwiefern?«, fragte Kirbaç.

»Wenn es tatsächlich kein Selbstmord gewesen ist, sondern Mord, dann verrät vielleicht der Inhalt des Briefes, wer der Mörder ist«, antwortete ich. »Oder man kann vielleicht aus dem Inhalt des Briefes auf den Täter schließen.« Bei meinem letzten Satz schaute ich Aylin Arabaci an.

»Ich bleibe bei meinen beiden Entscheidungen«, sagte sie. »Ich möchte Erols Brief lesen und ich erlaube Ihnen, ihn danach ebenfalls zu lesen.«

Ich hatte nicht erwartet, dass sie ohne zu zögern antworten würde.

»Ich möchte mich da nicht einmischen, aber sollten wir nicht zuerst einen Anwalt fragen?«, warf Kirbaç ein.

»Oder meinen Vater«, fügte Aysu hinzu. »Wenn du unbedingt nicht auf mich hören willst …«

Ich unterließ es, Aylin einen Vorschlag zu machen.

»Die ganze Sache soll endlich ein Ende haben«, sagte sie. Sie wirkte müde und niedergeschlagen. »Wo immer dieser Brief auch stecken mag, holt ihn raus, damit das Ganze endlich ein Ende hat.« Dann wandte sie sich an ihre ältere Schwester: »Ich weiß, dass du mich schützen willst, aber ich ertrage es nicht mehr. Ich will nicht, dass es sich noch tagelang hinzieht, es soll endlich Schluss sein damit.«

»Halim hat Recht«, sagte Aysu in dramatischem Tonfall. »Wir sollten zuerst einen Anwalt fragen. Wer weiß, vielleicht kannst du später sowieso einen brauchen.«

»Was soll das denn heißen?«

»Hast du nie an die Möglichkeit gedacht, dass Erol in seinem Brief auch dich belasten könnte?«, fragte Aysu. Dann atmete sie heftig aus, sichtlich erleichtert darüber, das ausgesprochen zu haben, was in ihrem Kopf vorging.

»Was soll das denn heißen?«, fragte Aylin ein zweites Mal.

»Sei nicht so kindisch«, fuhr ihre ältere Schwester fort. »Unter Umständen kommt die Polizei zu dem Schluss, dass auch du ein Motiv gehabt haben könntest, Erol zu ermorden. Und das denkt vielleicht auch unser schlauer Privatdetektiv.«

»Aber ich bin doch an jenem Tag nicht einmal bei Erol gewesen«, antwortete Aylin. Sie schien völlig ruhig, als würde es sie gar nicht stören, dass jemand so eine Möglichkeit in Erwägung zog.

»Das ist deine Aussage«, erwiderte Aysu und fuhr mit der Hand über die dicken Bücher.

Aylin schaute mich an. Ich schwieg, holte nur meine Zigaretten aus der Tasche.

Halim Kirbaç stieß einen scharfen Pfiff aus. Dann nahm er einen Schluck Whisky. Er schüttelte den Kopf hin und her, als wüsste er nun Bescheid.

Aysu wandte sich ihrem Verlobten zu und sagte: »Wenn dich hier etwas stört, dann kannst du den Raum verlassen, Halim.«

»O nein, mein Liebling«, erwiderte er. »Ich amüsiere mich. Das ist wie in einem Krimi.«

Ich zündete eine Zigarette an.

Er fuhr fort: »Gleich wird unser Privatdetektiv Remzi Ünal lang und breit alle Beweise aufzählen und schließlich belegen, dass einer von uns dreien den Mord begangen hat.«

»Das fällt mir nicht im Geringsten ein«, erwiderte ich nach dem ersten Zug. Ich hatte wirklich nicht die Absicht.

»Aber ich bin jetzt richtig neugierig, ob Aylin am besagten Tag bei Erol gewesen ist oder nicht«, sagte Halim Kirbaç.

»Hört auf mit diesem Blödsinn«, empörte sich Aylin. »Ich habe doch gesagt, dass ich nicht hingegangen bin. Wenn ich mich vor etwas fürchten müsste, warum würde ich dann erlauben, dass auch Remzi Bey den Brief liest?«

»Aber Sie könnten hingegangen sein«, sagte ich zu Kirbaç.

»Hoppla!«, rief er aus.

»Ich weiß, dass Sie an jenem Tag nicht in Izmir gewesen sind«, fuhr ich fort.

»Halim, was erzählt er da?«, fragte Aysu.

»Ach, der spinnt«, sagte er. »Aysu, der spinnt sich etwas zurecht. Wer will, kann Tankut anrufen und ihn fragen.«

»Ich habe angerufen«, entgegnete ich.

»Und? Was hat er Ihnen gesagt?«

»Halim ist hier gewesen, wir haben sogar gemeinsam Fleischspieße gegessen«, antwortete ich.

»Na also! Was wollen Sie noch mehr?«

»Ich habe ihm nicht geglaubt.«

»Und warum nicht?«

»Als wir uns das erste Mal getroffen haben in Ihrer Wohnung, da haben Sie sehr ausführlich über Ihre Reise nach Izmir erzählt, sogar über das, was Sie dort gegessen haben. Damals war Fisch auf Ihrem Speiseplan.«

»Halim!«, schrie Aysu wieder auf.

»Ich kann das alles erklären, Aysu«, sagte Kirbaç mit einer Stimme, die niemanden im Raum überzeugen konnte.

»Du brauchst das nicht zu erklären«, schrie Aysu. »Wenn du unfähig bist, dich mit deinem lügenden Zeugen korrekt abzusprechen, was du gegessen hast, dann brauchst du nichts mehr zu erklären! Sonst reitest du dich noch mehr in die Scheiße!«

»Aysu! Das war aber wirklich unpassend!«

»Die Zeit der schönen Worte ist schon lange vorbei, Halim! Wenn du nicht nach Izmir gefahren bist, wie du gesagt hast –«

Es wurde Zeit, sie zu unterbrechen. »Kann er denn nicht Erol von Izmir aus angerufen haben?«, fragte ich.

»Aber du hattest mir doch erzählt, dass …«, sagte Aylin verwundert. Sie brach ab, um die ganze Angelegenheit nicht noch mehr durcheinander zu bringen.

»Es stimmt auch nicht alles, was Ihre ältere Schwester erzählt«, sagte ich.

Aysu fuhr mit der Hand über ihr enges Marilyn-Monroe-Kleid und strich sich über den Nacken. Sie stand da wie ein Model, ein Bein vor dem anderen. Mit einem Ellenbogen lehnte sie sich an das Bücherregal. »Und was ist sonst noch unwahr von dem, was ich erzählt habe, Remzi Bey?«, fragte sie und funkelte mich an.

Ich zögerte noch, das zu sagen, was ich zu sagen hatte. Dann sah ich zu Aylin. Das Mädchen schaute wie erstarrt ihre ältere Schwester an. Sie war schon verwirrt genug und tat mir Leid. Ich nahm noch einen tiefen Zug aus der Zigarette und ließ die Asche einfach auf den Boden fallen. Niemand schien sich daran zu stören. Sie hatten andere Sorgen.

»Die Operation, die Sie zwei Tage nach Neujahr hatten, war eine Abtreibung«, sagte ich, »und kein Myom, wie Sie behaupteten.«

Halim Kirbaç schrie nicht »Aysu!«. Auch wenn er überrascht war, ließ er es sich nicht anmerken.

Stattdessen schrie Aysu: »Du Schuft!«

Ich nahm noch einen Zug von meiner Zigarette.

»Du Schuft!«, schrie Aysu. »Du elender Lügner. Du hast den Brief gelesen, nicht wahr?«

Ich schüttelte nur den Kopf. Wenn ich gewusst hätte, was jetzt kommen sollte, hätte ich es nicht beim Kopfschütteln belassen. Aysu Arabaci ergriff das Schwert, das vor dem Regal stand. Ihre Augen schossen funkelnde Blitze. Sie richtete die Spitze des Schwertes direkt auf mich. Ich konnte erkennen, wie scharf die Klinge war.

Wenn sie das Schwert hoch geschwungen hätte, um mir den Kopf abzuschlagen, wäre es einfacher gewesen. Ich hätte mit einer Variation des *Irimi* unter ihren Arm gelangen und sie sanft außer

Gefecht setzen können. Dann wäre die ganze Angelegenheit harmlos ausgegangen.

Wer weiß, wie viele Bäuche dieses Schwert schon aufgeschlitzt hatte. Jetzt aber kam es ohne zu zittern direkt auf mein *Hara* zu. Als ob mein Körper all die Stunden, Tage, Monate und Jahre in dem nach Schweiß riechenden *Dojo* auf so einen Augenblick gewartet hätte, nahm er ohne auf einen Befehl meines Gehirns zu warten ganz von selbst einen *Tenkan* ein. Als mein linker Arm von oben auf die stumpfe Seite des Schwerts hinabstieß, ging mein rechtes Bein von selbst nach hinten. Mein ganzes Gewicht lag auf dem linken Bein. Ich vollzog eine schnelle Körperdrehung. So konnte ich mich aus der Stoßrichtung entfernen und Aysu gleichzeitig dazu einladen, ihre Bewegung mit unverminderter Geschwindigkeit fortzusetzen.

Auf ihrem Weg befand sich nur die über die gesamte Wand reichende Glasfront mit dem Bosporus-Panorama dahinter.

Sie konnte nicht stoppen.

Daran konnte neben meinem *Tenkan* auch ihr enges Marilyn-Monroe-Kleid Schuld haben. Zuerst stieß die Spitze des Schwertes gegen die Scheibe. Es schien, als ob das Glas standhalten würde. Aber der Wucht des Körpers, der dem Schwert folgte, hielt es nicht mehr stand.

Als ich meine Bewegung abgeschlossen hatte, stand ich so, dass ich in die selbe Richtung wie meine Gegnerin blicken konnte. Genauso wie es mein *Sensei* immer wieder betonte. Aber was ich sah, gefiel mir ganz und gar nicht. Das Zerbrechen des Glases und die Schreie hörte ich nicht. Ich sah nur Glassplitter, die der Schwerkraft nicht standhielten, und eine junge Frau, die wie verrückt mit den Armen um sich schlug.

Als ob ich die beiden Menschen hinter mir vor einem Sturz bewahren wollte, breitete ich meine Arme weit aus. Die Bosporus-Luft drang in meine Nase. Instinktiv sog ich die saubere Luft tief ein und füllte mein *Hara* damit, das knapp der Spitze des Schwertes entronnen war.

Ich blickte nach unten, die Arme immer noch weit ausgebreitet.

Der Körper im engen schwarzen Kleid war neben den kleinen Zierbrunnen gefallen. Der Kopf und die Arme lagen in Richtung des Brunnens, die Beine waren unnatürlich verdreht. Um den Kopf herum wurde alles rot.

Das Schwert war nirgendwo zu sehen.

Ich trat zurück in den Raum. Aylin Arabaci hatte ihren Kopf an Halim Kirbaçs Schulter gelehnt. Bewegungslos stand sie da, als könne sie sich nicht von der Stelle rühren. Der Mann hatte seine Hand auf ihre Schulter gelegt.

Ich wartete schweigend. Mir fiel nichts ein, was ich hätte sagen oder tun können. Der Wind, der in den Raum eindrang, schien Aylin wieder zu sich gebracht zu haben. Sie hob ihren Kopf und schaute mich an. »Hat sie Erol getötet?«, fragte sie mich. Ihre gleichmütige Ruhe war verblüffend.

Ich sagte die Wahrheit. »Ich weiß es nicht.«

»Sie muss es wohl getan haben«, sagte sie.

»Ich weiß es nicht«, antwortete ich noch einmal.

Das war die Wahrheit. In Erol Kaşikçis Brief befand sich kein Hinweis auf jemanden, der ihn ermorden wollte. Es war nur ein Brief, in dem er um Verzeihung bat, dass er mit der älteren Schwester seiner Verlobten geschlafen hatte. Man brauchte den Brief jetzt auch nicht mehr zu lesen.

Halim Kirbaç stand einfach nur mit offenem Mund da und blickte ins Leere. Dann ging die Tür auf, und viele Menschen stürmten in den Raum.

Natürlich war es ein Unfall. Ein bedauerlicher, unerwarteter und schockierender Unfall. Aysu Arabaci hatte uns zeigen wollen, was sie vor zwei Jahren im Fechtunterricht gelernt hatte. Weil sie vom Alkohol etwas benebelt war, verlor sie das Gleichgewicht und stürzte sieben Stockwerke in die Tiefe. Gleich würde die Ambulanz mit dem Notarzt kommen, die Journalisten und auch die Polizei. Wir glaubten daran, dass es ein Unfall war, also würden sie es auch glauben.

Die Geburtstagsparty einer jungen und hübschen Frau aus der Istanbuler Society endete als »Party des Schreckens«.

Mein Name stand sowieso nicht auf der Gästeliste. Und den Pförtner mit dem prächtigen Bart eines Janitscharen würde niemand fragen, ob ein Mann mit mürrischem Gesicht in ungebügelten Hosen dem Geburtstagskind ein Geschenk vorbeigebracht hatte.

2

Ich verabscheute es, das Leben anderer Menschen zu verändern. Ja, ich war es leid. Ich habe längst vergessen, wie oft ich mir das selbst schon gesagt habe. Mehr noch als die Veränderung, die ich herbeiführte, hasste ich es, dem Leben anderer Menschen ein Ende zu bereiten.

Die beste Methode, um zu vermeiden, das Leben anderer Menschen zu verändern, war Schlaf. Ich ging nach Hause und schlief. Ich schaute weder auf die Uhr, noch schaltete ich den Fernseher ein. Kaum hatte ich die Wohnung betreten, warf ich meine Kleider in eine Ecke, legte mich aufs Bett und schlief ein. Ein anderer wäre wahrscheinlich nicht eingeschlafen.

Ich sah weder ein spitzes Schwert auf mich zukommen, noch erschien mir Marilyn Monroe im Traum. Ich schlief tief und fest. Und sehr lange.

Ich schlief so lange, bis mich die verrückte Musik aus der Stereoanlage des Jungen in der Wohnung über mir weckte. Als ich die Augen öffnete, verspürte ich Hunger. In Unterhose und Unterhemd ging ich in die Küche und fand etwas altes Brot und Schafskäse, der schon ganz trocken war, weil ich ihn offen draußen hatte stehen lassen. Ich setzte mich an den kleinen Tisch und aß mein karges Mahl, während ich die Kratzer auf dem mit Kunstharz beschichteten Tisch zählte. Dann legte ich mich wieder ins Bett und schlief. Ich stand auf, pinkelte und legte mich wieder hin. Das Telefonklingeln weckte mich. Ich ging nicht ran.

Der Anrufbeantworter sprang an. Ich lag im Bett, blickte an die Decke und lauschte der Stimme der Frau, die mir eine Nachricht hinterließ. Ihre Stimme war zittrig, und gegen Ende der Nachricht begann sie zu weinen. Sie versprach mir einen Betrag in Höhe der Jahresmiete meiner Wohnung, wenn ich ihren drogenabhängigen Sohn finden und ihn vor seinen schlimmen Freunden bewahren würde.

Ich war jetzt nicht mehr müde, blieb aber trotzdem im Bett liegen.

Ich schlug die Decke beiseite. Ich lag auf dem Rücken, breitete die Arme aus und schloss die Augen. Das Einzige, was mir einfiel, war zu atmen, immer wieder tief ein- und auszuatmen. Ich zog die abgestandene Luft im Zimmer so oft tief in die Lunge, bis mir schwarz vor den Augen wurde. Ich hielt die Augen geschlossen und versuchte mir vorzustellen, was ich sehen würde, wenn ich beim Landeanflug auf den Flughafen Zürich aus dem Cockpit einer Boeing 747 nach draußen schauen würde. Aber es gelang mir nicht.

Wieder klingelte das Telefon, wieder ging ich nicht ran. Als er den Beantworter hörte, legte der Anrufer am anderen Ende auf.

Schließlich stand ich auf. Ich streifte mir etwas über, machte mir einen Kaffee und schaute aus dem Fenster. Draußen war es mittlerweile so dunkel wie immer zu der Tageszeit, in der die Menschen in ihre Wohnungen heimkehrten. Ich hatte Hunger, und weil ich das Elend in meinem Kühlschrank schon kannte, bestellte ich telefonisch ein Fladenbrot mit Hackfleisch, dazu zwei Joghurtgetränke.

Ich schaltete den Fernseher ein, suchte den Sender *Fashion TV* und drehte den Ton ab. Die Models liefen unaufhörlich auf und ab. Das Telefon klingelte wieder. Ich ging nicht ran.

Als der Anrufbeantworter ansprang, hörte ich die verärgerte Stimme meines Freundes aus der Werbebranche. »Nun geh schon ran. Nimm endlich ab, ich weiß, dass du zu Hause bist. Ich habe vorhin schon angerufen, und da war besetzt.«

Die Models gingen auf dem Laufsteg immerzu auf und ab. Ich blieb regungslos sitzen.

»Mensch, nun nimm doch schon ab, lass uns ein paar Sätze miteinander reden.«

Ich ging nicht ran. Ich dachte, wenn ich erst anfange zu reden, dann würde ich vielleicht nicht aufhören können …

»Okay, ich gebe auf! Wenn du wieder in besserer Stimmung

bist, dann ruf mich doch bitte an. Ist das klar? Ruf mich auf jeden Fall an. Wenn du das nicht tust, dann schalte ich deine Anzeige nicht mehr, klar?«

Wenn du die Anzeige nicht mehr schalten willst, dann lass es sein, sagte ich zu mir selbst.

Er hatte mir ein schönes Inserat gestalten lassen und es im Anzeigenteil der Tageszeitung *Hürriyet* platziert. Wir hatten uns näher kennen gelernt, als ich einen kleinen Auftrag für ihn erledigte. Als Geste des Dankes bekam ich die Anzeige zu einem sehr ermäßigten Preis. Und wenn ich mal vergaß, die Rechnung zu bezahlen, dann lief er der Sache auch nicht hinterher. Das Inserat stach in der Rubrik »Ermittlungen und Nachforschungen« hervor und sorgte dafür, dass mein Telefon häufig genug klingelte und ich nie ohne Aufträge blieb. Es gab sogar einige Kollegen in der Branche, die mein Inserat kopierten.

Wenn du die Anzeige nicht mehr schalten willst, dann lass es. Das kommt mir sehr gelegen.

Wenn es so viel Schmerz und Leid bereitet, das Leben anderer Menschen zu verändern, dann wäre es vermutlich gut, mein eigenes Leben zu ändern.

Die Models auf *Fashion TV* gingen weiter auf und ab. Mit unerschöpflicher Energie, mit endlosem Lächeln auf den Gesichtern und mit ständig neuen verrückten Klamotten. Ich hatte nicht den Mut, mir die Nachrichten anzuschauen.

Etwas später klingelte es an der Tür. Ich nahm mein Fladenbrot mit Hackfleisch von einem Botenjungen aus dem Kebap-Imbiss entgegen. Der Junge trug eine Uniform im Stil eines Pizza-Hut-Auslieferers. Ohne auf das Wechselgeld zu warten, machte ich ihm die Tür vor der Nase zu. Bevor ich das fettige Päckchen auf den Tisch legen konnte, klingelte es erneut an der Tür.

»Das ist schon in Ordnung«, brüllte ich. Es klingelte nicht noch einmal.

Ich öffnete das Päckchen und aß das fettige, mit zu wenig Hackfleisch belegte Fladenbrot. Es schmeckte, als wäre es wieder aufgebacken worden. Ohne mir die Hände zu waschen, ging ich zurück ins Bett. Der Fernseher blieb an, die Models auf *Fashion TV* gingen auch ohne mich weiterhin auf und ab.

Als ich aufstand, fühlte ich mich etwas besser. Aber ich mochte mir noch immer keine Nachrichten ansehen. Ich schaute auch nicht vor die Wohnungstür, ob der Junge aus dem Krämerladen mir meine Zeitung und mein Brot schon hingestellt hatte. Nach zwei Tassen Kaffee und zwei Zigaretten hintereinander war mein Kopf wieder einigermaßen in Ordnung. Ich trank Kaffee und schaute dabei den Models zu, die immer noch auf dem Laufsteg auf und ab gingen. Ich war nicht in der Verfassung, wieder ins Bett zu gehen. Zu tun hatte ich auch nichts. Also setzte ich mich an den Computer und flog ein wenig herum.

Die technischen Tricks des Flugsimulators reichen an die Atmosphäre bei einem echten Flug nicht heran. Nun gut, das Programm kommt der Realität sehr nahe, es ist mehr als ein Spiel und kann Reaktionen auslösen, wie sie auch in Wirklichkeit vorkommen. Und wenn man den Realitätsmodus auf die höchste Stufe stellt, dann kann einem alles widerfahren, was auch im Flugzeug hoch über den Wolken passieren kann. Trotzdem reicht der Flugsimulator an einen echten Flug nicht heran. Zum Beispiel vibriert der Sessel unter einem nicht, die Sonne blendet die Augen nicht, die Schweißperlen auf der Stirn sind nicht echt. Und ganz egal wie schnell die Anzeigen sich bewegen, man kann jederzeit in die Küche gehen und sich einen Kaffee holen.

Im Programm des Flugsimulators fehlt auch der Applaus, den man bei manchen Flügen von hinten hören kann, sobald die Räder bei der Landung aufsetzen. Es gibt nur das, was man vor sich hat: eine Tastatur und einen Bildschirm.

Ich weiß nicht, warum, aber ich traute mich nicht an die Flugzeuge heran, die zu fliegen meine Lizenz als Berufspilot mir erlaubte, bevor sie für ungültig erklärt wurde. Ich begnügte mich mit einer Cessna 182 RG und flog unter Sichtbedingungen zwischen den Flughäfen Meigs und O'Hare International hin und her. Bei einem von zwei Landemanövern ging die Maschine zu Bruch.

Im Programm des Flugsimulators gibt es auch keinen Inspekteur, der nach dem Preis des abgestürzten Flugzeugs fragt.

Als das Telefon klingelte, war ich nicht verärgert über mich, sondern über den Wind, der ablandig wehte. Ich verließ meine Cessna bei 030 »heading« und ging ans Telefon.

»Na endlich«, rief mein Freund.

Ich brummte etwas Unverständliches.

»Was hast du?«

Wieder brummte ich in den Hörer.

»Du kommst doch zum Training, oder?«, wollte er wissen.

»Ich komme«, antwortete ich kurz angebunden.

»Danach gehen wir noch los, gemeinsam etwas essen.«

Ich brummte.

»Schon kapiert. Du bist nicht in der richtigen Stimmung«, sagte mein Freund aus der Werbebranche. »Aber komm doch zum Training. Ich habe demnächst meine Prüfung. Lass uns gemeinsam üben, okay?«

»Dann üben wir gemeinsam.«

»Wir sehen uns.«

Nachdem ich den Hörer aufgelegt hatte, schaute ich zum ersten Mal nach meiner Rückkehr in die Wohnung auf die Uhr. Dann sah ich aus dem Fenster. Es war ein ruhiger Abend. Ich atmete tief durch und ging in das Gästezimmer, das nie benutzt wurde. Dort hatte ich meinen *Gi* zum Auslüften aufgehängt. Ich packte ihn ein. Er lüftete schon eine Woche dort. Eigentlich müsste er mal wieder gewaschen werden.

Mein Freund aus der Werbebranche wollte einen höheren Grad erreichen. Wir hatten uns kennen gelernt, als wir gemeinsam mit dem Aikido begonnen hatten, nur legte er beim Training im *Dojo* dieselbe Disziplin an den Tag wie bei seiner Arbeit. Und ehe ich michs versah, bestand er mit Erfolg die erste Prüfung und war mir voraus. Bei der Eröffnungs- und Abschlusszeremonie des Trainings standen nun andere Menschen in den Reihen zwischen ihm und mir.

Ich freute mich darüber, dass ich ihm bei seiner Prüfung helfen und er danach noch etwas weiter entfernt von mir stehen würde.

Als ich die Wohnung verließ, schaltete ich den Computer nicht aus. Ich war neugierig, wohin die Cessna bei 030 »heading« fliegen würde, falls der Strom nicht ausfiel. Ohne das Autoradio einzuschalten, fuhr ich zu der Trainingshalle. Sie gehörte zum Vereinslokal der Absolventen einer Eliteschule. Hier hatte ich einst das Leben einer jungen Frau und eines zornigen Mannes verändert.

Es wurde ein interessantes Training.

Die Fragen meines Freundes, des *Sensei* und der anderen Bekannten, wo ich denn so lange gesteckt hatte, beantwortete ich mürrisch und knapp. Während der Aufwärmübungen blickte ich kein einziges Mal in die Spiegel, die für die Frauen da waren, welche in derselben Halle Aerobic betrieben. Der *Sensei* rief meinen Freund und mich vor dem Training zu sich. Er erläuterte noch einmal alle Übungen, die bei der Prüfung absolviert werden mussten, und ließ uns dann alleine. Wir führten die Übungen durch und warfen uns abwechselnd auf die Matte.

Vor allem war ich froh darüber, dass ich nicht das Mädchen, das neu angefangen hatte, als Trainingspartnerin bekommen würde. Inmitten der Trainierenden in ihren weißen *Gis,* die schon länger dabei waren, fiel sie durch ihre ungeübten Bewegungen auf und durch ihr hautenges schwarzes Trikot, das zu ihrer Haarfarbe passte. Im Allgemeinen gaben die Neueinsteiger zunächst kein Geld für einen weißen *Gi* aus, bevor sie nicht zwei-, dreimal zum Training gekommen und sich an die Würfe und Rollen vorwärts und rückwärts dieses Kampfsports gewöhnt hatten, der eigentlich gar keiner Kampfsportart ähnelte. In ihren Bodys, den Fußball- und Basketballtrikots ärgerten sie sich, dass sie so erst recht wie Anfänger wirkten. Und nach jedem Wurf auf die Matte horchten sie in sich hinein, ob sie auch wirklich weitermachen wollten. Diejenigen, die sich dazu entschlossen, fragten nach dem Duschen fast beschämt, wo man diese weißen Kittel kaufen konnte. Die Erfahreneren unter uns antworteten meistens: »Ach so, wir nennen sie *Gi*« und beschrieben die Sportgeschäfte in der Nähe des Postamtes im Stadtteil Eminönü.

Ob dieses Mädchen weitermachen und sich einen *Gi* kaufen würde, wusste ich nicht. Aber ich war mir sehr sicher, dass sie es bereits bedauerte, bei diesem ersten Training ein so enges Trikot angezogen zu haben. Das Ding, dass sie trug, ähnelte mehr einem Tight, das bei modernen Ballettaufführungen getragen wurde. Es zeichnete alle ins Auge stechenden Rundungen ihres Körpers nach. Jedes Mal wenn sie fiel, zog sie das Oberteil nach unten und bemühte sich, möglichst wenig von ihrem Körper zu zeigen, bevor sie erneut auf die Matte fiel.

Aber soweit ich aus den Augenwinkeln erkennen konnte, bot sie eine gewisse elegante Erscheinung, wenn sie zu Boden ging. Anscheinend beherrschte sie ihren Körper. Sie führte die Übungen nach den Anweisungen des Meisters gemeinsam mit einem Fortgeschrittenen aus und lauschte den Anweisungen des Meisters mit einem Gesichtsausdruck, der vermuten ließ, dass sie wusste, wie wichtig es war, sie sogleich umzusetzen. Dieses Mädchen wird weitermachen, sagte ich mir.

Auch wir machten weiter. Ohne Pausen und Unterbrechungen übten wir die Techniken, führten unablässig ein *Omote* und anschließend ein *Ura* aus.

Wenn ich mit diesen Übungen in die Prüfung ginge, würde sogar ich einen Grad höher aufsteigen. Ich war auch gut, genauso wie mein Freund aus der Werbebranche. Für jemanden, der mitten im Arbeitsleben stand und ständig neue Kunden finden musste, war das sogar sehr gut. Ohne auch nur ein einziges Mal in die Spiegel zu schauen, warfen wir uns gegenseitig auf die Matte.

»Du gehst heute sehr hart ran«, beschwerte sich mein Freund.

»Kümmere dich um deinen Kram und mach weiter«, erwiderte ich. »Du bist derjenige, der in die Prüfung geht.«

»Aber wir werden auch dich dort sehen.«

Ich gab ihm keine Antwort.

Wir bemerkten erst beim zweiten Mal, dass der *Sensei* in die Hände geklatscht hatte, um die Übung zu beenden. Wir knieten uns auf die Matte. Wie immer nach einem anstrengenden Training waren wir völlig ausgepumpt. Aber wir spürten auch die Energiereserven in unserem Körper.

Alle anderen in der Gruppe beobachteten uns. Das Mädchen, das neu angefangen hatte, sah meinen Freund aus der Werbebranche an.

Die anderen machten wieder weiter. Wir knieten am Rande der Matten, die Hände auf den Knien, und verfolgten, wie sich das Tempo unseres Atmens verlangsamte. Mein Freund schlug mir auf die Schulter und stand auf, um mit dem Meister einige Details wegen der Prüfung zu klären. Ich bewegte mich nicht vom Fleck, denn wenn ich aufstand, würde man vielleicht darüber sprechen wollen, wann denn meine Prüfung anstand. In diese Falle würde ich nicht tappen. In den letzten Tagen war ich oft genug reingefallen.

Im Umkleideraum hielt ich an meinem Schweigen fest. Ich lachte nicht über die Witze der nackten Männer. In aller Ruhe zog ich mich nach dem Duschen an, als ob ich danach nichts zu tun hätte. Ich hatte auch nichts zu tun. Als einige aus der Gruppe vorschlugen, oben an der Bar noch ein Bier zu trinken, lehnte ich ab. Weil ich kurz und abweisend war, ließen sie mich in Ruhe und gingen hinaus. Mein Freund schaute mich gar nicht erst an, aber ich nahm es ihm nicht übel. Ich stopfte meinen schweißnassen *Gi* in die Sporttasche, wünschte einigen Männern, die sich für das Fußballtraining in der Halle umzogen, einen guten Abend und verließ die Umkleidekabine.

Was machst du jetzt?, fragte ich mich und konnte mir nicht vorstellen, vor dem Fernseher mit *Fashion TV* oder vor dem Computer zu sitzen. Ich hatte auch niemanden, den ich besuchen könnte. Vielleicht sollte ich ins Kino gehen.

Draußen war es überall nass. Ein Regenschauer hatte für saubere Luft gesorgt. Das Licht der Lampen fiel auf die Autos auf dem Parkplatz.

Als ich zu meinem Wagen ging und dabei in den riesigen Taschen meiner Safarijacke nach dem Autoschlüssel suchte, hörte ich schnelle Schritte hinter mir. Ich drehte mich nicht um.

»Entschuldigen Sie«, sagte eine hohe, aber melodische Stimme.

Ich hielt an. Dann drehte ich mich um. Es war das Mädchen, das neu angefangen hatte.

Wenn ich in der richtigen Stimmung gewesen wäre, hätte ich gepfiffen. Das war angesagt bei den Mädchen in der heutigen Zeit, die nach dem Training direkt in die Disco gingen. Sie trug einen langen schwarzen Trenchcoat, der nicht zugeknöpft war. Dazu genauso einen kurzen Rock wie die Models auf *Fashion TV.* Die dünne schwarze Strumpfhose brachte ihre Beine mehr zur Geltung als das Ding, das sie beim Training angehabt hatte. Die beiden obersten Knöpfe ihrer Bluse schienen nicht vorhanden zu sein. Ihre Augenfarbe konnte ich nicht erkennen. An ihrer Schulter hing eine Tasche, die man mit zwei Bändern verschließen konnte.

»Entschuldigen Sie«, sagte sie noch einmal. »Könnten Sie mich vielleicht mitnehmen?«

»Ich fahre bis nach Akmerkez«, antwortete ich in der Hoffnung, sie zu enttäuschen.

»Das passt mir«, erwiderte sie und kam ein paar Schritte auf mich zu. »Von dort nehme ich mir ein Taxi.«

»Bitte.« Ich öffnete die Tür. Die Fahrertür. Ich warf meine Tasche auf den Rücksitz und stieg ein. Das Mädchen tat das gleiche auf der anderen Seite.

Ich schnallte mich an, ließ den Motor laufen und schaltete die Scheibenwischer ein. Die letzten Regentropfen verschwanden von der Windschutzscheibe. Ich schaltete die Scheinwerfer ein.

»Darf ich eine Zigarette rauchen?«, fragte das neue Mädchen, während sie sich anschnallte. Beim Setzen hatte sich ihr Rock noch weiter nach oben verschoben. Doch sie zog ihren Trenchcoat nicht über die Beine.

»Nach dem Training ist das Rauchen nicht zu empfehlen«, belehrte ich sie. »Aber in diesem Wagen sind Zigaretten nicht verboten.«

Ich ließ die Scheibe herunter, um den Parkplatzwächter zu bezahlen. Ich gab dem jungen Burschen zwei der Scheine, die in dem Fach für Musikkassetten bereitlagen.

Das Mädchen holte eine Schachtel Eve aus der Tasche ihres Trenchcoats. Sie zündete sich die Zigarette mit einem jener alten Feuerzeuge an, die mich als kleines Kind immer an eine Lokomotive erinnert hatten. »Wie lange trainieren Sie schon?«, fragte sie mich, während sie den Rauch aus der Nase stieß.

»Schon ziemlich lange«, antwortete ich und überlegte, ob meine Antwort zu ausführlich ausgefallen war. Langsam fuhren wir in die Einbahnstraße vor der Turnhalle. Diese schmale Straße, die entlang einer der Festungen von Rumelihisar hinabführte, wurde weiter unten noch schmaler. Sie verlief zwischen alten zweistöckigen Häusern, von denen einige restauriert worden waren, und endete auf einem großen Platz mit Platanen. Um den Brunnen am Anfang der Straße herum gab es nur Platz für zwei Autos. Als wir an dem Brunnen vorbeifuhren, leuchteten die Scheinwerfer eines schwarzen Range Rover auf. Während wir die schmale Straße entlangfuhren, stach mir ein Doppellicht im Rückspiegel in die Augen.

»Sie sollen Privatdetektiv sein«, sagte das Mädchen, das neu angefangen hatte.

»Wer hat das gesagt?«

»Die Frau, die die Umkleidekabine putzt.«

Ich wusste längst, dass man zuerst eine Frage stellen muss, um eine Antwort zu erhalten. Als wir den Platz mit den Platanen erreichten, bog ich unvermittelt links ab in die Straße, die in Richtung Hisarüstü führte. Die Lichter in meinem Rückspiegel verschwanden nicht.

Auf der dunklen, leeren Straße erhöhte ich meine Geschwindigkeit. Doch der Abstand zwischen uns und den Lichtern im Rückspiegel vergrößerte sich nicht.

»Ich bin Theaterschauspielerin«, sagte das Mädchen. Ich schwieg. »Ich dachte, es könnte mir vielleicht etwas helfen, meinen Körper besser zu beherrschen«, fuhr sie dann fort. »Deswegen habe ich mit Aikido angefangen.«

»Ist schon in Ordnung«, sagte ich mehr zu mir selbst.

»Meinen Sie, dass ich es schaffe?«, wollte sie wissen.

Ich musste ihr wohl oder übel eine Antwort geben. »Na sicher.«

Meine Augen hingen am Rückspiegel, waren immerzu auf die Scheinwerfer des Range Rover gerichtet. Auf der Hauptstraße in Hisarüstü herrschte wenig Verkehr.

»Warum trägt nicht jeder so eine schwarze Hose wie der Meister?«, wollte sie nun wissen.

»Man nennt die Hose *Hakama«,* erkläre ich. »Sie ist so eine Art Statuskleidung für die Fortgeschrittenen.«

Mein langer Satz schien sie zu einem Gespräch ermuntert zu haben. »So etwas wie ein schwarzer Gürtel?«

»Ja«, antwortete ich. Der Range Rover überholte den Lastwagen, der rechts von der Einfahrt einer Bäckerei herausgefahren war und sich dann für kurze Zeit zwischen ihm und uns befand.

»Warum tragen Sie keine?«

»Dafür muss man eine Reihe von Prüfungen ablegen«, erwiderte ich. Dass man auch psychisch eine bestimmte Stufe erreichen muss, erwähnte ich nicht.

Das Mädchen drückte ihre Zigarette in dem voll gestopften Aschenbecher aus. Sie schien über all die Prüfungen nachzudenken, die noch vor ihr lagen. Ich hingegen richtete meine Augen abwechselnd auf die Straße und in den Rückspiegel.

Wir hatten Hisarüstü hinter uns gelassen, waren an der Universitätsbibliothek vorbeigefahren und mittlerweile wieder an der vorherigen Ampel angelangt. Es war offensichtlich, aber ich entschloss mich, den Leuten hinter uns noch eine Chance zu geben.

Ich nahm meinen Fuß vom Gaspedal und verzögerte so lange, bis die Grünphase fast zu Ende war. Kurz bevor die Ampel auf Rot umsprang, gab ich Vollgas. Der Range Rover schien einen Augenblick zu zögern, doch er hielt nicht an.

»Ist irgendwas?«, fragte das Mädchen.

»Das erzähle ich dir nachher«, antwortete ich mit zusammengepressten Lippen.

Ich fuhr mit hoher Geschwindigkeit an der Bibliothek vorbei. Es sah zunächst so aus, als würde die Entfernung zwischen uns und den Lichtern im Rückspiegel größer werden. Ohne zu blinken, bog ich an einer Kreuzung nach rechts ab.

Hinter uns war ein kurzes Reifenquietschen zu hören. Zwei Sekunden später tauchten die Scheinwerferlichter wieder in meinem Rückspiegel auf. »Jemand verfolgt dich«, sagte ich.

»Sind Sie sicher?«, fragte das Mädchen, während sie sich nach hinten umblickte. Sie kniff die Augen halb zu, als sie in die Scheinwerfer schaute.

»Wenn du willst, halte ich an«, schlug ich vor. »Dann kannst du ja in den Range Rover umsteigen.«

»Ein Range Rover?«, fragte sie. »Täuschen Sie sich auch nicht? Ich dachte, der Idiot wäre schon längst weg.« Sie schien wirklich überrascht zu sein. Und ein wenig zufrieden.

»Nein«, antwortete ich. »Es ist ein Range Rover, und er verfolgt uns seit Hisar.«

»Ja, richtig«, sagte sie mehr zu sich selbst. »Das wird dann wohl nicht Ayhans Audi sein!« Sie blickte sich erneut um.

Ich hätte nicht zu fragen brauchen. Vielleicht wäre es auch besser gewesen. Aber ich tat es dennoch. »Wer ist Ayhan?«, fragte ich. »Wer ist der Idiot?«

»Ayhan ist jemand, der meint, mich zu besitzen«, antwortete sie. »Blöd wie noch was!«

Ich bog zwischen den Hochhäusern nach links ab, fuhr ein großes U, kam am Fußballplatz vorbei und fuhr wieder auf die Straße in Richtung Etiler. An der Anwesenheit der Lichter in meinem Rückspiegel änderte all das nichts. Wir schwiegen beide, bis wir am Altersheim angelangt waren.

Das Mädchen, das neu angefangen hatte, dachte anscheinend nach. Es hatte den Kopf nach vorne gebeugt. Ich ließ sie nachdenken. Ich gab Gas und überholte einen Bus, aus dem an der Haltestelle Fahrgäste ausstiegen. Durch die plötzliche Beschleunigung wurde das Mädchen nach hinten geworfen. Als ob diese Bewegung ihr geholfen hätte, sich zu einem Entschluss durchzuringen, hob sie den Kopf und sah mich von der Seite an. Im Licht der Straßenbeleuchtung konnte ich ihre Augen sehen. Sie waren auch schwarz.

»Können Sie mir helfen?«, fragte sie mit entschlossener Stimme.

»Was soll ich für Sie tun?«, wollte ich wissen.

»Wenn Sie den dahinten abhängen können, würde ich irgendwo in der Gegend von Levent aussteigen und von der Bildfläche verschwinden.«

»Und was passiert dann?« Wir waren vor einem Kebap-Restaurant angelangt, in dessen Fenstern signierte Fotos von berühmten Leuten hingen.

»Ich weiß nicht«, antwortete sie. »Ich werde vielleicht irgendeine Lösung finden.« Sie sah mich von der Seite an, schien auf eine Entscheidung von mir zu warten.

Ich überlegte. Ich überlegte schnell. Was sie von mir verlangte, war sehr einfach. Vor uns gab es eine Menge roter Ampeln und eine Menge kleiner Seitenstraßen. Aber ich wusste auch, dass es kein Zurück mehr gab, wenn man einmal in eine solche Seitenstraße eingebogen war. Eine Straße mündete in die nächste – das ging ganz schnell. Und ich hatte Angst davor, innerhalb ein und derselben Woche das Leben eines anderen Mädchens zu verändern, das ungefähr so alt war wie das erste. Ich hatte nicht Angst um das Mädchen, sondern um mich. Misch dich da nicht ein, sagte ich mir.

Wir gelangten an den Anfang eines Platzes, um den herum sich Bankfilialen aneinander reihten. »Entschuldige«, sagte ich, ohne die Augen von der Straße vor uns zu nehmen. »Ich bin viel zu alt, um bei einer Autojagd in den Straßen von Etiler mitzuspielen.« Die Ampel auf dem Platz wurde rot. Ich hielt hinter einem Taxi, in dem vier Frauen saßen. Ich blickte mich nicht um.

»Ich verstehe«, sagte das Mädchen. »Also dann, gute Nacht.« Mit einer plötzlichen Bewegung öffnete sie die Tür und stieg aus. Einen Augenblick blickte sie nach hinten, dann schlug sie die Wagentür heftig zu und sprang auf den Bürgersteig. Dann rannte sie plötzlich los. Sie hielt auf die rechte Straße zu. Am Kiosk lief sie um die Ecke und war verschwunden. Das Letzte, was ich sah, war ihr Trenchcoat, der nach beiden Seiten ausschlug, weil die Knöpfe offen waren. Die Hände auf dem Lenkrad, verharrte ich eine Weile. Dann begannen die Autos hinter mir zu hupen.

Ich blieb einfach stehen, konnte mich nicht entschließen, was ich als Nächstes tun wollte. Das Hupen hinter mir nahm zu. Die Ampel war wohl schon ziemlich lange grün. Schließlich fuhr ich an und bog, ohne den Blinker zu betätigen, rechts in die Straße ein, in die das Mädchen gelaufen war. Ich fuhr langsam und schaute mich nach rechts und links um. Es war niemand zu sehen. Etwas weiter verzweigte sich die Straße nach rechts, links und geradeaus. Die Straße links war nicht beleuchtet. Ohne große Hoffnung bog ich nach links ab. Wieder niemand. Außerdem konnte jemand, der auf der Flucht war, sich einige Minuten hinter einem der vielen geparkten Autos am Straßenrand niederkauern und so die Verfolger an sich vorbeilassen. Und ein schwarzer Trenchcoat war in einer dunklen Straße genau das Richtige, um sich unbehelligt aus dem Staub zu machen.

Ich fluchte über mich selbst und gab Gas. Ich folgte der Straße nach links, bog dann nach rechts ab und befand mich kurze Zeit später wieder auf der Hauptstraße. Von den Scheinwerfern des Range Rover war im Rückspiegel nichts mehr zu sehen. Ich schlug mit der Hand auf das Lenkrad und beschloss, in Richtung Alkent zu fahren. Ich würde etwas essen und dann ins Kino gehen, ganz egal, welcher Film lief.

3

Als der Nachspann des Films lief, hatte ich bereits vergessen, was ich mir angeschaut hatte. Ich fuhr durch die leeren, stillen Straßen nach Hause. Ich brachte immer noch nicht den Mut auf, das Radio einzuschalten.

Auf dem Parkplatz vor dem Haus war nichts mehr frei. Ich drehte eine kleine Runde und parkte meinen Wagen eine Straße weiter oben. Aus Gewohnheit griff ich nach hinten zu meiner Sporttasche. Erst da bemerkte ich die Umhängetasche des Mädchens.

»Mist«, sagte ich laut. Ich war also gezwungen, zum nächsten Training zu gehen. Und falls sie ihr kleines, enges Tight haben wollte, war auch das Mädchen gezwungen, zu erscheinen. Weil ich befürchtete, sie sonst zu vergessen, ließ ich die Tasche im Wagen liegen.

Ich hängte mir meine Sporttasche über die Schulter und ging zum Hochhaus. Irgendjemand hatte wieder den Fußabtreter in die Eingangstür geklemmt, damit sie nicht zufiel. Ich stieß den Fußabtreter beiseite und ging hinein. Vom Training reichlich ermüdet, stieg ich langsam die Treppen hinauf.

Ich fand meine Wohnung so vor, wie ich sie verlassen hatte. Eigentlich war das immer so. Ich hängte sofort meinen *Gi* zum Trocknen an die Tür des Gästezimmers, das nie benutzt wurde. Meine schweißnasse Unterwäsche warf ich in die Waschmaschine. Auf dem Anrufbeantworter waren keine Nachrichten. Wartete die Frau mit dem drogenabhängigen Sohn noch immer auf eine Antwort von mir?

Nachdem ich den Wasserkocher eingeschaltet hatte, setzte ich mich an meinen Computer. Die Cessna stand am Anfang der Startbahn auf dem Flughafen Meigs und wartete startbereit auf mich. Wer weiß, wann und wie sie abgestürzt war, so völlig auf sich allein gestellt. Und der Wind, und das Kerosin. Und dann hatte sie brav all ihre Trümmerteile eingesammelt und sich an den Anfang der Startbahn gestellt. Ich schaltete den Computer aus und ging wieder in die Küche. Ich machte mir einen starken Kaffee, streckte meine Beine auf dem Sitzschemel vor dem Sessel aus und zündete mir eine Zigarette an.

Obwohl ich mich körperlich müde fühlte, war mir noch nicht nach Schlafen. Die Models auf *Fashion TV* langweilten mich auch. Ich langte zu dem Korb links neben dem Sessel und griff nach einer alten Ausgabe der Zeitschrift *Atlas*.

Von oben war das Klatschen von Hausschuhen zu hören, als ich die Zeitschrift durchblätterte. Ich ertappte mich dabei, wie ich auf den letzten Seiten die Informationen über Bildungsreisen ins Ausland studierte. Sollte ich abhauen und einfach verreisen? Für wie lange? Bei allen Reisen gab es einen unumstößlichen Zeitpunkt für die Rückreise.

Ich warf die Zeitschrift auf den Fußboden. Es hatte keinen Sinn, Istanbul zu verlassen, wenn ich sowieso überall, wohin ich ging, mich selbst mitnehmen würde. Ich würde schlafen, einen Kaffee nach dem anderen trinken, zum Training gehen, jemandem helfen, sich auf die anstehende Aikido-Prüfung vorzubereiten, Musik der Band Moğollar hören, schlechte Speisen essen, ins Kino gehen, gute Speisen essen, die Cessna fliegen, sie abstürzen lassen, Zigaretten rauchen.

Als ich die Hand ausstreckte, um mir eine neue Zigarette aus der Schachtel zu holen, klingelte das Telefon. Ich dachte nur daran, dass die Frau mit dem drogenabhängigen Sohn mit Sicherheit nicht mehr um diese Zeit anrufen würde. Automatisch griff ich zum Hörer.

»Mach sofort den Fernseher an«, forderte mich mein Freund aus der Werbebranche mit aufgeregter Stimme auf.

»Was?«

»Mach den Fernseher an, verdammt, den Fernseher, nun mach schon«, drängte er. »Schnell, gleich sind die Nachrichten vorbei.«

Auf dem Hocker mit meinem Feuerzeug, den Zigaretten und dem Durcheinander der Zeitung von vorgestern konnte ich die Fernbedienung nur mit Mühe finden. Als ich sie auf den Fernseher richtete, fragte ich ihn: »Welchen Sender?«

Er nannte mir den Sender, der die schrecklichsten Nachrichten immer so lang und breit auswalzte wie Kaugummi. Den Telefonhörer noch immer am Ohr, drückte ich auf den Knopf in der Mitte der Fernbedienung.

»... wurde mitgeteilt, dass die Ermittlungen noch weiter andauern«, sagte ein Nachrichtensprecher. Dann richtete er seine Augen auf eine andere Kamera und begann über irgendwelche Stürme auf den Philippinen zu erzählen.

»Was war da los? Ich glaube, ich habe es verpasst.«

»Das Mädchen von heute ...«, begann mein Freund.

»Welches Mädchen?«

»Na, das Mädchen beim Training. Die neu angefangen hat ...«

Ich nahm meine ausgestreckten Beine vom Sitzschemel.

»Was ist mit dem Mädchen passiert?«, fragte ich.

»Sie haben sie ermordet.«

»Erzähl keinen Mist«, fuhr ich ihn an. Aber es war völlig unnötig. Er würde mich kaum mitten in der Nacht anrufen, um mir Mist zu erzählen.

»Es stimmt wirklich, ich schwöre es«, beteuerte er. »Man hat sie in ihrer Wohnung mit einer Pistole erschossen. Ich habe sie auf dem Foto erkannt.«

»Bist du sicher?«, fragte ich, obwohl ich wusste, dass er sich sicher war.

»Ich verwechsle hübsche Mädchen nicht«, sagte mein Freund. »Außerdem haben sie nicht irgendein winziges Führerscheinbild gezeigt, sondern ein richtig großes Foto, das in einem Studio aufgenommen worden sein muss.«

Der Nachrichtensprecher wandte sich wieder der ersten Kamera zu und berichtete nach den Stürmen und den zerstörten Häusern auf den Philippinen nun von einem betrunkenen Fahrer, der der Polizei in die Hände gefallen war.

»Wie soll sie denn heißen?«, fragte ich. »Konntest du ihren Namen hören?«

»Ich habe ihn zwar gehört, aber ich konnte ihn nicht genau verstehen«, antwortete mein Freund aus der Werbebranche. »Tuğba? Tuğçe? Oder so etwas Ähnliches.«

In der Hoffnung, vielleicht auf einem anderen Kanal etwas über die Sache zu erfahren, zappte ich von einem Sender zum nächsten und fragte ihn währenddessen: »Was haben sie sonst noch berichtet?«

»Ich glaube, ihre Wohnung liegt im Stadtteil Moda. So habe ich es zumindest verstanden. Die Nachbarn hätten zuerst einen Streit gehört, dann irgendwelche lauten Geräusche. Die Nachbarn hatten natürlich Angst. Anscheinend ist niemand nachschauen gegangen. Dann hat man die Polizei gerufen. Das Mädchen soll im Wohnzimmer gelegen haben. Die Wohnung des Mädchens liegt im ersten Stock, sie muss wohl einen Balkon haben. Wahrscheinlich ist der Täter auch so geflüchtet, sagten die Nachbarn den Fernsehreportern. Aber keiner hat etwas gesehen.«

Auf den anderen Sendern waren die Nachrichten längst vorbei. Woanders zeigten sie am Ende einer scheinbar sehr langen Sportsendung einen Fußballspieler, der abseits von der Mannschaft seine Runden lief.

»Schade«, sagte ich. »Aber sie werden den Täter schon kriegen.«

»Meinst du, dass die den kriegen?«

»Die kriegen den schon. Das war vielleicht ihr Geliebter oder so. Das dauert möglicherweise ein paar Tage, aber die kriegen ihn schon.«

»Verdammt, sie war ein hübsches Mädchen. Ich dachte, sie würde etwas Farbe und Abwechslung in das Training bringen.«

»Ich habe sie gar nicht richtig bemerkt«, sagte ich.

Sicher, er war mein Freund, aber er musste ja nicht alles wissen. Sie hatten oben gesessen und etwas getrunken, als das Mädchen mich angesprochen hatte. Und ich nahm auch nicht an, dass der Wächter auf dem Parkplatz sich an ihr Gesicht erinnern konnte.

»Wann hast du denn schon hübsche Mädchen bemerkt?«, frotzelte mein Freund.

Ich musste wohl eine unverfängliche Antwort geben. »Gibt es denn überhaupt noch Mädchen, die nicht hübsch sind?«

»Da hast du auch wieder Recht«, antwortete er. »Wenn du die Kataloge mit den Models sehen würdest, die wir bei uns in der Agentur haben.«

»Wenn ich dich eines Tages besuche, schauen wir sie uns mal an.«

»Das machen wir«, sagte er und atmete tief und laut ein. »Also dann, gute Nacht. Gott möge ihrer Seele gnädig sein, das arme Mädchen.«

»Gute Nacht«, beendete ich das Gespräch.

Ich legte den Hörer auf und zündete die Zigarette an, die ich mir schon vor dem Telefonat aus der Schachtel gefischt hatte. Ich stand auf und ging zum Fenster. Ich suchte mein Auto unter all den geparkten Autos. Erst dann fiel mir ein, dass ich eine Straße weiter oben geparkt hatte. So etwas vergaß ich sonst nie. Meine Gedanken mussten wohl woanders sein.

Meine beiden Berufsleben hatten mich gelehrt, nicht an das Schicksal zu glauben. Wenn man nicht vor dem Flug die Berechnungen genau ausführt, kann man in große Schwierigkeiten geraten. Vielleicht ist das Flugzeug zu schwer, oder die Landebahn zu kurz. Wenn man irgendwelche Dinge ans Tageslicht bringt, die andere Menschen zu verheimlichen suchen, beunruhigt man diese Menschen. Dann bekommt man Schwierigkeiten. Das ist kein Schicksal, das ist eine Regel.

Zum ersten Mal habe ich das Leben eines Menschen verändert, indem ich nicht tat, was man von mir verlangte. Vorher habe ich immer etwas getan. Diesmal hatte ich mir vorgenommen, nichts zu unternehmen. Das Ergebnis war das gleiche. Ich war der Auffassung, dass ich dem Mädchen etwas schuldete.

Vielleicht war ich doch nicht zu alt, um in den Straßen von Istanbul Verstecken zu spielen. Vielleicht hatte sie meine Schuld auf jemand anderen übertragen, bei dem ich etwas gutmachen konnte. Vielleicht konnte ich erfolgreicher oder schneller als die Polizei sein.

Ich nahm den Hörer ab, und um meine Entscheidung nicht infrage zu stellen, wählte ich rasch die Telefonnummer des *Sensei.*

Eine schlaftrunkene Frau war am anderen Ende der Leitung zu hören.

»Ich bitte vielmals um Entschuldigung, dass ich so spät noch anrufe«, sagte ich. »Kann ich vielleicht mit dem Meister sprechen? Meine Name ist Remzi Ünal, ich bin einer seiner Schüler.«

Die schlaftrunkene Frau sagte mir, dass ich einen Moment warten solle. Während ich wartete, drückte ich meine Zigarette im Aschenbecher aus.

»Was gibt es?«, fragte die Stimme des Meisters am Telefon.

»Meister, ich weiß, ich störe Sie«, begann ich. »Ich bitte Sie wirklich um Entschuldigung. Wenn es nicht so wichtig wäre, würde ich Sie nicht so spät …«

»Das ist doch kein Problem, Remzi Bey. Egal, wie spät es sein mag, ich höre.«

Es lebe die Solidarität beim Aikido. »Meister«, sagte ich, »etwas geht mir nicht aus dem Kopf. Das Mädchen im schwarzen Outfit, das heute mit dem Training begonnen hat …«

Der *Sensei* überlegte einen Augenblick, dann erwiderte er: »Ja?«

Mir schien, als sähe ich ein Lächeln auf dem Gesicht des Meisters. Demzufolge hatte er die Spätnachrichten wohl nicht verfolgt. »Können Sie sich vielleicht an ihren Namen erinnern?«

»Tuğçen«, antwortete der Meister und zog den leicht ironischen Ton seiner Stimme in die Länge. »Ihren Nachnamen kenne ich nicht.«

»Tuğçen«, wiederholte ich. »Meister, wie hat sie Kontakt mit Ihnen aufgenommen? Sie wissen schon, als sie zum Training kommen wollte, wie hat sie sich gemeldet?«

»Wir haben einen gemeinsamen Bekannten. Er hat sie an mich verwiesen und ihr meine Telefonnummer gegeben. Und ich habe sie dann zum Training eingeladen.«

»Wenn es Ihnen nichts ausmacht, könnten Sie mir bitte die Telefonnummer Ihres Bekannten geben?«

»Ich mag den Kerl zwar nicht, aber was soll es mir schon ausmachen?«, antwortete der *Sensei.* »Warten Sie eine Minute.«

Den Telefonhörer am Ohr, wartete ich.

»Ich habe sie gefunden«, sagte er nach zwanzig Sekunden und gab mir die Nummer. »Das ist seine Nummer in der Firma«, fügte er noch hinzu. »Die von zu Hause oder eine Handynummer habe ich nicht.«

»Was macht Ihr Bekannter beruflich?«

»Er ist im Import-Export-Geschäft tätig. Aber was er genau macht, weiß ich ehrlich gesagt nicht. Aber warum müssen Sie ihn überhaupt anrufen?«, fragte der Meister. »Beim nächsten Training können Sie sich doch mit dem Mädchen unterhalten. Wenn Sie wollen, kann ich sie Ihnen als Übungspartnerin zuteilen, um die Grundtechniken zu erlernen. Falls Sie wollen …«

»Niemand wird Tuğçen mehr die Grundtechniken beibringen können«, sagte ich. Er würde es sowieso erfahren.

Das Lächeln in seiner Stimme erstarb plötzlich. »Was ist denn passiert?«, fragte er.

»Das Mädchen ist heute Abend ermordet worden«, verriet ich.

»Mist!«, fluchte der *Sensei.* »Ist sie wirklich tot?«

»Ja.«

»O mein Gott. Das ist wirklich sehr traurig. Dabei lag ihr das Aikido ziemlich gut.«

»Bitte entschuldigen Sie mich, aber je mehr ich weiß, umso besser«, sagte ich. »Wann haben Sie mit dem Mädchen gesprochen?«

»Sie rief zuerst an«, erzählte der *Sensei.* »Ich habe ihr am Telefon erklärt, wo und wann das Training stattfindet.«

»Und heute Abend beim Training?«

»Vor dem Training haben wir uns kaum unterhalten. Die Begrüßung und das Übliche halt. Nach dem Training hat sie mich gefragt, ob sie es wohl schaffen würde und so. Eigentlich war sie besser als viele andere, die mit dem Aikido neu beginnen. Das habe ich ihr auch gesagt.«

»Wenn ich Ihren gemeinsamen Bekannten anrufe, darf ich dann Ihren Namen erwähnen?«, fragte ich ihn.

»Ja, natürlich«, antwortete der *Sensei.* »Ich kenne ihn noch aus meiner Zeit am Gymnasium. Sie wissen ja, nicht alle Bekanntschaften aus dieser Zeit sind gut und liebenswert.«

»Vielen Dank.«

»Keine Ursache. Mein Gott, das hat mich wirklich sehr betrübt. Wir sehen uns dann.«

»Wir sehen uns«, antwortete ich.

»Ach, Remzi Bey ...«

»Bitte?«

»Wenn ich sage, wir sehen uns, dann meine ich es ernst. In letzter Zeit lassen Sie das Training häufig ausfallen«, ermahnte er mich.

»Sie haben Recht, Meister. Ich werde schauen, was ich machen kann«, antwortete ich. »Sie wissen ja, wie es ist.«

»Also dann, gute Nacht.«

»Gute Nacht, Meister. Und noch einmal Entschuldigung.«

»Das ist schon in Ordnung, mein Lieber. Ein herzliches Beileid uns allen.«

Ich legte den Hörer auf und zappte danach wieder alle Fernsehsender durch. Natürlich fand ich nichts mehr über den Mord. Offensichtlich hatten auch die Sender, die jede halbe Stunde Nachrichten brachten, diesen Mord aus Liebesmotiven für nicht so wichtig gehalten. Ich schaltete den Fernseher aus und ging wieder ans Fenster. Ein Polizeiwagen fuhr langsam an den geparkten Wagen vorbei. Sein Blaulicht spiegelte sich in den kleinen Wasserpfützen auf der Straße wider. Einer der alten einflussreichen Typen aus der Siedlung meldete jedes gestohlene Fahrzeug seinem Freund im Polizeipräsidium. Bislang hatte mich das Los des Autodiebstahls noch nicht getroffen. Ich zog meine Schuhe an, steckte die Schlüssel ein und zog die Wohnungstür hinter mir zu.

Ich sog die saubere Luft nach dem Regen tief ein und ging zum

Wagen. Von der Beifahrertür aus griff ich auf den Rücksitz. Ich nahm die Tasche des Mädchens, hängte sie mir über die Schulter und ging in die Wohnung zurück. Zuerst machte ich mir noch einen Kaffee. Die Tasche hatte ich auf den Fußboden vor dem Sessel gestellt. Sie hatte zwei Schlaufen, die man oben zuziehen konnte. Der runde Boden war blau, eine Marke war nicht aufgedruckt. Die beiden Schlaufen waren fest zugezogen, sodass nichts aus der Tasche herausfallen konnte. Ich nahm einen Schluck Kaffee, dann öffnete ich die Schlaufen.

Zuerst kam das Oberteil des schwarzen, engen Trikots hervor. Weil die Tasche zu gewesen war, war es immer noch nass. Ich kannte das Label auf der Innenseite nicht. Dann kam ein grünes Badetuch zum Vorschein, ebenfalls nass und völlig zerknittert. Darunter befanden sich ein BH, ein Slip und eine kleine Tube Shampoo, das Unterteil des Trikots und einige Kosmetiksachen. Ich fuhr mit meiner Hand durch die feuchte Innentasche. Darin befand sich nichts weiter. Was auch?

Mein Blick fiel auf den Reißverschluss oberhalb des Taschenbodens. Ich zog ihn auf. In dem schmalen Fach konnte man etwas unterbringen, was vom Inhalt der Tasche getrennt war und deshalb nicht nass werden konnte.

Ich steckte meine Hand hinein und zog ein dünnes Buch hervor. Ein ziemlich altes Buch.

Die Physiker. F. Dürrenmatt. Übersetzerin: Zahide Gökberk. Auf dem Umschlag befand sich nichts außer einigen grünen Flecken, die mit einer Spritzpistole aufgetragen waren und keine bestimmte Anordnung aufwiesen. Etwas links von der Mitte des Umschlags und der Flecken war ein helleres Viereck zu sehen. Darüber war in altmodischen Buchstaben die Schrift angeordnet. Vielleicht war die Farbe in diesem Viereck im Laufe der Zeit ausgebleicht. Oder vielleicht hatte die Druckerei den Umschlag nicht besser hingekriegt. Jemand hatte mit einem Kugelschreiber einiges hingeschrieben, als ob er ausprobieren wollte, ob der Kugelschreiber funktionierte. Auf der Rückseite befand sich ein Text, der in drei Abschnitte unterteilt war. Als Verkaufspreis des Buches war ein Betrag angegeben, der heute nicht mehr existierte.

Ich blätterte es durch. Es war das siebenundsiebzigste Buch des Ataç-Verlags und das neunte in der Theater-Reihe. Es war im Dezember 1964 in der Druckerei Ekin gedruckt worden. Die Übersetzerin hatte mit einem Füller auf das Titelblatt »Ich liebe dich« geschrieben. Die Unterschrift bestand nur aus dem Vornamen, wirkte schludrig hingeschmiert, und die Schrift kippte nach rechts.

Der Text des Buches war in einer sehr kleinen Schrift gedruckt. Die ersten drei Seiten enthielten Informationen über Friedrich Dürrenmatt. Danach folgte eine Liste mit den Figuren im Stück. Ich blätterte noch weiter.

Soweit ich aus der Einleitung vor dem eigentlichen Theaterstück verstand, war eine Pflegerin in einer Nervenklinik ermordet worden. Die Beamten aus dem Morddezernat beschäftigten sich mit der Leiche. Soweit der Autor sie beschrieb, waren es ruhige, bedächtig arbeitende junge Leute in Zivilkleidung. Der Inspektor von der Mordkommission trug einen Hut und einen Wintermantel. Bevor er die ersten Worte des Stücks sprach, holte er aus seinem braunen Zigarettenetui ein Zigarillo heraus.

Die Dialoge von manchen Figuren des Stücks waren unterstrichen. Neben einigen Sätzen hatte jemand Ausrufe- oder Fragezeichen gesetzt, manchmal auch ein Sternchen. Der Stift, der hierfür benutzt worden war, war ein anderer als der für die Schrift auf dem Buchumschlag. Es war ein dünner, spitzer, klar schreibender Kugelschreiber.

Neben einigen Dialogen waren kurze Fragen und Notizen notiert wie »Fragen?«, »Nein!« oder »Wer?«. Auf Seite siebenunddreißig waren die Worte »der Dichter des Psalms« unterstrichen. Am rechten Rand des Buches stand auf selber Höhe »der Dichter des heiligen Buches????«.

Der eigentliche Spaß begann auf der Seite, die eigentlich die fünfundsechzigste sein sollte. Die Seiten des ganzen Bogens waren falsch bedruckt. Der Besitzer des Kugelschreibers hatte sich nicht vor der Arbeit gescheut. Er hatte mit kleinen, fließend geschriebenen Ziffern jeweils rechts oben auf jeder Seite die korrekte Zahl neben der falschen gedruckten Seitenzahl geschrieben. Die Korrekturen endeten auf Seite einundachtzig. Und vier Seiten weiter endete das Stück. Auf den letzten drei Seiten des Buches waren all die anderen Bücher aufgeführt, die der Ataç-Verlag publiziert hatte.

Plötzlich ertappte ich mich dabei, dass ich in dem Stück las. Als ich bemerkte, dass ich irgendwo im Mittelteil war, blätterte ich zum Anfang des Buches zurück. Ich streckte die Beine auf dem Hocker aus und begann zu lesen. Das war sicher ein angenehmerer Zeitvertreib, als fernzusehen. Wenn man mich fragt: Das Stück war recht aufregend und spannend. Als ich beim letzten Druckbogen ankam, war ich der Person dankbar, die den richtigen Weg durch den falsch gedruckten Seitendschungel markiert hatte.

Nach der Lektüre stellte ich überrascht fest, wie müde ich war.

Ich sammelte die Sachen des Mädchens vom Boden auf und legte sie in der gleichen Reihenfolge in die Tasche, wie ich sie herausgeholt hatte. Zum Schluss steckte ich *Die Physiker* wieder in den Schlitz oberhalb des Taschenbodens und zog den Reißverschluss zu.

Ich brachte die Tasche in das Gästezimmer, das nie benutzt wurde, und legte sie auf das Bett.

Ich war mir nicht sicher, ob ich diese Nacht besser schlafen würde.

4

Ich erwachte nicht wie jemand, den Schulden drückten, sondern wie jemand, der einen Geldeintreiber losschicken wollte. Ich erwachte also gut.

Noch während ich mir einen Kaffee machte, hörte ich an den Geräuschen im Hausflur, dass der Laufbursche des Krämers mir meine Zeitung und mein Brot brachte. Ich ging an die Wohnungstür und machte sie auf. Als er mich erblickte, fuhr er zusammen. »Abi, du bist heute aber früh dran«, sagte er erstaunt.

»Du aber auch«, entgegnete ich. »Warte einen Augenblick.« Ich trat zurück in meine Wohnung und nahm eine Hand voll von dem Kleingeld, das ich in der kleinen Zigarrenkiste auf dem Schuhschrank sammelte. Ich leerte meine Hand in seine ausgestreckte Hand aus. Er schaute mich verdutzt an, als wollte er fragen: Woher dieses großzügige Bakschisch? Es ist doch kein Feiertag und nichts. »Richte dem Chef Grüße von mir aus«, trug ich ihm auf.

Ich schloss die Wohnungstür, nahm meinen Kaffee aus der Küche und ging ins Wohnzimmer. Ich setzte mich in den Sessel ans Fenster, in dem ich immer die Zeitung lese. Der Bericht, den ich suchte, befand sich auf der dritten Seite.

Der Redakteur vom Dienst hatte gestern Nacht seine kreativen Fähigkeiten mit dem Titel »Die Leiche im Wohnzimmer« unter Beweis gestellt. Zwei Fotos waren abgedruckt. Das eine war vermutlich das, von dem mein Freund aus der Werbebranche am Telefon gesprochen hatte. In der Aufmachung glich es den Fotos, die in den renommierten Theatern an den Wänden hingen. Es war ein Schwarzweißporträt, keineswegs gestellt oder übertrieben gestylt, und war wohl von einem Fotografen gemacht worden, der sein Handwerk verstand. Die sparsam aufgetragene Schminke war nicht aufdringlich und sollte nicht mehr bewirken, als die Gesichtszüge des Mädchens etwas hervorzuheben. Darunter stand zu lesen: »Wer hat die hübsche Theaterschauspielerin getötet?« Auf dem zweiten Foto war ein fünfzehn- oder sechzehnjähriges Mädchen zu sehen, das mit ausgestrecktem Arm auf einen niedrig gelegenen Balkon an der Ecke zu einem Supermarkt zeigte. »Er flüchtete von hier.« Anscheinend durften die Journalisten in der Wohnung nicht fotografieren. Ich bewunderte ihre konsequente Haltung, zum Tode eines jungen Mädchens gleichfalls ein junges Mädchen als Gastmodel auf dem Foto zu benutzen. Dann las ich den Bericht.

Sie hieß Tuğçen Yavaş und war vierundzwanzig Jahre alt gewesen. Sie hatte Theaterwissenschaft studiert und lebte alleine. Ihre Familie kam aus Izmir. Von den Nachbarn war zu erfahren, dass sie wenig Besuch bekam und als etwas sonderbar galt. Die Nachbarn hätten gestern am späten Abend Stimmen gehört, die heftig miteinander diskutierten. Zwei Mädchen hätten sich gegenseitig angeschrien, aber was sie sagten, sei nicht genau zu verstehen gewesen. Dann seien zwei oder drei Schüsse zu hören gewesen. Aus Angst habe sich niemand getraut nachzuschauen. Nachdem sie den ersten Schock überwunden hatten, riefen die Nachbarn die Polizei. Die Polizisten brachen die Wohnungstür auf und fanden das Mädchen auf dem Boden zwischen einigen Büchern. Weil die Polizisten keine Spuren von Gewalt an der Wohnungstür feststellen konnten, kamen sie zu dem Schluss, dass die Ermordete ihren Mörder gekannt haben musste. Die Mordwaffe konnte nicht gefunden werden, die Patronenhülsen wurden zur ballistischen Untersuchung mitgenommen.

Ich trank den Rest meines inzwischen kalten Kaffees aus und las den Bericht noch einmal. Wenn ich bereit gewesen wäre, in den Straßen von Etiler Verstecken zu spielen, würde Tuğçen Yavaş jetzt vielleicht noch leben. Ich versuchte, diesen Gedanken aus meinem Kopf zu verdrängen. Sie könnte vielleicht noch leben, vielleicht aber auch nicht. Niemand konnte das wissen. Der Bericht in der Zeitung enthielt nicht mehr Informationen, als ich bereits hatte. Dennoch faltete ich die Zeitung zusammen und legte sie auf die Bücher in der obersten Reihe meiner kleinen Bibliothek und warf sie nicht auf den Stapel alter Zeitungen, der sich links neben meinem Sessel türmte.

Es war an der Zeit, mir weitere Informationen zu besorgen. Ich ging ans Telefon und wählte die Nummer, die mir der *Sensei* gestern Nacht gegeben hatte. Die Nummer seines Schulkameraden aus der Zeit am Gymnasium, den er nicht sehr mochte … Nachdem es zweimal geklingelt hatte, hob jemand ab. Die Stimme eines Mannes im mittleren Alter sagte: »Sofuoğlu Handelsgesellschaft.«

»Ich würde gerne Riza Bey sprechen«, sagte ich.

»Eine Minute.« Er fühlte sich wohl nicht bemüßigt, zu fragen, wer der Anrufer war.

»Hallo«, sagte ein Mann, dessen Stimme der von Nachrichtensprechern im gesetzten Alter ähnelte.

»Riza Bey?«

»Ja, der bin ich.«

»Riza Bey«, begann ich. »Mein Name ist Remzi Ünal. Ich habe Ihre Telefonnummer von …« – ich nannte ihm den Namen des *Sensei* –, »erhalten. Wenn Sie etwas Zeit aufbringen können, würde ich Sie gerne besuchen.«

»Worum geht es?«

»Kann ich Ihnen das sagen, wenn wir uns persönlich sehen?«

»Sie wollen mir doch hoffentlich keine Versicherung oder so etwas verkaufen, oder?«, sagte Riza Sofuoğlu abweisend.

»Nein«, versicherte ich, »nichts dergleichen. Ich möchte in einer besonderen Angelegenheit mit Ihnen sprechen.«

»Allah, Allah«, sagte Riza Sofuoğlu. »Na gut, kommen Sie vorbei. Ich werde das wohl dem Freund meines Schulkameraden am Gymnasium nicht abschlagen. Wissen Sie, wo sich unsere Geschäftsräume befinden?«

»Nein«, erwiderte ich.

»Das ist sehr einfach«, sagte er und gab mir die Adresse. Eine Geschäftspassage im Stadtteil Karaköy gegenüber der alten Börse.

»Ich danke Ihnen«, sagte ich. »Wann würde es Ihnen am besten passen?«

»Kommen Sie, wann Sie wollen. Ich bin immer hier.«

»Wir sehen uns«, sagte ich und legte den Hörer auf. Dann ging ich in die Küche und machte mir noch einen Kaffee.

Während ich ihn trank, las ich den Rest der Zeitung. Als ob die zu erwartenden politischen Entwicklungen völlig neue Perspektiven aufzeigen würden, hatte man die längst bekannten Wirtschaftsnachrichten erneut abgedruckt. Ich las alles rasch durch. Die Sportmeldungen noch rascher.

Nachdem ich mit der Zeitung durch war, ging ich ins Badezimmer. Trotz der Dusche gestern Abend nach dem Training blieb ich ziemlich lange unter dem warmen Wasserstrahl. Danach ging ich ins Schlafzimmer und suchte mir einen schwarzen Rollkragenpulli, den ich schon sehr lange nicht getragen hatte, und eine schwarze Hose heraus. Ich nahm meine Lederjacke vom Garderobenständer und betrachtete mich im Spiegel.

Ob es mir nun gefiel oder nicht, das war ich. Ich, Remzi Ünal ...

Remzi Ünal ... der bei der Luftwaffe um Entlassung nachgesucht hat, der bei der Turkish Airlines rausgeflogen ist, der sich nicht einmal bei einer achtklassigen Chartergesellschaft halten konnte, von der kein anständiger Frequent Flyer je den Namen gehört hatte. Remzi Ünal, der ehemalige Flugkapitän, der nicht einmal die Cessna im MS Flight Simulator anständig zu Boden bringen kann, der Privatdetektiv, der aus dem Nichts aufgetaucht ist.

Weil ich mir nicht zumuten wollte, in Karaköy einen Parkplatz zu suchen, steckte ich die Autoschlüssel nicht ein, als ich die Treppe hinunterging. Auf der Liste mit den monatlichen Anzahlungen für die Nebenkosten, die auf der Anschlagtafel neben der eisernen Eingangstür des Hauses hing, sah ich meinen Namen. Er war rot unterstrichen. Wir werden sicher für die Heizkosten der letzten vier Monate nachzahlen müssen, sagte ich zu mir.

Der Fahrer des Taxis hörte *Açik Radio,* den Sender für den intellektuellen Geschmack. Deswegen sagte ich höflich: »Bitte nach Karaköy.« Der Fahrer schien den Kopf mit einer Rasierklinge glatt geschoren zu haben. Ohne uns zu unterhalten, hörten wir auf der

Fahrt nach Karaköy die Kommentare zu den Nachrichten des Tages. Tuğçen Yavaş wurde nicht erwähnt.

Ich stieg ziemlich weit vor der Geschäftspassage aus, in der sich die Sofuoğlu Handelsgesellschaft befand. Ein ehrwürdiger osmanischer Name, der »Sohn des Frommen« bedeutete. Das Wetter war zwar schön, aber es war nicht so warm, dass ich meine Lederjacke auszog. Gegenüber der Treppe, die sich in der Mitte der großen Geschäftspassage befand, war eine Aufzugstür, vor der eine ganze Menge Leute anstanden. Ich ging auf die Treppen zu und stieg die vier Stockwerke in einem gleichmäßigen Tempo hinauf. Im vierten Stock blieb ich stehen und überprüfte meine Atmung. Nicht schlecht. Anhand der Nummernfolge der ersten beiden Firmen konnte ich mir ausrechnen, in welcher Richtung sich die Büros der Sofuoğlu Handelsgesellschaft befinden mussten. Ich ging den breiten Korridor in die vom Meer wegführende Richtung entlang. Die Tür, die ich suchte, war die fünfte rechts. Ich trat, ohne anzuklopfen, ein.

Ein leichter Geruch wie eine Mischung aus Schimmel und Kölnischwasser mit Limonenduft drang mir in die Nase. Der Schimmelgeruch kam von dem ausgeblichenen Teppichboden, der an manchen Stellen völlig abgetreten war. Die Wände des Raumes standen voll mit Metallschränken, die mindestens seit fünfzehn Jahren nicht ausgetauscht worden waren. An einem Metalltisch saß ein Mann mit einem dünnen Schnurrbart, der zwischen einigen offenen Akten und Ordnern regelrecht verloren wirkte. Er war möglicherweise jünger als ich, aber das Zimmer und die Einrichtung darin ließen ihn älter wirken. Vor ihm stand eine mechanische Addier- und Saldiermaschine der Marke Facit. Ein schwarzes Telefon älteren Modells stand auf der Ecke des Tisches. Eine Flasche Kölnischwasser mit Limonenduft konnte ich nirgends entdecken. Und auch keine Zeitung.

Der Mann hob den Kopf und blickte mich an. »Was wünschen Sie?«, fragte er.

»Ich wollte mit Riza Bey sprechen«, erwiderte ich, während ich die Tür hinter mir schloss.

»Bitte warten Sie einen Augenblick«, sagte er. »Er ist gerade zur Toilette gegangen.« Dann ließ er merken, dass er meine Stimme erkannt hatte. »Sie sind der Herr, der heute Morgen angerufen hat, nicht wahr?«

»Ja«, antwortete ich.

»Bitte setzen Sie sich. Er wird sicher gleich kommen.«

Er zeigte auf einen großen schwarzen Ledersessel, der schräg gegenüber seinem Schreibtisch stand. Der Sessel stand an einem Stück Wand, das von den Metallschränken freigelassen wurde. Darüber hing ein Kalender mit dem Werbeaufdruck einer internationalen Spedition. Ein Kalender des Jahres, in dem wir uns gerade befanden. Ich setzte mich in den Sessel. Der Mann mit dem dünnen Schnurrbart wandte sich wieder seinen Akten und Ordnern zu. Offensichtlich wurde hier nicht geraucht. Es gab zwar kein Verbotsschild, aber weder auf dem Tisch noch auf dem kleinen eisernen Hocker war ein Aschenbecher zu sehen. Ich entschloss mich, den Gepflogenheiten in dieser Firma zu folgen.

Der Mann mit dem dünnen Schnurrbart schien mich vergessen zu haben und blätterte weiter in den Akten. Ab und an machte er sich auf einem kleinen Blatt Notizen. Die Addier- und Saldiermaschine benutzte er nie.

Das hier war eine Umgebung, die förmlich den Schlaf herbeirief. Die breite Tür des Büros ließ keine Geräusche von außen hereindringen. Das Telefon klingelte kein einziges Mal. Niemand kam herein, nicht einmal der Mann, der in der Geschäftspassage den Tee austrug. Wenn ich letzte Nacht nicht so lange und gut geschlafen hätte, wären mir sicher die Augen zugefallen. Ich richtete meinen Blick auf die Tür, die vermutlich zu Riza Sofuoğlus Büro führte, und begann innerlich zu zählen. Bevor ich hundert erreiche, wird er sicher kommen, sagte ich mir.

Ich zählte viermal bis hundert, und als ich dann bei weiteren achtundachtzig angelangt war, öffnete sich die Tür. Ein Mann kam herein, der sich die Hände mit einem Taschentuch abtrocknete.

Er trug einen blauen Anzug mit feinen Streifen und ein gelbes Hemd von der Sorte, zu der gewöhnlich keine Krawatte getragen wird. Seine auffallende Hagerkeit rührte nicht von Sport oder viel Bewegung her, sondern von seiner Konstitution. Er trug keinen Gürtel in der Hose. Seine Brille war sehr dünn und kaum zu sehen. Ich fand, dass der *Sensei* jünger aussah. Er blickte erst auf den Mann mit dem dünnen Schnurrbart und dann auf mich. »Remzi Bey?«, fragte er, während er sein Taschentuch in die Hosentasche steckte. Er betonte die Worte so, als ob er mich zu einem Tanz und nicht zu einem Gespräch in sein Büro einladen würde.

Ich stand auf und reichte ihm die Hand. »Riza Bey? Es freut mich, Sie zu sehen.«

»Bitte, hier entlang. Lassen Sie uns in mein Büro gehen und uns dort unterhalten.« Er bewegte sich zur Tür.

»Izak hat angerufen«, sagte der Mann mit dem dünnen Schnurrbart, ohne seinen Kopf von den Akten zu heben.

Als der Mann vor mir anhielt, stoppte ich auch. »Und?«, fragte Riza Sofuoğlu.

»Die Gebrüder Mardiniac sind gestern Abend sehr zufrieden ins Hotel zurückgekehrt. Er wollte uns diese frohe Botschaft mitteilen.«

»Da haben wir in letzter Minute doch noch einen guten Platz gefunden im ›Papermoon‹«, sagte Sofuoğlu.

»Ja, genau so ist es«, pflichtete ihm der Mann mit dem dünnen Schnurrbart bei.

Dann ging Sofuoğlu in sein Zimmer. Ich folgte ihm. Er hatte mit Sicherheit das Geld, das er bei der Einrichtung des Raumes, in dem der Mann mit dem dünnen Schnurrbart arbeitete, eingespart hatte, in sein eigenes Büro investiert. Wer diesen Raum betrat, übersprang fünfzehn, zwanzig Jahre und befand sich in der Gegenwart. Ein angenehmes Gelb dominierte die Einrichtung. Die Möbel waren alle aufeinander abgestimmt und dekorativ angeordnet, so wie man es in den Zeitschriften für Innenausstattung sehen konnte, die man für gewöhnlich in den Wartezimmern von Ärzten findet. Offensichtlich hatte ein Innenarchitekt seine Finger im Spiel gehabt.

»Bitte, nehmen Sie doch Platz«, sagte Sofuoğlu und wies auf ein zweisitziges Sofa, das gegenüber seinem Schreibtisch stand. Er selbst ging zum Fenster und öffnete es. Meeresluft mit einem hohen Gehalt an Karbondioxid drang in den Raum. »Wie geht es meinem Freund vom Gymnasium?«, fragte er mit dem Rücken zu mir.

»Ich sehe ihn zwei-, dreimal in der Woche«, entgegnete ich ihm. »Es geht ihm so weit gut.«

Er schien genug frische Luft geschnappt zu haben und kehrte zum Schreibtisch zurück. »Treibt er immer noch diesen Steven-Segal-Sport?«, fragte er beim Hinsetzen. »Wie hieß der noch?«

»Aikido«, half ich ihm weiter. »Wir trainieren gemeinsam. Er ist mein Meister.«

Er nahm die Packung Dunhill von seinem Schreibtisch und hielt sie mir entgegen. »Rauchen Sie?«

Ich stand auf und nahm mir eine Zigarette aus der flachen Packung. Während wir uns die Zigaretten anzündeten, stellte er seine Frage. Seine Stimme vermittelte den Eindruck, dass so viel Konversation fürs Erste genügte. »Nachdem Sie mir keine Versicherung verkaufen wollen, was ist dann der Grund Ihres Besuchs?«

Ich nahm einen Zug und stieß den Rauch aus. Ein leichtes Schwindelgefühl breitete sich in meinem Kopf aus. »Ich benötige einige Informationen«, antwortete ich ihm.

»Informationen bedeuten Geld in unserem Geschäft«, sagte Sofuoğlu. »Werde ich Geld verdienen oder Geld verlieren, wenn ich Ihnen die Informationen gebe?«

»Es hat nichts mit Geschäften zu tun«, entgegnete ich ihm.

Ich nahm noch einen Zug aus meiner Zigarette. Langsam gewöhnte ich mich an die Dunhill. Diesmal wurde mir nicht mehr schwindlig.

»Wenn das so ist, dann werde ich wohl Zeit verlieren«, sagte er. Er stand auf und schloss das Fenster. Es schien ihm genug frische Luft eingedrungen zu sein.

»Dann will ich Sie nicht allzu viel Zeit verlieren lassen«, versprach ich ihm. Um meinen Satz überzeugend klingen zu lassen, sprach ich sehr schnell und machte keine Pausen zwischen den Worten. »Heute steht ein Bericht über den Mord an einer jungen Theaterschauspielerin in der Zeitung. Haben Sie ihn gesehen?«, setzte ich gleich nach.

Seine Augenbrauen hinter der dünnen Brille hoben sich. »Ich lese seit langer Zeit nichts anderes mehr als den Wirtschaftsteil in der Zeitung. Was ist das für ein Mord?«

»Sie hieß Tuğçen Yavaş«, erzählte ich ihm. »Kann es sein, dass Sie sie kannten?«

Von jetzt an könnte ich auf Dunhill umsteigen. Ich fühlte mich so, als hätte ich nach vielen Jahren einen alten Freund wieder getroffen.

»Tuğçen Yavaş hieß sie also?«, sagte Sofuoğlu. »Tuğçen Yavaş … Nein, den Namen habe ich noch nie gehört. Eigentlich ist das kein Name, den man so leicht vergisst. Warum ist es von Bedeutung, ob ich sie möglicherweise gekannt habe?«

Dieses Mal sprach ich sehr langsam. So langsam, dass es den Eindruck vermittelte, als ob ich viel mehr wüsste. Ich blickte ihm direkt in die Augen. »Es sieht so aus, als ob diese junge Frau Lust gehabt hatte, auch diese Steven-Segal-Sportart zu betreiben«, sagte ich ihm. »Nachdem was mein Meister mir erzählte, hat sie seine Telefonnummer von Ihnen erhalten und ihn daraufhin angerufen.«

Sofuoğlu runzelte die Stirn. »Ich soll ihr seine Telefonnummer gegeben haben?«

»Ja.«

»Allah, Allah. Ich habe niemandem …« Plötzlich änderte sich sein Gesichtsausdruck. »Das Mädchen muss wohl die Freundin von Orhan sein.« Er schaute mich an, als ob eine Befürchtung wahr geworden wäre.

»Wer ist Orhan?«, fragte ich.

Ich wartete, um ihm die Gelegenheit zu geben, in seinem Kopf das zu sortieren, was er mir sagen wollte.

»Genau! So war es«, sagte Sofuoğlu. »Orhan hatte mich nach der Telefonnummer gefragt. Eine Freundin von ihm wollte gerne Aikido machen, aber sie wusste nicht, wer diese Sportart anbietet und wo so etwas stattfindet. Irgendwann, als wir mal daheim einen Film anschauten, hatte ich ihm erzählt, dass mein Schulkamerad vom Gymnasium sich damit beschäftigt. Wahrscheinlich hat Orhan sich später daran erinnert und fragte mich deshalb nach der Telefonnummer. Ich dachte, dass mein ehemaliger Schulkamerad ihm wohl weiterhelfen könnte, und gab ihm die Nummer. Er wird wohl bei dem Meister angerufen haben.«

»Den Namen jener Freundin hat er Ihnen nicht zufällig verraten?«, wollte ich wissen.

»Nein, überhaupt nicht. Er hat mich auch nur nebenbei darauf angesprochen. Ich hätte den Namen sicher nicht vergessen, wenn er ihn mir genannt hätte. Aber sie muss es wohl sein. Oh, mein Gott, jetzt schau dir das an ... Sind Sie sicher, dass es ein Mord gewesen ist?«

»Leider«, antwortete ich.

»Und wer hat sie ermordet?«

Ich presste die Lippen zusammen und hob meine Schultern. Ich schaute mich um. Weil ich keinen Aschenbecher in meiner Nähe entdeckte, stand ich auf und beugte mich zu seinem Tisch hinüber. Sofuoğlu schob den Aschenbecher, der neben seinem Telefon stand, zu mir herüber. Ich streifte die Zigarettenasche darin ab.

»Aber ein Verbrechen, ein Mord?«, fragte er.

Ich nickte mit dem Kopf, während ich mich wieder hinsetzte.

»Das ist schmerzlich«, sagte er. »Das ist schmerzlich für Orhan.«

»Die jungen Leute trauern ...«, sagte ich, so als wüsste ich nicht, worauf er hinauswollte.

Er drückte seine Zigarette im Aschenbecher aus. Er wirkte etwas betrübt und wollte es auch zeigen. »Sind Sie Polizist?«, fragte er zögernd, als ob er kein Recht dazu hätte, mir diese Frage zu stellen.

»Nein«, antwortete ich. Ich wartete auf eine zweite Frage. Aber er fragte nicht. »Ich bin Privatdetektiv«, verriet ich ihm. »Nun da ich Ihnen das gesagt habe, muss ich Ihnen auch mitteilen, dass ich kein Recht dazu habe, Sie oder Orhan zu vernehmen.«

Er tat so, als hätte ihn mein Beruf nicht im Geringsten überrascht. »Aber Sie haben etwas von einem Polizisten an sich«, sagte er. »Muss ich nun befürchten, dass die Polizei sich gleich bei meinem Sohn meldet?«

»Nein, bestimmt nicht«, beruhigte ich ihn. »Vielleicht wissen die ja gar nicht, dass Ihr Sohn der Freund von Tuğçen Yavaş ist. Und wenn er nicht ein enger Freund oder ihr Geliebter ist … Bei solchen Vorfällen werden immer zuerst die engsten Beziehungen und Freunde befragt.« Ich stand wieder auf und drückte meine Zigarette im Aschenbecher vor ihm aus.

»Wenn das seine Geliebte gewesen wäre oder so etwas, dann hätte ich das sicher erfahren. Die jungen Leute wollen ja dies und jenes verheimlichen, aber in diesem Fall wäre das ein Trugschluss. Unter uns gesagt: Orhan prahlte gerne ein wenig herum. Auch vor seinem Vater. Bei dieser Aikido-Geschichte vermute ich, dass er bei einer Gelegenheit wohl damit geprahlt hat, dass er diesen und jenen kennt. Und als dann das Mädchen die Telefonnummer von ihm verlangte, blieb ihm nichts anderes übrig, als mich nach der Nummer meines ehemaligen Schulkameraden zu fragen.«

»Wann wollte er die Telefonnummer von Ihnen haben?«

Er verzog wieder das Gesicht und runzelte die Stirn, starrte in die Ecke hinter mir und überlegte. »Das muss vor gut zwei Wochen gewesen sein.«

»Hat er in der Zwischenzeit nichts von ihr erzählt? Dass sie vielleicht mit dem Meister gesprochen oder schon mit dem Training begonnen hat? Oder dass der Meister vielleicht Grüße ausgerichtet hätte?«

»Ich bin mir nicht einmal sicher, ob er überhaupt von einer Freundin geredet hat«, antwortete Sofuoğlu. »Danach hat er sie nie wieder erwähnt. Ich hatte das alles schon längst vergessen, bis Sie davon gesprochen haben.«

»Haben Sie etwas dagegen einzuwenden, wenn ich diese Angelegenheit mit Ihrem Sohn bespreche?«, fragte ich.

Mit den Fingern beider Hände klimperte er auf dem Schreibtisch, als würde er Klavier spielen. Dann lehnte er sich in den Sessel zurück. »Ich habe gar nichts dagegen, im Gegenteil, das wäre vielleicht sehr gut, wenn Sie mit ihm reden.«

»Das heißt?«, fragte ich, als ob ich ihn nicht verstanden hätte.

»Mord ist eine ernste Angelegenheit«, erwiderte er. »Eine sehr ernste Angelegenheit sogar. Wenn Orhans Name in irgendeiner Weise in diese Sache verwickelt wird, wäre es gut, wenn ich als Erster davon erfahren würde.«

Diesmal blickte ich in die Ecke des Raumes über seinem Kopf.

»Arbeiten Sie im Auftrag von jemandem an diesem Fall?«, wollte er wissen.

»Nein.« Ich wartete auf seine nächste Frage.

»Woher rührt dann Ihr Interesse an diesem Mordfall?«

»Das zu erläutern, würde sehr lange dauern«, antwortete ich.

»Also gut, dann erzählen Sie es nicht«, gab sich Sofuoğlu einverstanden. »Das interessiert mich auch nicht besonders. Ich bin auch nicht sehr erpicht darauf, zu erfahren, wer das Mädchen ermordet hat. Aber wie gesagt, ich möchte als Erster erfahren, inwiefern die ganze Sache etwas mit Orhan zu tun hat.«

»Es ist schwer, Vater zu sein«, sagte ich.

»Manchmal ist es schwieriger, als Sie es sich vorstellen können«, erwiderte Sofuoğlu. Er schien sich beruhigt zu haben. »Haben Sie Kinder?«

»Nein«, antwortete ich. »Es hat sich bisher keine Gelegenheit dafür ergeben.«

»Freuen Sie sich über Ihr Glück und belassen Sie es dabei, wie es ist«, sagte er. »Na, Sie wissen ja, wie es im Volksmund heißt: Vater einer Tochter zu sein, bedeutet, Vater von Sorgen und Problemen zu sein. Aber das ist alles falsch, nichts im Vergleich zu einem Sohn.«

»Sie haben wohl Sorgen?«, fragte ich.

»Na ja«, antwortete er in einem Ton, als wollte er sagen, dass es nicht ganz so schlimm sei. »Wenn Sie einen Sohn von sechsundzwanzig Jahren hätten, der die Schule nicht abgeschlossen und keinen Beruf erlernt hat, der Ihnen ständig in den Ohren liegt, dass er eine Bar eröffnen wolle, dann würden Sie verstehen, was ich meine.«

»Hat er die Bar eröffnet?«

»Ja, das hat der Dummkopf gemacht.«

»Läuft das Geschäft wenigstens gut?«, wollte ich wissen.

»Ja, es scheint einigermaßen gut zu laufen«, entgegnete Riza Sofuoğlu. »Nachdem er mich nun schon seit zwei Monaten nicht um Geld gebeten hat ...«

»Wohnt er bei Ihnen?«

»Er hat noch sein Zimmer bei uns. Manchmal kommt er, bringt Wäsche, holt andere Sachen, isst bei seiner Mutter. Er hat sich gemeinsam mit einem Freund eine Wohnung in Beşiktaş gemietet. Ich bin noch nie dort gewesen. Es ist mir auch egal, er hat mich sowieso nicht eingeladen.«

»Wo befindet sich seine Bar?«

»In Beyoğlu, wo sollte sie auch sonst sein?«

»Sind Sie schon einmal hingegangen?«, fragte ich.

»Was habe ich denn in seiner Bar verloren?«, antwortete der Mann ein wenig verbittert. »Ich setze da keinen Schritt hinein. Ich schäme mich sowieso, wenn mich meine Freunde nach dem Jungen fragen. Was macht denn dein Sohn, Riza? Er hat eine Bar eröffnet und lässt eine Frau tanzen ... Gott bewahre, Gott bewahre. Soll ich denn auch noch selbst hingehen und mir diese Schamlosigkeit mit eigenen Augen anschauen?«

Der fromme Riza. »Wenn Sie wollen, werfe ich einen Blick hinein«, schlug ich ihm vor.

Er erhob sich aus dem Sessel und lief einige Schritte auf und ab. Er schien über etwas nachzudenken. Dann setzte er sich wieder hin. Er griff zu der Zigarettenschachtel, ließ sie dann aber liegen.

»So sollten wir vorgehen ...«, begann er.

Ich blickte ihn fragend an.

»Da Sie keinen Auftraggeber für diesen Fall haben, will ich Sie engagieren. Forschen Sie nach, ob es ein ernstes Problem für Orhan im Zusammenhang mit diesem Mordfall gibt. Und außerdem können Sie ein Auge auf diese verfluchte Bar werfen.«

»Ich denke, dagegen ist nichts einzuwenden. Aber es gibt ein, zwei Dinge, die Sie wissen sollten.« Dann zählte ich auf, was ich mittlerweile auswendig konnte. »Ich habe keinerlei Angewohnheiten wie beispielsweise Fotos zu machen, Telefonate abzuhören und all die anderen Dinge, die den Leuten einfallen, wenn sie das Wort Privatdetektiv hören«, erklärte ich. »Außerdem könnte es manchmal vorkommen, dass Ihnen Dinge missfallen, die mir wiederum gefallen. In solchen Fällen verlangen Sie bitte nicht von mir, dass ich irgendwelche Personen mit offiziellen Ausweisen täusche oder übers Ohr haue. Das würde ich nicht machen.« Ich war überrascht, als ich mich wieder wie Remzi Ünal sprechen hörte.

Riza Sofuoğlu hörte mir nickend zu. Ich hielt es nicht für notwendig, die Doktor-Nummer abzuziehen, und behielt mir das für Aufträge von reichen Frauen mittleren Alters vor. Als eine Art Schlusssatz fügte ich noch hinzu: »Wenn ich eine gute Seite habe, dann die, dass die Lügen meiner Auftraggeber mich nicht sonderlich bedrücken.«

»Tischen die Ihnen viele Lügen auf?«, wollte er wissen.

»Viele«, entgegnete ich. Ich wartete auf die Frage, die nun kommen würde.

»Habe ich Sie auch angelogen?«

»Ja«, antwortete ich ruhig.

»Wobei habe ich Sie angelogen?«, fragte er und lächelte, als ob ihn die Angelegenheit amüsieren würde.

Ich sprach, ohne zu lächeln: »Meiner Meinung nach haben Sie sich vor zwei Monaten fürchterlich verkracht mit Ihrem Sohn, als er von Ihnen Geld haben wollte. Sie haben ihm zwar das gewünschte Geld gegeben, aber er ist dann abgehauen. Vielleicht war das auch die Gegenleistung für das Geld. Sie haben sich seitdem kaum getroffen oder miteinander unterhalten.«

Sofuoğlu war am Gesicht abzulesen, dass er sich nicht mehr amüsierte. Mir war seine Reaktion gleichgültig.

»Mich interessiert dabei nicht die Beziehung zwischen Vater und Sohn«, fuhr ich fort, »sondern die Tatsache, dass Sie sich nicht sofort erinnern konnten, als ich Sie darüber ausfragte, wann Ihr Sohn die Telefonnummer des Meisters haben wollte.«

»Und?«, fragte er. In seinen Augen konnte ich ablesen, dass sich einige seiner Gedanken über mich geändert hatten.

»Dass Sie sich an das einzige oder vielleicht eines der seltenen Gespräche in dieser Zeit nicht erinnern konnten, fand ich bemerkenswert«, antwortete ich. Nun reicht es aber für den Augenblick, sagte ich mir. »Natürlich nur, wenn meine Theorie von dem Streit zutrifft …«, fügte ich hinzu.

»Ich verstehe, was Sie sagen wollen«, sagte er. »Mein Problem ist …«

»Sie brauchen nichts zu erklären«, schnitt ich ihm das Wort ab. »Ich habe es Ihnen ja schon gesagt: Solche Sachen bedrücken mich nicht.«

»Das freut mich zu hören«, sagte er. »Ich werde diese Angelegenheit nicht vergessen.«

»Ich habe es schon längst vergessen«, erwiderte ich.

»Das ist sehr gut so«, sagte Sofuoğlu. Er vermittelte den Eindruck, als ob er die Angelegenheit in einer Akte abgelegt hätte und sie dem Mann mit dem dünnen Schnurrbart im Vorraum übergeben würde, damit er sie einsortierte. »Noch einmal zum Kern der Angelegenheit: Wenn es irgendeine Schweinerei gibt, in die Orhan verwickelt ist, dann möchte ich das als Erster erfahren. Das ist mein einziges Anliegen.«

»Das passt mir«, antwortete ich.

Er spielte wieder Klavier auf dem Tisch. »Wie viel wird mich das Ganze kosten? Verraten Sie mir das wenigstens noch?«, wollte er wissen.

Ich dachte an den Betrag, der neben meinem Namen auf der Liste im Eingangsbereich des Mehrfamilienhauses stand, und multiplizierte ihn mit zehn. Das erschien mir zu wenig. Ich multiplizierte den Betrag mit fünfzehn. Mit der Gleichgültigkeit eines Arztes nannte ich ihm die Summe.

»Einverstanden«, sagte er sofort und stand auf.

Ich hatte das Gefühl, dass er auch dann zugestimmt hätte, wenn ich den Betrag mit zwanzig multipliziert hätte. Auch ich stand auf. »Die Adresse?«, fragte ich. Er blätterte in dem Adressbuch mit Ledereinband, das auf seinem Schreibtisch lag, und fand schließlich, was er suchte. Er riss ein Blatt vom Notizblock, schrieb etwas drauf, faltete es in der Mitte und gab es mir.

»Ich habe auch die Adresse seiner Wohnung aufgeschrieben«, sagte er. »Wissen Sie, warum er mir die Adresse gegeben hat? Nicht etwa, um mich einzuladen, sondern damit ich ihm sein Klavier liefern lasse. Was für ein Elend!«

Ich holte meine Brieftasche hervor und steckte das Notizblatt mit der Adresse herein. Ich nahm eine der ansprechend gestalteten Visitenkarten heraus, die mir mein Freund aus der Werbebranche gedruckt hatte, und überreichte sie ihm. »Ich besitze kein Mobiltelefon«, erklärte ich ihm. »Falls ich mal nicht zu Hause sein sollte, ist der Anrufbeantworter immer an. Ich rufe Sie dann sofort zurück.«

Er nickte. Wir gingen langsam auf die Tür zu. Gerade als er die Hand auf den Türknauf legen wollte, stoppte er. »Mein Gott!«, rief er aus. »Ich habe Ihnen nicht einmal etwas zu trinken angeboten. Keinen Tee, Kaffee oder …«

»Ist nicht so wichtig«, beschwichtigte ich ihn. »Ich trinke etwas beim nächsten Mal.«

5

Als ich nach draußen trat, war es schon etwas wärmer geworden. Aber ich zog meine Lederjacke nicht aus. Ich steckte mir eine Zigarette an und ging in Richtung der Schiffsanleger. Dieses Mal machte ich langsamer und genoss den Weg dorthin. Das Tuten der Signalhörner der Schiffe, das Geschrei der Möwen, das Hupen der Autos ebenso wie das Rauschen des Meeres.

Als ich Hunger verspürte, kaufte ich mir einen Sesamkringel. Der Verkäufer benutzte eine Zange und außerdem trug er etwas an den Händen, was den dünnen Operationshandschuhen in den Krankenhäusern glich. Mir war das völlig egal, aber bestimmt gefiel es den Gruppen von japanischen Touristen, die hier in der Gegend unterwegs waren. Ich stellte mich so hin, dass die Japaner mich gut sehen konnten, und aß meinen Sesamkringel.

Danach fuhr ich mit der Tunnelbahn nach oben. Plötzlich entschied ich mich dagegen, bis zur Bar von Orhan Sofuoğlu zu gehen. An einem Kiosk kaufte ich mir drei Zeitungen. Ich stieg in eines der Taxis, die am Straßenrand warteten. Auch wenn der Taxifahrer darüber verärgert schien, dass statt eines Japaners ich eingestiegen war, ließ er keinen Mucks von sich hören. Er schwieg, bis wir am Taksim-Platz ankamen.

Anstatt während der Fahrt aus dem Fenster zu schauen, ging ich die Zeitungen durch. Ich erfuhr nichts Neues über Tuğçen Yavaş. Die reißerischen Überschriften der Berichte unterschieden sich, aber das im Studio aufgenommene Foto war in allen drei Zeitungen abgedruckt.

Als ich ausstieg, ließ ich die Zeitungen im Taxi. Auf dem Bürgersteig nahm ich das in der Mitte gefaltete Blatt von Sofuoğlu aus meiner Brieftasche. Ich las es, zerriss es in tausend Schnipsel und warf sie in einen kleinen, halb vollen Abfalleimer am Straßenrand.

Die Kebir Caddesi war voll und laut. Zwischen all den Jungen und Mädchen, zwischen all den Cliquen von Jugendlichen, zwischen den Davoneilenden und den Müßiggängern, zwischen denen, die ein bestimmtes Ziel vor Augen hatten, und denen, die bloß umherschlenderten, ging ich zielstrebig voran. Ich überhörte die Musik, die von rechts und links erschallte.

Als ich das Gebäude des Kleidergeschäfts Vakko erreichte, bog ich nach rechts ab. Ich ging am Café Kaktus vorbei und folgte der Straße nach unten. Die Bar von Orhan Sofuoğlu befand sich am Ende der Straße.

Der Eingang zum Kanka Café & Bar lag unterhalb der Straßenhöhe. Fünf Stufen führten zur Eingangstür hinunter. Auf die Tür war ein riesiges Bierfass gemalt, rechts vom Fass eine Gitarre, links davon eine kleine Schellentrommel.

Ich stieg die Treppe hinab und öffnete die Stahltür. Ich ließ sie einen Spalt offen stehen, nachdem ich eingetreten war.

Drinnen war es nicht so dunkel, wie es die mächtige und schwer zu öffnende Eingangstür erwarten ließ. Der Raum war nicht sonderlich groß. Die Theke war kurz und befand sich an einer Wand, die aus Backsteinen gemauert zu sein schien. Jemand hatte sein Mobiltelefon auf der Theke vergessen. Sonst gab es nichts, was einem das Herz schneller schlagen ließ. In dem Barraum, der eher die Dimensionen eines Wohnzimmers hatte, befanden sich kleine Peddigrohrhocker und Tischchen mit runden Kupfertabletts darauf. Ganz hinten war eine kleine Bühne zu sehen, die Platz für höchstens zwei Personen bot. Die Bühne war nur eine Handbreit höher als der Boden des Raumes. Zwei Mikrofone standen darauf, daneben ein Lautsprecher und eine moderne Musikanlage. Die Fläche von knapp drei Quadratmetern direkt vor der Bühne schien wohl als Tanzfläche vorgesehen zu sein. An den Wänden hingen einige Kelims. Dazwischen waren zwei Langhalslauten befestigt, ein kurzes und ein etwas längeres Instrument.

Es war niemand in der Bar. »Hallo, ist da jemand?«, rief ich in den Raum. Keine Antwort. »Ist da jemand?« Falls jemand da war und herkommen würde, dann nur aus dem Korridor am Ende der Bar. Er führte wahrscheinlich zur Küche oder zu den Toiletten im hinteren Teil und war mit einem Perlenvorhang abgetrennt. Ich steckte mir eine Zigarette an und lehnte mich an den Tresen.

Selbst an Abenden, an denen die Bar brechend voll war, passten hier gerade mal zwanzig Leute hinein. So wie es aussah, würde hier wohl nur jemand aus der Nachbarschaft ein Bier trinken kommen. Mehr schien nicht los zu sein. Meiner Meinung nach tat Riza Sofuoğlu gut daran, die Bar seines Sohnes nicht aufzusuchen. Ich ließ die Asche meiner Zigarette in einen riesigen Aschenbecher aus Kupfer fallen, der wohl in der Nacht zuvor sauber gemacht worden war. Hätte ich irgendwo einen Wasserkocher erspäht, fast hätte ich mir selbst einen Kaffee zubereitet. Vielleicht sollte ich hinter den Perlenvorgang treten und mich in den anderen Räumen umschauen.

Dazu kam es nicht. Aus dem Mobiltelefon erklang ein Läuten. Ich lehnte mich vor und schaute nach. Auf dem Display war das Symbol eines Briefumschlags erschienen. Ich zögerte einen Augenblick, dann drückte ich, ohne das Telefon in die Hand zu nehmen, auf die »Yes«-Taste. Der Satz erschien: »Vor der Kamera bist du gut, aber auch im Bett? Ich weiß es immer noch nicht.« Na hoppla, sagte ich zu mir selbst. Wer ist wohl dieser verschossene Kerl, fragte ich das Mobiltelefon. Der Name des Absenders war eingetragen: Tümer Ateş. Na hoppla! Der berühmte Fernsehproduzent persönlich?

Mir schien, als hätte ich auf der Treppe Schritte gehört. Hastig wählte ich im Menü »Löschen« und brachte danach das Gerät in den ursprünglichen Betriebszustand. Ich drehte mich um und lehnte mich mit dem Rücken an den Tresen. Die mächtige Stahltür öffnete sich langsam.

Ein untersetztes Mädchen trat in den Raum. Sie trug ein langes unifarbenes Kleid, das bis zum Boden reichte. Ihr kastanienbraunes Haar waren kurz geschnitten. An einem Ohr baumelte ein langer Ohrring. Sie schaute mich mit einem Gesichtsausdruck an, als könne sie sich unmöglich vorstellen, was ich hier zu suchen hatte. »Wir haben geschlossen, mein Herr«, sagte sie, wobei sie auf meinen Mund und nicht auf meine Augen schaute.

»Das sieht man«, pflichtete ich ihr bei.

Während sie sich überlegte, was sie mir antworten wollte, trat sie hinter die Bar. Auf der anderen Seite musste es einen Podest oder irgendeine Erhöhung geben, denn plötzlich war sie größer. Sie fand wohl keine passende Entgegnung auf meine Worte.

Ich benutzte wieder den riesigen Aschenbecher aus Kupfer. »Ich wollte mal bei Orhan reinschauen«, erklärte ich.

»Orhan?«, fragte sie.

»Orhan Sofuoğlu«, erkläre ich, wobei ich den Nachnamen etwas betonte.

»Ach so … Orhan«, sagte sie nur. Fast schien sie sich darüber zu freuen, dass es nun ein Thema zum Reden gab. »Der kommt nicht vor heute Abend hierher.«

»Wo kann ich ihn denn vorher finden?«

»Das weiß ich nicht«, entgegnete sie. »Manchmal ist er auch schon tagsüber hier. Aber ich weiß nicht, wo man ihn erwischen kann, wenn er nicht hier ist.«

»Wenn Sie ihn dringend rufen müssten, wie erreichen Sie ihn dann?«, wollte ich wissen.

Das Mädchen schaute mir direkt ins Gesicht, als ob ich etwas überaus Wichtiges gesagt hätte. Sie bemühte sich, eine Entscheidung zu treffen. Dann entschied sie sich, eine niedliche *barmaid* zu sein. Eine *barmaid,* deren Schicht sehr früh begonnen hatte. »Hier in der Bar haben wir es sehr selten mit dringenden Angelegenheiten zu tun«, antwortete sie. »Warum suchen Sie Orhan?«

Und ich entschied mich dafür, ein liebenswürdiger Gast zu sein. Während ich meine Zigarette ausdrückte, erklärte ich ihr: »Er ist der Sohn des Freundes eines meiner Freunde. Wenn es dich mal nach Istanbul weht, dann besuche ihn doch mal, hatte dieser Freund mir vorgeschlagen. Und nun bin ich hier.«

»Istanbul ist heutzutage eine sehr schnelllebige und hektische Stadt«, sagte das Mädchen mit dem langen Ohrring. »Sie können nie genau wissen, wo und wann Sie jemanden finden.«

»Aber du bist hier«, entgegnete ich. »Wenn dich jemand suchen würde, könnte er dich also finden.«

Es beeindruckte sie nicht im Geringsten, dass ich begonnen hatte, sie zu duzen. »Ich muss hier ein paar Dinge erledigen, damit alles für den Betrieb heute Abend vorbereitet ist«, erklärte sie, während sie unter der Theke ein Tuch hervorholte und damit über die Theke wischte. Ihr Mobiltelefon schaute sie gar nicht an.

Ich versuchte, mir irgendetwas Gescheites einfallen zu lassen, das ich ihr erzählen könnte. Aber selbst wenn ich etwas gefunden hätte, wäre es nicht mehr möglich gewesen, es anzubringen. Denn unter der Theke drang das laute Klingeln eines Telefons hervor.

Das Mädchen ließ das Tuch liegen und nahm den Hörer ab. »Bitte«, sagte sie lediglich. Dann hörte sie einen Moment dem Sprecher in der Leitung zu. »Nein«, sagte sie dann. »Das nehme ich nicht an.« Wieder hörte sie zu. »Ich nehme nicht an, dass das notwendig sein wird«, antwortete sie dann. Sie warf einen Blick in meine Richtung, um zu sehen, ob ich das Gespräch verfolgte, doch ich hörte gar nicht hin. »Das musst du selbst wissen«, sagte sie, bevor sie den Hörer auflegte. Danach griff sie zu dem Aschenbecher aus Kupfer und leerte die Asche und meine ausgedrückte Zigarette in einen Mülleimer unter der Theke. Ohne den Aschenbecher auszuwischen, stellte sie ihn auf seinen Platz zurück. Gleichzeitig schaute sie mir ins Gesicht. Nur mit solch einem Blick konnte man signalisieren, dass das Gespräch beendet ist, ohne sagen zu müssen, dass das Gespräch beendet ist.

Auch wenn ich nichts Gescheites zum Plaudern finden würde, hatte ich mich entschlossen, noch etwas länger hier zu bleiben. Ich lehnte mich mit dem Rücken an die Theke. »Gibt es hier die Zeitung von heute?«, fragte ich sie.

»Ich habe Sie nicht verstanden.«

»Die Zeitung«, wiederholte ich. »Gibt es hier irgendwo die Zeitung von heute? Wer weiß, vielleicht schaut Orhan zufällig vorbei. Ich würde gerne die Zeitung lesen, während ich warte.«

Die niedliche *barmaid* verschwand plötzlich. An ihre Stelle trat eine untersetzte junge Frau, die ein langes, bis zum Boden reichendes unifarbenes Kleid trug, deren kastanienbraunes Haar kurz geschnitten war, an deren Ohr ein langer Ohrring baumelte und die nicht so recht wusste, was sie erwidern sollte. »Bitte«, sagte sie unsicher.

»Bitte was?«

»Bitte gehen Sie.«

»Warum?«, fragte ich. »Ich bin es leid, mich am Morgen auf der Istiklal Caddesi herumzutreiben. Hier ist es schön und gemütlich. Vielleicht kommt Orhan. Und du kannst uns ja einen Kaffee machen …«

»Wir haben geschlossen!«

»Wir haben geschlossen!«, imitierte ich sie. Ich zeigte mit meiner Hand auf die Bar, die Flaschen, die Gläser, die Peddigrohrhocker. »Mir gefällt das alles hier.«

»Bitte machen Sie keine Schwierigkeiten«, bat sie. »Gehen Sie. Ich habe hier noch zu arbeiten.«

»Na ja«, sagte ich, während ich zu dem Hocker ging, der am nächsten zur Wand stand. »Es ist nicht so schlimm, wenn du keinen Kaffee machst.« Ich setzte mich und lehnte mich mit dem Rücken an die Wand. Ich zündete mir eine weitere Zigarette an und legte sie auf den Untersetzer eines Teeglases, das auf dem Kupfertablett stand. Der Rauch stieg langsam und senkrecht an die Decke. Sie schaute mich an, als schien sie darüber nachzudenken, wie ihr nächster Angriff aussehen könnte. Aber es war nicht mehr nötig, weiter über die Vorgehensweise nachzudenken.

Als die schwere Eingangstür geöffnet wurde, wandten sich ihre Augen sofort dorthin. Zuerst kam ein wild aussehender Riesenkerl herein. Nach ihm ein junger Bursche, der einigermaßen vernünftige Körpermaße besaß.

Der grobschlächtige Riesenkerl war viel größer als ich. Sein Kopf war komplett kahl geschoren, und sein Nacken war kaum auszumachen auf den Schultern. Aber er hatte es wohl nicht übers Herz gebracht, sich den Oberlippenbart abzurasieren. Er reichte ihm auf beiden Seiten hinunter bis unter den Mund. Wenn man es ihm sagen würde, wäre er sicher nicht glücklich darüber, aber sein Gesicht war das eines Dorfburschen. Über einem Trikot von Galatasaray, das über seinem Bauch spannte, trug er eine Lederweste. Die dicken Oberschenkel steckten in alten Blue Jeans. Ich beschloss, ihm den Eintritt nicht zu gestatten, wenn das meine Bar wäre.

Den jungen Burschen, der hinter im eintrat, hätte ich an der Kasse platziert. Er hatte ein längliches hageres Gesicht. Die Haare waren mit reichlich Gel nach hinten gekämmt. Seine Augen schienen in alle vier Richtungen gleichzeitig zu blicken. Der Bart war drei, vier Tage nicht rasiert worden, wirkte jedoch gepflegt. Er trug ein sauberes T-Shirt, auf dem FCUK stand. Auch seine weit geschnittene Blue Jeans war sauber.

Erst schauten sie das Mädchen mit dem langen Ohrring an. Danach mich. Der Bursche mit dem Gel in den Haaren schien zum Schluss zu kommen, dass im Augenblick keine Gefahr bestand, und ging dann zu dem Mädchen hinüber. Der wild aussehende Riesenkerl blieb zurück und beobachtete mich weiterhin unverhohlen. Der Bursche mit dem Gel in den Haaren beugte sich über die Theke zu dem Mädchen. Mit leiser Stimme besprachen sie etwas.

Ich betrachtete den Zigarettenrauch, der langsam und gleichmäßig vom Aschenbecher nach oben aufstieg.

Dann kam der Gegelte auf mich zu. Er musterte mich eingehend von oben bis unten, und um mir seine körperliche Überlegenheit zu zeigen, näherte er sich mir, bis er fast meine Knie berührte. Ich an seiner Stelle hätte so etwas nicht gemacht. »Hör mal, Kamerad, wir haben geschlossen«, sagte er. Dann befahl er von oben herab: »Du musst jetzt gehen!«

Ich schaute von meinem Platz aus nach oben, als ob ich ihn zum ersten Mal sehen würde. »Du hast dich also entschlossen, die Sache für wichtig zu halten«, entgegnete ich. Er tat so, als hätte er meine Worte gar nicht gehört.

»Wenn du dich jetzt nicht schleunigst davonmachst, dann könnte es sehr unangenehm werden für dich«, drohte er. »Nur damit du klar siehst.«

»Das ist wirklich eine Schande«, klagte ich, während ich mich erhob und die Hände auf die Hüften stützte. »Da sind wir hergekommen, um die Grüße eines Freundes von Orhans Vater an dessen Sohn auszurichten, und anstatt uns einen Tee oder Kaffee anzubieten, komplimentiert man uns so unhöflich hinaus.« Als ich mich erhoben hatte, sah er, dass ich größer und breiter war als er. Doch er wich keinen Schritt zurück.

»Şeyda hat dir bereits gesagt, dass er erst am Abend kommt, aber du wolltest hier wohl noch länger palavern«, sagte er. »Wenn du Orhan etwas zu sagen hast, kannst du es gleich mir erzählen, ich richte es ihm schon aus.«

»Bist du sicher, dass du nicht vielleicht selbst Orhan bist?«, fragte ich.

Er konnte nicht mehr an sich halten und begann laut zu lachen, als ob ich etwas sehr Komisches erzählt hätte. Auch der Riesenkerl, der hinter ihm stand, lachte. Es war mehr ein komisches Geräusch, als ob ihm jemand ein Loch in seine Kehle gemacht hätte, damit er rasselnd atmen konnte. Dann wurde der Bursche mit dem Gel in den Haaren wieder ernst. »Habe ich irgendeine Ähnlichkeit mit Orhan?«, fragte er in Richtung des Mädchens, das anscheinend Şeyda hieß. »Nun sag doch mal, habe ich irgendeine Ähnlichkeit mit ihm?«

»Orhan ist schöner als du, Zyprer«, antwortete sie.

Der wild aussehende Riesenkerl im Hintergrund begann erneut zu lachen.

Ich beugte mich hinunter und nahm meine Zigarette vom Untersetzer des Teeglases. »Zyprer …«, wiederholte ich, als würde ich zu mir selbst sprechen. »Ein schöner Name. Den vergisst niemand.«

»Man spricht hier in der Gegend oft über mich«, sagte er.

»Dein Freund hinter dir sorgt wohl dafür, dass man sich oft an euch erinnert!«, stellte ich fest.

»So kann man es auch sagen«, antwortete der Zyprer. »Gelegentlich nehme ich ihn mit zum Amüsement.«

Der grobschlächtige Riesenkerl lachte schon wieder.

»Ich würde zu gerne dabei sein und zusehen, wie ihr beide euch amüsiert«, antwortete ich. »Aber nachdem ihr heute nicht gerade euren gastfreundlichen Tag habt, werde ich mich auf einen kleinen Rundgang durch die Stadt begeben. Heute hat es leider nicht geklappt. Aber vielleicht amüsieren wir uns ein anderes Mal.« Ich holte mein Portemonnaie hervor und nahm eine Visitenkarte heraus. Ich machte zwei, drei Schritte zur Theke hin. Der Zyprer trat zur Seite. Der wild aussehende Riesenkerl blieb an seinem Platz, verfolgte meine Schritte mit den Augen. Jetzt lachte er nicht mehr.

»Habt ihr vielleicht einen Stift da unten?«, fragte ich Şeyda mit dem langen Ohrring.

Das Mädchen brachte von dort unten, wo sie das Telefon hervorgeholt hatte, einen Kugelschreiber mit dem Aufdruck *bic* hervor und legte ihn auf die Bar.

Auf die Rückseite der Visitenkarte schrieb ich: »Tuğçen Yavaş kann jetzt wohl kein Aikido mehr trainieren.« Ich ließ die Visitenkarte auf der Theke liegen, mit der Seite nach oben, auf der mein Name und meine Adresse standen. Den Kugelschreiber legte ich daneben. Ich drückte meine Zigarette in dem riesigen Aschenbecher aus Kupfer aus. »Wenn Orhan kommt, richtet ihm aus, dass er mich anrufen soll«, trug ich ihnen auf. »Es ist ziemlich wichtig.«

»Mein Gott! Hör mal, wir können es ihm nur ausrichten und ihm deine Karte geben«, sagte der Zyprer. »Ob er anruft oder nicht, das muss er selbst entscheiden.«

»Es wäre sehr gut, wenn er anrufen würde«, sagte ich.

»Ich werde ihm ausrichten, dass er Sie anrufen soll«, versprach Şeyda.

»Vielen Dank«, entgegnete ich ihr. »Würden Sie mir vielleicht noch Ihren Nachnamen mitteilen?«

»Tapan«, antwortete sie mit einem überrascht wirkenden Lächeln.

»Also, vielen Dank noch mal«, sagte ich. »Und auf Wiedersehen. Wer weiß, vielleicht schaue ich mal abends vorbei.« Ich vergrub meine Hände in den Taschen meiner Lederjacke und ging auf die Tür zu. Der wild aussehende Riesenkerl trat einen Schritt zurück, um mir Platz zu machen. Auf seinem dörflichen Gesicht war keine Spur von Lächeln geblieben. Aber er blickte mir direkt in die Augen.

»Dir auch einen schönen Tag, Kamerad«, sagte ich, als ich an ihm vorbeiging. Er schwieg. Die schwere Stahltür schloss wie von selbst hinter mir. Mit langsamen Schritten ging ich die Stufen zur Straße hinauf.

Die Istiklal Caddesi war ein wenig voller und das Wetter ein wenig wärmer geworden. Ich legte mir meine Lederjacke um die Schulter und mischte mich unter die vielen Menschen. Außer mir schienen alle Passanten zu wissen, wohin sie wollten, schienen alle ein Ziel vor Augen zu haben. Das gefiel mir gar nicht. Wenn man nachdenkt, findet man von selbst ein Ziel, das man erreichen kann. Nachdem ich mich entschlossen hatte, den Bosporus auf dem Wasserweg zu überqueren, verzichtete ich darauf, den Kaffee, den man mir in der Kanka-Bar nicht angeboten hatte, hier irgendwo zu trinken. Ich ging nun mit schnelleren Schritten, so wie die Menschen um mich herum auch. Am Anfang der Siraselviler Caddesi stieg ich in eines der Taxis, die wartend in der Richtung standen, die die Straße hinunterführte. »Zum Schiffsanleger«, sagte ich dem Fahrer. Der vermittelte den Eindruck, als hätte man ihn gestört, und startete den Wagen. Das Innere des Taxis war so voll mit gelbem und rotem Schmuck und Zierrat, dass der wild aussehende Riesenkerl seine wahre Freude daran gehabt hätte.

»Jetzt gibts auch noch eine Preiserhöhung für Benzin«, klagte der Taxifahrer, als wir die Notaufnahme des Krankenhauses passierten. Ich gab ihm keine Antwort. »Diese Scheißwirtschaftskrise.« Ich gab ihm erneut keine Antwort. Daraufhin war er wohl eingeschnappt. Er sprach kein Wort mehr, bis wir am Ziel angelangt waren.

Den Kaffee, den ich mir selbst zu spendieren versprochen hatte, trank ich auf dem Oberdeck des Schiffes. Dabei legte ich die Beine auf das Metallgeländer auf dem Oberdeck. Weil der Kaffee mit dem Leitungswasser der Stadtwerke aufgesetzt worden war, schmeckte er bitter. Aber was solls, es war Kaffee.

Am Anleger in Kadiköy verließ ich das Schiff und machte dieses Mal einen der dort wartenden Taxifahrer unglücklich, als ich in seinen Wagen einstieg und als Fahrtziel »Moda« angab. Die gesamte Fahrt den Hang hinauf schüttelte er nur den Kopf. Weil ich nicht genau wusste, wohin, erlaubte ich dem Fahrer, bis zu dem Platz zu fahren, wo sich die vielen Eiscafés befanden. Ich rundete den Betrag auf dem Taxameter auf, wartete nicht auf das Wechselgeld und stieg aus.

Ich ging die Moda Caddesi in die Richtung zurück, aus der wir mit dem Taxi gekommen waren, und hielt dabei Ausschau nach einer bestimmten Sorte von Lieferwagen. Ich brauchte nicht weit zu gehen. Vor einem kleinen Krämerladen stand ein Coca-Cola-Lieferwagen mit eingeschalteten Blinklichtern in der zweiten Parkreihe. Niemand saß drin. Ich zündete mir eine Zigarette an und wartete. Ein junger Mann kam aus dem Krämerladen heraus mit einem Stoß Papier in den Händen. Er hatte vor, sich möglichst schnell hinter sein Lenkrad zu setzen. Als er bemerkte, dass ich direkt auf ihn zuging, blieb er erwartungsvoll stehen. »Ich wollte kurz etwas fragen«, sprach ich den Mann an. »Wissen Sie vielleicht, wo sich der Lebensmittelmarkt Yeni Moda befindet?«

Er kratzte sich mit einem Bleistift am Hinterkopf. Dann erinnerte er sich. Er zeigte auf die gegenüberliegende Straße. »Du musst diese Straße immer geradeaus gehen«, erklärte er mir. »Dann gabelt sich die Straße. Da gehst du links weiter. Dann musst du in die Straße gegenüber der Grundschule einbiegen, etwas weiter geradeaus befindet sich dann der Lebensmittelmarkt, den du suchst.«

»Vielen Dank«, sagte ich. »Möge dir die Arbeit gut von der Hand gehen.«

Die Straße, in die er mich geschickt hatte, hieß Cem Sokak. Ich ging auf die andere Straßenseite und machte mich in die von ihm beschriebene Richtung auf. Um ehrlich zu sein: Der Typ wusste, wie man einen Weg genau beschreibt. In den engen Gassen kam ich voran wie einer, der auf dem Weg nach Hause ist. Dann blieb ich stehen. Jetzt sah ich den Lebensmittelmarkt Yeni Moda genau aus derselben Perspektive, wie er auf dem Foto in der Zeitung abgebildet gewesen war.

Er sah ganz und gar nicht neu und modern aus. Das Schild war ohne Zweifel ein Geschenk von Coca-Cola. Der Name des Getränks war groß geschrieben, der Name des Marktes hingegen klein. An beiden Seiten der Tür waren Ständer aufgereiht mit all dem Kleinkram, für den die Kinder auf dem Weg von der Schule nach Hause ihr Taschengeld ausgeben. Vor jedem der Ständer befand sich eine auf den Kopf gestellte leere Getränkekiste. An der Kasse war niemand zu sehen.

Der Balkon der Wohnung von Tuğçen Yavaş befand sich rechts oberhalb des Lebensmittelmarkts. An der offenen Balkontür bewegte sich ein Vorhang mit Blumenmuster hin und her. Eine Eisengittertür war nach außen hin geöffnet und lehnte an der Wand. Ein leerer Blumentopf verhinderte, dass die Balkontür zufiel. Ich wunderte mich, dass sie offen stand. Der Eingang zu dem Mehrfamilienhaus musste sich in der kleinen Straße befinden, um die Ecke vom Lebensmittelmarkt. Wenn jemand von dem Balkon heruntersprang, konnte er mit wenigen Schritten außerhalb des Sichtbereichs der Häuser gelangen. Der Rest war einfach. Und falls die Straßenbeleuchtung schwach genug war, konnte man nachts auf diesem Weg in die Wohnung einsteigen.

Mit dem äußeren Anschein eines Mannes, der genau wusste, wohin er wollte, ging ich am Lebensmittelmarkt vorbei, bog an der Ecke in die Straße ein und schritt weiter voran. Ein paar Fenster weiter befand sich der Eingang zum Cihan-Mehrfamilienhaus. Wer weiß, vor wie vielen Jahren das Haus gebaut worden war. Auf jeden Fall hatte es der Architekt nicht für nötig gehalten, zur engen Straße hin Balkone für die Wohnungen anzubringen.

Die metallene Eingangstür mit der Milchglasscheibe war verschlossen. Auf die Milchglasscheibe hatte jemand viele Sticker geklebt. Ich suchte die Umgebung der Eingangstür mit raschen Blicken ab. Nur bei einem der vielen Klingelknöpfe stand ein Name. So wie es aussah, musste es sich um einen der Mieter in den oberen Stockwerken handeln: Hochbauingenieur und Architekt Bülent Avci.

Ich ging weiter bis zum Ende der Straße. Dort schaute ich zum Straßenschild auf, das an einer Hauswand befestigt war, schüttelte den Kopf und machte wieder kehrt. Als ich an Tuğçen Yavaş' Balkon vorbeikam, kontrollierte ich noch einmal, ob alles unverändert war, und ging weiter bis zum Lebensmittelmarkt. Ich entschloss mich, reinzugehen und mein Glück zu versuchen.

Mein einziger Fehler bestand wohl darin, dass ich einen kleinen Augenblick vor dem Lebensmittelmarkt stehen blieb, so wie jemand, der sich nicht entscheiden konnte, welche Zigaretten er kaufen wollte.

»Was streunst du wie ein Hund vor dem Haus herum?«, rief eine missmutige Frau zu mir herunter. Ich blickte hinauf.

Eine mindestens sechzigjährige Frau mit einem hässlichen Gesicht und einem Kopftuch keifte genau von dem Balkon herunter, von dem vermutlich der Mörder von Tuğçen Yavaş mit einem Sprung die Flucht ergriffen hatte.

6

»Dir sollte man den Hals umdrehen!«, schrie die hässliche Frau weiter. »Hast du denn keinen Funken Anstand? Was streunst du wie ein Straßenköter um das Haus?«

Für einen Augenblick wusste ich nicht, was ich sagen sollte. Die Frau beugte sich über das Metallgeländer des Balkons und schimpfte weiter. Ich dachte mir, dass sie sich wahrscheinlich noch mehr freuen würde, wenn die Fenster der umliegenden Häuser aufgehen und Passanten auf der Straße stehen bleiben und sich das Spektakel anschauen würden. »Bist du ein Dieb oder was? Und wer dich sieht, denkt sogar noch, dass es sich um einen gescheiten Mann handelt. Hast du denn sonst nichts zu tun, als hier herumzustreunen?«

In den umliegenden Häusern wurden keine Fenster geöffnet, auf der Straße blieb niemand stehen, um sich das Gekeife anzuhören. »Tante, beruhige dich doch.« Mehr fiel mir nicht ein, was ich hätte sagen können.

»Wie kommst du darauf, mich Tante zu nennen?«, schrie die hässliche Frau weiter. »Wie kommst du bloß darauf, mich Tante zu nennen? Bist du bescheuert? Hast du eine Macke oder was? Wer gibt dir das Recht, in die Wohnungen von anderen Leuten reinzuglotzen? Pass ja auf, wenn ich gleich runterkomme ...«

Es gab keinen anderen Ausweg, als in den Lebensmittelmarkt zu flüchten. Wenn ich der alten Frau antwortete, würden bestimmt bald irgendwelche Fenster geöffnet werden. Als ich reinwollte, war gerade ein Mann auf dem Weg heraus, der offensichtlich das Geschrei gehört hatte und sehen wollte, was da los war. Auf seinem Gesicht war ein leichtes Lächeln zu sehen. Er sah mich in Richtung des Eingangs kommen und trat zurück. Als wir drin waren, schrie die alte Frau auf dem Balkon weiter.

»In so einem Alter so ein Benehmen ... Unverschämter Frechdachs ... Und was er für Antworten gibt, was für Antworten ... Oh mein Gott, was muss ich noch alles ertragen auf dieser Welt ...«

Der Mann lächelte weiterhin. »Ist die Frau verrückt?«, fragte ich ihn.

»Noch schlimmer«, antwortete der Mann. »Sie hatte sowieso schon eine Macke. Aber nachdem in der Zeitung das Foto ihres Hauses veröffentlicht wurde, als man über den Mord an dem jungen Mädchen berichtete, da ist sie erst richtig abgedreht.«

»Echt? Ist das wahr?«, tat ich überrascht. »Wer ist denn ermordet worden?«

»Da oben im Haus wohnte eine Theaterschauspielerin. Gestern Abend haben sie das arme Mädchen ermordet. Und einer der Zeitungsleute hat ein Foto des Hauses abgedruckt, um den Tatort zu zeigen. Das Foto zeigt aber die Wohnung der alten Frau. Seit heute Morgen schaut jeder, der hier vorbeiläuft, auf das Haus. Und wie du siehst, ist Tante Mefharet jetzt völlig neben der Kappe.«

»Ist das wahr?«, wiederholte ich. »Weiß man denn schon, wer es getan hat?«

»Mein Gott, jeder gibt seinen Senf dazu, jeder weiß es besser. Aber bis jetzt hat man nichts gefunden«, antwortete der Mann, der offensichtlich der Besitzer des Ladens war. »Warten wir es ab. Wir hoffen, dass die Polizei den Mörder bald findet. Was wollen Sie haben?«

Ich verlangte Zigaretten. Er nahm eine Schachtel von den Stapeln, die hinter der Kasse aufgebaut waren, und legte sie auf den Ladentisch.

Während ich ihm das Geld gab, fragte ich: »In welcher Wohnung hat denn das ermordete Mädchen wirklich gewohnt?«

»Hier, gleich nebenan«, antwortete der Besitzer des Lebensmittelmarkts.

Ich nahm meine Zigaretten und das Wechselgeld und trat hinaus. Der Wirbelwind Mefharet Hanim hatte sich nach innen verzogen. Ohne allzu sehr in Richtung ihrer Wohnung zu schauen, inspizierte ich verstohlen die Gebäude. Auf beiden Seiten des Lebensmittelmarkts befanden sich Wohnungen mit Balkons. Die Seitenwände gingen jeweils auf noch engere Gassen. Ich konnte nicht herausfinden, ob der Fotograf nur aus Eile oder aus einem anderen Grund das junge Mädchen auf die falsche Wohnung hatte zeigen lassen.

Der Balkon von Tuğçen Yavaş' Wohnung befand sich ein wenig höher als der von Mefharet Hanim, so wie es bei Wohnungen in der ersten Etage der Fall ist. Die Balkontür war verschlossen, und vor den Fenstern, die sich nach außen öffnen ließen, waren die Vorhänge zugezogen.

Dieses Mal ging ich in die richtige Richtung des richtigen Mehrfamilienhauses. Das Şemsi-Bey-Mehrfamilienhaus war um einiges neuer als das Cihan-Gebäude. Die Eingangstür stand offen. Auf der Klingel mit der Nummer vier stand lediglich der Name »Yavaş«. Jetzt ist es sowieso egal, das Kind ist schon in den Brunnen gefallen, sagte ich mir und ging hinein. Das Şemsi Bey war sauber und gepflegt. Auf der Anschlagtafel direkt neben der Eingangstür hing eine Liste mit den Mietern und den zu zahlenden Nebenkosten. Kein Name war rot unterstrichen. Ich blickte zu den Briefkästen an der gegenüberliegenden Wand. Im Briefkasten Nummer vier war Post.

Unschlüssig verharrte ich eine Weile im Eingang. Wie hoch waren meine Schulden bei Tuğçen Yavaş? Würde sie es tolerieren oder würde sie sehr schimpfen, wenn der Mann, der sich geweigert hatte, sie bis in den Stadtteil Levent zu fahren, einen an sie geschickten Brief an sich nimmt und ihn liest?

Jetzt ist es sowieso egal, sagte ich wieder zu mir selbst. Ich betrachtete das Schloss des Briefkastens abschätzend, holte meinen Schlüsselbund heraus und versuchte zunächst mein Glück mit meinem eigenen Briefkastenschlüssel. Der Schlüssel ließ sich nicht ganz in das Schloss einführen. Aber weit genug, sodass sich das Schloss öffnen ließ.

Zwei Briefumschläge mit Sichtfenster von zwei verschiedenen Banken lagen vorn. Ich vermutete, dass es sich um Kreditkartenabrechnungen handelte. Hinter den beiden lag noch ein größerer Umschlag. Hastig versteckte ich die drei Umschläge in der Innentasche meiner Lederjacke und schloss den Briefkasten wieder.

Dann bemerkte ich, wie die Luft, die ich unbewusst lange angehalten hatte, mit einem lauten Geräusch entwich. Schon klar, du wirst langsam älter, Remzi Ünal, aber so alt bist du nun auch nicht. Ganz bewusst machte ich einen tiefen Atemzug und erfreute mein *Hara* damit. Nach dem Ausatmen begab ich mich zu der Treppe. Der Korridor in der oberen Etage war dunkel. Ich strich mit der Hand an der Wand entlang und fand den Lichtschalter an der Stelle, wo er zu sein hatte. Im Treppenaufgang wurde es hell. Das Schloss der Tür von Wohnung Nummer vier war sicher nicht so leicht zu knacken wie der Briefkasten. Den Dietrich, den ich auf dem Hehlermarkt in Lissabon gekauft hatte, konnte ich nun zum Einsatz bringen. Schnell und geräuschlos.

Das Schloss leistete nicht viel Widerstand. Als die Beleuchtung im Treppenhaus wieder ausging, befand ich mich bereits in der Wohnung. Sobald ich die Tür hinter mir geschlossen hatte, ließ ich die Luft, die ich angehalten hatte, ausströmen. Regungslos wartete ich, bis sich meine Augen an das dämmerige Licht gewöhnten.

In der Wohnung war kein Geräusch zu hören außer dem Brummen des Kühlschranks, das aus dem Raum gleich links im Korridor kam. Dort musste demnach die Küche sein. Zuerst inspizierte ich den Eingangsbereich. Es waren keine Schuhe oder Pantoffeln zu sehen. Der Fußboden schien sauber zu sein. Dann ging ich langsam ins Wohnzimmer. Wenn Tuğçen Yavaş noch leben würde, wäre sie sicher verärgert über das, was ich hier sah.

Jemand hatte alles durchsucht im Wohnzimmer. Besser gesagt: Irgendjemand hatte die Bücherregale durchwühlt. Ich blieb bei der Tür stehen und suchte mit den Augen das gesamte Wohnzimmer ab, soweit es das schwache Licht erlaubte, das durch die Gardinen drang. Fast alle Bücher, die vorher ihren Platz auf den Regalböden zwischen Metallprofilständern eingenommen hatten, lagen auf dem Fußboden herum. Offensichtlich waren sie einzeln durchsucht worden, denn sie lagen kreuz und quer herum, als ob jemand Spielkarten auf dem Fußboden verstreut hätte. Man konnte erkennen, dass auf einige der Bücher getreten worden war. Nirgendwo sonst im Wohnzimmer gab es eine Unordnung. Alles deutete darauf hin, dass die Durchsuchung sich lediglich auf die Bibliothek beschränkt hatte.

Es sah wie das Wohnzimmer einer typische Studentenwohnung aus, wo man nicht sehr viel Geld zur Verfügung hatte, aber auch nicht auf einen gewissen Komfort verzichten wollte. Auf dem Boden befand sich nur ein kleiner Kelim. Ein niedriges Sofa im skandinavischen Stil und zwei Sessel machten die Dreiergarnitur aus. An der Wand gegenüber dem Dreieck, da wo die Bücherregale endeten, lag auf dem Boden ein Sitzkissen, das etwa halb so groß war wie die Matratze für ein Einzelbett. Daneben stand ein Radio-Kassettenrekorder mit ausgezogener Antenne. Zwischen dem Sessel und dem Sofa stand eine Lampe. Auf dem Hocker, der vor der Sesselgarnitur stand und die gleiche Höhe hatte, befand sich lediglich ein Telefon. Es war ein einfaches Gerät ohne Anrufbeantworter, das man in jedem Elektroladen kaufen konnte und das leicht kaputtging. Auf dem Kelim waren keine Blutspuren mehr zu sehen. Ich konnte auch nirgendwo eine Kassette entdecken.

Während ich mich im Wohnzimmer umsah, hatte ich plötzlich ein unangenehmes Gefühl. Sofort drehte ich mich um. Als ob ich erwartete, dass die Tür in einer ähnlichen Art und Weise, wie ich sie aufgemacht hatte, geöffnet werden und eine Horde bis an die Zähne bewaffneter Männer hereinstürzen würde.

Verlier nicht die Nerven, Remzi Ünal, sagte ich zu mir selbst. Natürlich, du magst vielleicht gegen manche Regeln verstoßen haben. Wir haben schon verstanden, dass im Berufsreglement der Privatdetektive keine Rechte verankert sind, die es dir erlauben, die Briefkästen anderer Leute zu durchstöbern und mit einem Dietrich aus Lissabon in eine fremde Wohnung einzudringen. Aber es gibt auch keine Regel, die besagt, dass du in jedem Haus, in das du unbefugt eindringst, auch gleich auf frischer Tat ertappt wirst.

Egal ob es solch eine Regel gab oder nicht, meine Lust und Neugier waren verschwunden. Hier gab es sowieso nichts mehr für mich zu holen. Wer auch immer die Bibliothek hier durchwühlt hatte, hatte gefunden, was er suchte. Oder auch nicht. Wenn das Gesuchte gefunden worden war, hatte man es bestimmt mitgenommen. Und wenn nicht, so würde ich höchstwahrscheinlich auch nichts finden, wonach die Leute vor mir gesucht hatten. Aber wer weiß, vielleicht hatte ich es sogar schon gefunden.

Ich legte mein Ohr an die Wohnungstür und lauschte. Keine Schritte, keine Geräusche von Kindern und keine Rufe wie »Auf Wiedersehen«. Blitzschnell trat ich auf den Flur und zog die Tür geräuschlos hinter mir zu. Auch in diesem Mehrfamilienhaus mochte es eine neugierige Mefharet Hanim geben.

Der Treppenaufgang lag im Dunkeln. Diesmal machte ich keine tiefen Atemzüge, bevor ich zur Treppe ging. Wie ein Steuerberater, der sich gleich morgens nach dem Aufwachen entschlossen hatte, einen halben Tag freizunehmen und dem das leichte Gewissensbisse bereitete, ging ich eilig die Treppen hinunter und schnell an den Briefkästen vorbei.

Draußen schlug ich die entgegengesetzte Richtung ein zu der, aus der ich gekommen war. Am Ende der Straße wurde ich langsamer. Ich steckte mir eine Zigarette an. Keine aus der Packung, die mir der Besitzer des Lebensmittelladens verkauft hatte, sondern von meinen eigenen. Langsam und gemächlich ging ich in Richtung der Moda Caddesi. Nach vier, fünf Schritten warf ich die Kippe wieder fort.

Wenn man schon nach Moda kommt, sollte man sich wenigstens in einen der Teegärten an der Landspitze zum Meer setzen und einen Kaffee trinken. Ich ging wieder in Richtung des Platzes, wo sich die vielen Eiscafés befanden. Es gab eine Menge Menschen, die so wie ich durch die Gegend schlenderten. Ich ging in einen Teegarten, von dem aus man die Halbinsel von Istanbul am besten sehen konnte, und setzte mich zwei Tische von einem jungen Pärchen entfernt, das sicher die Schule schwänzte. Bei dem Kellner, der mit einem Tablett voller Teegläser herumlief, bestellte ich einen Kaffee. Ich holte die Briefumschläge aus Tuğçen Yavaş' Briefkasten aus der Innentasche meiner Lederjacke und legte sie auf den Tisch. Zwei Briefumschläge mit Sichtfenster von zwei verschiedenen Banken. Und ein anderer Umschlag aus Glanzpapier, auf dem weder Name und Adresse des Empfängers noch des Absenders standen.

Bis der Kellner mir den Kaffee brachte, betrachtete ich mehr die Briefumschläge als das schöne Panorama, das sich von hier aus bot. Dann nahm ich einen Schluck. Auch dieser hier war mit Leitungswasser aufgebrüht worden und schmeckte bitter.

Die Schülerin zwei Tische weiter beklagte sich gerade über ihre Mutter. Der Junge schlug vor, ins Kino zu gehen. Das Mädchen lehnte aber ab. Sie war wohl noch nicht bereit, sich mit ihm in einen dunklen Kinosaal zu begeben.

Auch auf der Rückseite des unbeschrifteten Briefumschlags gab es nichts zu lesen. Wenn ich diese drei Briefe bekommen hätte, welchen würde ich wohl als ersten aufmachen? Die Wahrscheinlichkeit, dass die Briefe von den Banken irgendwelche Überraschungen bargen, war eher gering. Was man mit seinem Geld anstellt, weiß man mehr oder weniger. Das einzig Überraschende dürfte wohl nur die Summe sein, die dann unten steht.

Erst öffnete ich den Brief derjenigen Bank, die mehr Werbung als die andere machte. Bei der Aufstellung der Ausgaben, die mit der Kreditkarte vorgenommen worden waren, gab es keine ungewöhnlichen Beträge. Die vorangegangene Abrechnung war bereits beglichen. Zum Bezahlen der Summe auf diesem Auszug blieb noch mehr als eine Woche Zeit.

Auch im Umschlag der zweiten Bank war nichts Aufregendes. Aus der beiliegenden Broschüre hätte Tuğçen Yavaş ersehen können, dass sie einen Freiflug nach Paris gewinnen könnte, wenn sie diese Kreditkarte noch öfter nutzen würde. Aber Tuğçen würde nie wieder Geld ausgeben. Und deswegen würde sie auch nie nach Paris fliegen können. Ich steckte die beiden Abrechnungen wieder in die Umschläge.

Wer weiß, wie viele Briefe noch in dem Briefkasten mit der Nummer vier im Şemsi-Bey-Mehrfamilienhaus landeten, bis diese offenen Ausgaben beglichen würden, sagte ich zu mir selbst. Zwei Banken hatten die Inhaberin einer Kreditkarte verloren, deren beide Limiten nicht sehr hoch gewesen waren, nur wussten sie es noch nicht.

Zu der Bitterkeit meines Kaffees kam nun hinzu, dass er kalt geworden war. Der Junge und das Mädchen waren gegangen, während ich mir die Auszüge angeschaut hatte. Der Umschlag aus Glanzpapier lag noch auf dem Tisch. Ich winkte den Kellner herbei, der zwischen den Tischen umherlief. Eilfertig kam er an meinen Tisch.

»Bitte, Abi?«, fragte er und schaute dabei zu den anderen Tischen.

»Bring mir noch einen Kaffee«, sagte ich. »Aber sehr heiß.«

»Dein Wunsch ist mir Befehl, Abi«, sagte er, während er den kalt gewordenen Kaffee vor mir mitnahm. Mit federnden Schritten ging er in Richtung des Teeherds. Ich wartete nicht auf den neuen Kaffee, um mir eine Zigarette anzustecken. Auch nicht, um den dritten Briefumschlag zu öffnen.

Als ich sah, was sich im Briefumschlag befand, beantwortete sich die Frage von selbst, was ich mir für heute Abend vornehmen sollte.

Im Umschlag befanden sich weder Nacktfotos noch ein Drohbrief, weder eine Computerdiskette noch eine getrocknete Rose. Wer den Inhalt des Umschlags in den Händen hielt, der durfte sich in einem der angesehenen Privattheater Istanbuls in Reihe C auf Platz Nummer zwölf setzen und sich das Stück *Der unverschämte Kammerdiener* anschauen, das um 21 Uhr beginnen sollte. Sonst nichts. Die Eintrittskarte bestand aus zwei Abschnitten. Auf dem größeren waren der Gesamtpreis, die Mehrwertsteuer und eine durchgehende Nummer zu finden, auf dem kleineren, perforierten Abschnitt war der Sitzplatz aufgeführt. In welchem Theater man sich welches Stück anschaut, stand auch auf dem großen Abschnitt. Der Name des Autors stand nicht drauf.

Da man nie wissen konnte, wann und aus welcher Richtung der Wind in dieser Gegend aufkam, legte ich die Eintrittskarte unter meine Zigarettenschachtel, damit sie nicht weggeweht würde. Auch aus diesem Umschlag kam also nichts Ungewöhnliches hervor.

Dann schaute ich auf meine Uhr. Es blieb noch sehr viel Zeit bis zur Theateraufführung. Hoffentlich war es wenigstens ein gutes Stück.

Obwohl ich wusste, dass nichts mehr drin war, schaute ich noch einmal in den Briefumschlag aus Glanzpapier. Dann faltete ich die beiden Umschläge mit den Kreditkartenauszügen in der Mitte und steckte sie in den großen leeren Umschlag. Ich verstaute ihn wieder in der Innentasche meiner Lederjacke. Die Eintrittskarte steckte ich in mein Portemonnaie. Ich entnahm mehr Geld, als die beiden bitteren Kaffees kosteten, und legte es unter den Zuckerbehälter auf den Tisch. Dann stand ich auf. Mit der Kaffeetasse in der Hand war der Kellner auf dem Weg zu mir. Ich ging Richtung Ausgang.

»Abi, der Kaffee –«, begann er.

»Jetzt kannst du ihn trinken«, unterbrach ich ihn und zeigte mit dem Kopf auf das Geld, das ich zurückgelassen hatte.

Er stand kerzengerade da und fragte: »Abi, haben wir einen Fehler gemacht?«

»Nein«, antwortete ich. »Jemand hat mich gerade eingeladen. Ich muss mich jetzt beeilen.«

Der Kellner war clever genug, um bemerkt zu haben, dass ich kein Mobiltelefon dabeihatte. Aber er war auch erfahren genug, um das nicht anzuführen. Er sagte kein Wort.

Warum auch immer, ich hatte keine Lust, in ein Taxi zu steigen. Ich ging die Anhöhe runter und muss wohl schnell gegangen sein, denn kleine Schweißperlen sammelten sich auf meiner Stirn. Ohne die vielen Verkäufer in der Nähe des Postamtes zu beachten, die Raubkopien von Büchern und CDs vertickten, kam ich am Schiffsanleger an. Dort war nicht viel Betrieb. Während ich wartete, ging ich auf und ab und betrachtete die vielen großformatigen Anschläge an den Wänden. Als die Fähre anlegte, stieg ich auf das oberste Deck. Mit dem Wind, zwei Zigaretten und acht bis zehn Möwen setzten wir auf die andere Seite über. Ich trank keinen Kaffee, keinen Tee und auch kein Knabenkrautgetränk mit Milch.

Der Taxifahrer in Karaköy hörte einen Sportsender. Auch nachdem ich eingestiegen war, ließ er das Radio laufen. Den gesamten Weg bis Beşiktaş diskutierten und analysierten drei Fußballautoritäten all die Gründe, die hinter dem Erfolg der Nationalmannschaft steckten, und gingen dabei bis in die Jahre zurück, in denen Jupp Derwall Nationaltrainer gewesen war. Der Taxifahrer hörte zustimmend nickend zu. Während wir auf die Anhöhe Barbaros Yokuşu hinauffuhren, lenkte einer der Zuhörer, die per Telefon in die Sendung geschaltet wurden, das Gespräch auf eines der Spiele vom vergangenen Wochenende. Der Zuhörer war der Auffassung, dass der Fußballverband ganz offensichtlich Partei ergriffen hatte. Der Taxifahrer bestätigte diese Ansicht mit einem heftigen Kopfnicken. Aber er stoppte nicht an der roten Ampel vor Dikimevi. Als wir an der Abzweigung Richtung Etiler angekommen waren, wurden wir gerade darüber aufgeklärt, welcher schlechte Beigeschmack der Ausschreibung und der Vergabe der Senderechte für die Liveübertragung von Fußballspielen anhaftete.

Als wir die Koç-Brücke hinauffuhren, war das Gespräch bei der Verletzung des Torwarts von Fenerbahçe angelangt. Bis zur nächsten roten Ampel diskutierten zwei Zuhörer am Telefon über das Ausmaß seiner Verletzung. Der eine glaubte, sie sei sehr ernst, der andere fand, dass der Torwart reichlich übertreibe. Der Taxifahrer stoppte auch an dieser roten Ampel nicht.

Aber fünf Meter weiter musste er anhalten. Ich wurde auf der Rückbank gehörig hin- und hergeschleudert. Ein leerer Schulbus, der von der Levent Caddesi kam und Grün hatte, fuhr gerade auf die Kreuzung und rammte das Taxi, in dem ich saß. Ein plötzliches markerschütternd lautes Hupen vermischte sich mit dem Knacken von Metall und Plastik. Wütend wurden Türen auf- und zugeschlagen. Und weil zwei Fahrzeuge nebeneinander die ganze Straße blockierten, wurde das Hupen der Fahrzeuge hinter uns immer lauter.

Einen Augenblick lang blieb ich im Taxi sitzen und beobachtete, wie die heftige Diskussion zwischen dem Taxifahrer und dem Fahrer des Schulbusses zu einem handfesten Streit ausartete. Der Sportsender lief immer noch. Gerade wurde darüber diskutiert, ob bei dem Tor von Galatasaray in letzter Minute Abseits vorlag oder nicht. Dann hielt ich es nicht mehr aus.

Es war mit Sicherheit Abseits, sagte ich zu mir selbst, als ich aus dem Taxi stieg. Es war nicht mehr weit bis zu meiner Wohnung. Das Stück konnte ich auch zu Fuß gehen. Das Hupkonzert hinter mir hielt an, bis ich an der Ecke Şişli Terraki angelangt war.

7

Vor meinem Haus sah ich den Verwalter, einen pensionierten Offizier. Zwischen den Blumen und Büschen ging er tief gebeugt umher und machte die Umgebung sauber.

»Was schmeißen die Leute am meisten weg?«, fragte ich ihn, als ich an ihm vorbeiging.

»Oh, Remzi Bey …«, antwortete er. »Ob Sie es glauben oder nicht, ich habe sogar Kleingeld gefunden. Wie geht es Ihnen?«

»Ganz gut«, sagte ich. «Ich schlage mich so durch. Falls Sie ein paar Dollar finden, sagen Sie mir Bescheid. Ich hatte sie weggeworfen.«

»Ha ha ha«, lachte er.

Mein Briefkasten war leer. Vielleicht hatte ich keine Post bekommen. Oder jeder, der vorbeikam, hatte sich rausgeholt, was ihm gefiel, denn das Schloss des Briefkastens war kaputt. Ich ging langsam die Treppen hinauf und begegnete der Mutter des jungen Burschen, der mich so gut wie jeden zweiten Tag mit seiner verrückten Musik aus dem Schlaf riss. Fast liebevoll lächelten wir uns gegenseitig an. Wegen der maßlos übertriebenen Geschichten, die der Hausverwalter über mich verbreitet hatte, lächelte ich mittlerweile alle Nachbarn im Haus freundlich an, wenn ich ihnen begegnete. Der schweigende Protest gegen mich, der noch vor zwei Jahren hier geherrscht hatte, war längst verflogen Als ich meine Wohnung betrat, merkte ich, das alles noch so war, wie ich es hinterlassen hatte. Mit Ausnahme des Anrufbeantworters. Das Lämpchen blinkte. Warte noch einen Augenblick, sagte ich zu dem Anrufbeantworter. Ich zog die Lederjacke aus und hängte sie an den Garderobenständer. Dann griff ich in die Innentasche und zog den großen Umschlag heraus, in dem sich die beiden anderen Briefumschläge befanden. Ich ging ins Gästezimmer und legte ihn neben Tuğçen Yavaş' Sporttasche. Ich zog meine Klamotten aus und eine Jeans mit Löchern und ein verwaschenes, ehemals grünes T-Shirt mit dem Aufdruck TEMA an. In der Küche machte ich mir einen anständigen Kaffee.

Bevor ich mich wie ein Verkäufer aus dem Supermarkt, der sich etwas früher als erlaubt von der Arbeit gestohlen hatte, vor den Fernseher setzte und die Beine ausstreckte, drückte ich auf die Wiedergabetaste des Anrufbeantworters.

Die erste Nachricht war vom *Sensei*. Er sagte, er müsse das Training morgen um eine Stunde vorverlegen, und fügte noch hinzu, dass er sehr fest mit meinem Erscheinen rechne. Mit der Frage »Gibt es schon etwas Neues von dem Mädchen?« endete seine Nachricht. Ja, es gibt Neuigkeiten, antwortete ich innerlich in Richtung des Anrufbeantworters, heute Abend gehen wir ins Theater.

Die zweite Nachricht stammte von der Frau, die sehr häufig anrief, aber weder ihren Namen noch den Grund für ihren Anruf hinterließ. Immer rief sie an, wenn ich nicht daheim war. Meine Vermutung wurde immer stärker, dass die Frau hier in dieser Siedlung wohnte.

Die folgende Nachricht bestand lediglich aus einer Reihe von elektronischen Geräuschen. Ich nutzte diese Pause, um einen großen Schluck von meinem Kaffee zu nehmen. Der Kaffee, den ich aufbrühte, war immer noch der beste.

Gerade als ich die Hand zur Zigarettenpackung ausstrecken wollte, erstarrte ich, als ich die Stimme der nächsten Nachricht auf dem Band hörte.

»Remzi Bey«, sprach die Stimme, an die ich mich sehr gut erinnerte. »Heute Nacht, genau um ein Uhr, öffnet sich die Büchse der Pandora. Wenn Sie kommen, könnte vielleicht etwas aus der Büchse springen, was auch Sie brennend interessiert. Ich erwarte Sie.«

Ich drückte auf den Knopf, um die letzte Nachricht noch einmal zu hören.

»Remzi Bey«, wiederholte die Stimme von Şeyda Tapan. »Heute Nacht, genau um ein Uhr, öffnet sich die Büchse der Pandora. Wenn Sie kommen, könnte vielleicht etwas aus der Büchse springen, was auch Sie brennend interessiert. Ich erwarte Sie.«

Ihre Stimme war sehr deutlich. Keine Geräusche im Hintergrund, kein Rauschen in der Leitung oder sonst etwas. Es waren auch keine Langhalslauten oder Schellentrommeln im Hintergrund zu hören. Ich zündete mir die Zigarette an, nahm noch einen Schluck von meinem Kaffee. Du wirst ja immer populärer, Remzi Ünal. Heute Abend hast du gleich zwei Verabredungen.

Die vierte Nachricht stammte von der Frau, deren Sohn drogenabhängig geworden und von zu Hause abgehauen war. Sie war schon etwas ruhiger geworden und erzählte alles lang und breit. Als sie von mir keine Rückmeldung erhalten hatte, habe sie einen meiner Berufskollegen aus der Zeitung gefunden. Doch der habe sich aus dem Staub gemacht, nachdem sie ihm eine beträchtliche Summe als Vorschuss gegeben hatte. Er reagiere auch nicht auf ihre Anrufe. Das verlorene Geld sei ihr nicht so wichtig, fuhr die Frau auf dem Anrufbeantworter fort, sie wolle einzig und allein ihren Sohn wiederhaben. Ich solle ihr doch bitte dabei helfen.

Im Augenblick kann ich mir nur selbst helfen, antwortete ich der Frau, auch wenn sie mich gar nicht hören konnte. Dann löschte ich alle Nachrichten.

Ich trank meinen Kaffee aus und drückte die Zigarette aus. Ich begann, leichten Hunger zu verspüren, und öffnete den Kühlschrank. Was ich darin vorfand, gefiel mir gar nicht. Ich brach mir ein Stück von dem Brot ab, das der Gehilfe des Krämers mir am Morgen gebracht hatte, und kaute vor dem Fernseher darauf herum.

Als ich das Brot gegessen hatte, schaute ich auf die Uhr.

Es war noch Zeit, bevor ich mich fertig machen musste, es war noch viel Zeit. Und die Wahrscheinlichkeit war groß, dass die Nacht lang wurde. Also hoffte ich, dass der junge Bursche von oben Ruhe geben würde, und ging ins Schlafzimmer.

Hoffentlich ist es ein gutes Theaterstück, dachte ich, bevor ich einschlief.

Meine innere Uhr weckte mich auf die Minute genau.

Ich ging schnurstracks ins Bad, duschte lange und genoss den Wasserstrahl. Bevor ich mich rasierte, öffnete ich die Tür und wartete, bis der Dampf sich etwas verzogen hatte. Trotz des beschlagenen Spiegels schaffte ich es, mich zu rasieren, ohne mich zu schneiden. Ich trug sogar Aftershave auf. Wenn ich schon ins Theater ging, musste ich mich auch anständig anziehen. Nachdem ich mich im Schlafzimmer zehn Minuten vergeblich abmühte, überraschte ich sogar mich selbst mit einer Krawatte, einem weißen Hemd und einem dunkelblauen Blazer. In dem großen Spiegel gegenüber der Tür bewunderte ich mein Aussehen wie schon seit langem nicht mehr. Vor mich hin pfeifend ging ich die Treppen hinunter.

Gleich am Anfang der Straße hielt ich ein Taxi an. Der Fahrer war wohl von meiner Kleidung so beeindruckt, dass er mich nicht ansprach, bis wir den Stadtteil Harbiye erreichten.

Ich hatte die Zeit gut abgepasst. Eine halbe Stunde bevor das Stück beginnen sollte, ging ich durch die Eingangstür des Theaters. Vor der Abendkasse stand kein Mensch. Ich ging drauf zu. Die Frau an der Kasse hatte sich mehr als nötig geschminkt und las in der Wochenendbeilage einer Tageszeitung. Als sie mich näher kommen sah, faltete sie ihre Lektüre zusammen und legte sie beiseite.

»Haben Sie noch freie Plätze für das Stück heute Abend?«, fragte ich sie.

»Für wie viele Personen?«, fragte sie zurück und zeigte mit dem Kugelschreiber in ihrer Hand auf den Sitzplan vor sich. Als ob ich mir einen guten Platz aussuchen wollte, beugte ich mich vor und streckte den Kopf in den Schalterraum. Die Plätze unmittelbar hinter Platz zwölf in der Reihe C waren besetzt. Ich zeigte auf zwei freie Plätze gleich am Anfang der Reihe E.

»Könnten Sie mir bitte diesen Platz geben?«, bat ich sie. »Nur eine Person.«

Die Frau, die sich mehr als nötig geschminkt hatte, schaute mir zum ersten Mal, seitdem ich an die Kasse getreten war, ins Gesicht. Sie wollte wohl wissen, wie der Typ aussah, der sich allein in ein Theater begab. Ich lächelte sie an. Ich wusste nicht, ob sie fand, was sie suchte. Auf jeden Fall machte sie mit ihrem Kugelschreiber ein Kreuz bei dem linken der beiden Plätze, auf die ich gezeigt hatte. Dann mühte sie sich eine Weile mit dem Kontrollabschnitt und der Platzkarte ab, schob mir alles herüber und nannte mir den Preis für das Vergnügen. Ich bezahlte.

Auf dem Teppichboden ging ich in Richtung des Saals. Der Korridor verbreiterte sich plötzlich und wurde zu einem Foyer, an dessen Wänden Plakate von alten Schauspielern hingen. Die sechs Plätze im Foyer waren von drei Paaren belegt, die noch früher als ich gekommen waren. Die Kleidung der Männer war besser als meine. Ich ging auf die Bar in der Ecke zu, an der Tee, Kaffee und kalte Getränke angeboten wurden.

»Einen Kaffee«, sagte ich zu dem jungen Mann, der am Hals eine Fliege trug.

»Möchten Sie ihn mit Milch?«, fragte mich der junge Mann.

»Nein«, antwortete ich. »Aber bitte sehr stark.«

Während er den Kaffee aufbrühte, steckte ich mir eine Zigarette an. Dann trat ich einige Schritte beiseite und machte die Bar frei. Das Paar, das unter dem Plakat von *Arturo Ui* saß, hatte sich auf den Stühlen nach vorn gebeugt und sprach mit leiser Stimme miteinander. Das Paar, das zwischen den Plakaten von *Der Platz (in der Aufführung der Theatergruppe Metinli)* und *Der unaufhaltsame Aufstieg des Arturo Ui* saß, schien sich miteinander verkracht zu haben, und schwieg. Und das dritte Paar unter dem Plakat von *Julius Caesar* kicherte verstohlen über Witze, die ich nicht hören konnte.

Noch bevor ich meinen Kaffee ausgetrunken hatte, füllte sich das Foyer mit Menschen. Zuerst kamen fünf Leute auf einmal. Es war offensichtlich, dass es sich um eine Gruppe von Arbeitskollegen handelte. Mit ihrem Getöse belebten sie das Foyer auf Anhieb. Dann erschien eine Gruppe von zwei Studenten und einer Studentin, die sich offensichtlich nicht im Geringsten um ihr Aussehen und ihre Kleidung kümmerten. Die Studentin trug einige Mappen bei sich. Und ein älteres Ehepaar kam. Der Mann war gekleidet wie ein Schuldirektor und machte den Eindruck, als ob er vierzig Jahre bis zur Pensionierung warten musste, um endlich die Dinge zu unternehmen, auf die er Lust hatte. Seine Frau schien fest entschlossen, jeden Augenblick des Theaterbesuchs zu genießen.

Als das Foyer sich noch mehr füllte, konnte ich schließlich die Menschen nicht mehr voneinander unterscheiden. Ohne irgendeinen der Besucher anzuschauen, trank ich meinen Kaffee aus und rauchte zu Ende. Unter der Decke hing dichter Zigarettenqualm.

Als an der Tür zum Theatersaal ein Mann in Uniform erschien und sich aufbaute, wurden die Zigaretten ausgemacht, und alle begaben sich mit eiligen, aber nicht gehetzten Schritten in seine Richtung. Ich wartete, bis alle im Saal verschwanden. Es blieben noch zehn Minuten bis zum Beginn des Stücks. Nachdem sich das Foyer geleert hatte, ging ich auch langsam in Richtung des Saals. Der Platzanweiser stand schon längst wieder an der Tür und wartete. Ich reichte ihm meine Eintrittskarte. Ohne mich anzuschauen, ging der Mann vor mir her.

Ich setzte mich auf meinen Platz ganz am Anfang der Reihe E. Zur Sicherheit verkroch ich mich in meinen Sessel. Die Plätze mit den Nummern zwölf und vierzehn in der Reihe C waren noch leer. Der Platzanweiser setzte vier Personen auf die Plätze direkt neben mir. Ich bewegte mich vorsichtig, um die Neuankömmlinge durchzulassen. Fünf Minuten bevor das Stück beginnen sollte, begann eine leise und angenehme Musik zu spielen, die man sonst in Aufzügen hört. Die Musik kam aus Lautsprechern, die ich nicht ausmachen konnte. Der Platzanweiser zog den Vorhang über der Tür zum Theatersaal lautstark zu. Nummer zwölf und vierzehn in der Reihe C waren immer noch leer. Das Gemurmel nahm ein wenig ab. Dann nahm die Lautstärke der Musik erheblich zu.

Der große Vorgang auf der Bühne wurde langsam zu beiden Seiten aufgezogen. Auf ihm war die Werbung einer der Banken zu sehen, von der Tuğçen Yavaş einen Auszug erhalten hatte. Als die Deckenbeleuchtung im Saal erlosch, rutschten die Zuschauer auf ihren Sesseln ein wenig hin und her.

Auf der Bühne war ein Wohnzimmer zu sehen, das uns allen bekannt vorkam. Es musste wohl Nacht sein, die Bühne war leicht abgedunkelt. Der Besitzer der Karte für den Sitzplatz in Reihe C würde wohl nicht kommen.

Die Musik, die man sonst in Aufzügen hört, brach abrupt ab. Die Aufmerksamkeit des Publikums war nun auf die Bühne gerichtet. Hinter mir gab es plötzlich Bewegung. Man hörte Schritte, die von dem Teppichboden gedämpft wurden. Ich versank ein wenig mehr in meinen Sessel. Der Platzanweiser ging an mir vorbei, jemand folgte ihm. Als ein Schauspieler, der als Kammerdiener gekleidet war, gerade die Bühne betrat, setzte sich der Mann hinter dem Platzanweiser auf seinen Platz mit der Nummer zwölf in der Reihe C.

Als die Zuschauer erkannten, wer im Kostüm eines Kammerdieners auf der Bühne erschien, begannen sie zu applaudieren.

Ich hingegen hatte mein ganzes Augenmerk auf den Mann gerichtet, der sich auf Platz zwölf in der Reihe C gesetzt hatte. Er hatte lange, abstehende Haare. Ich konnte im spärlichen Licht sein Profil von der Seite erkennen. Er hatte eine prächtige große Nase. Um seinen Nacken hing ein Schal, dessen Farbe ich nicht genau ausmachen konnte. Er hatte breite Schultern. Ich kannte diese markante Nase.

Der Mann bewegte sich unruhig hin und her, als ob man ihn auf einen falschen Platz gesetzt hätte. Während er auf die Bühne schaute und die Bewegungen des Kammerdieners verfolgte, fuhr er sich ständig mit der rechten Hand durch die Haare. Ich kannte diesen Mann.

Der Kammerdiener auf der Bühne schien zufrieden und daran gewöhnt zu sein, Applaus zu bekommen, sobald er die Bühne betrat. Mit einer leichten Bewegung des Kopfes grüßte er unauffällig das Publikum und begann einen langen Monolog, in dem er sich über den Hausherrn beschwerte. Die Stellen, an denen das Publikum lachen sollte, machte er mit gezielten Betonungen kenntlich.

Der Mann mit den langen Haaren und der prächtigen großen

Nase blickte entlang der Sitzreihe, als ob er noch jemanden erwarten würde. Eine Hand hatte er auf den Platz neben sich gelegt, mit der anderen fuhr er sich ständig durch die Haare. Dann holte er etwas aus seiner Tasche und versuchte es im schwachen Licht, das von der Bühne in den Saal fiel, zu lesen. Du sitzt schon auf dem richtigen Platz, sagte ich zu mir selbst. Der falsche Platz ist der von Tuğçen Yavaş. Plötzlich wusste ich, wer der Mann war.

Der Mann war Theaterregisseur. Ali Mumcu. Ja genau, das war Ali Mumcu. Ich erinnerte mich daran, ihn in einer Fernsehsendung gesehen zu haben, in der darüber diskutiert wurde, ob die Zeit des Theaters abgelaufen sei oder nicht. Als er laut und polternd mit den anderen Gästen diskutierte, fuhr er sich ständig mit der rechten Hand durch die Haare und schob sie nach hinten. Als er die anderen zu überzeugen versuchte, dass das Theater niemals aussterben werde, fiel mir seine markante Nase auf. Aber die Sendung langweilte mich, und ich schaltete um.

Schließlich machte Ali Mumcu den Eindruck, als hätte er sich damit abgefunden, dass er zwar auf dem richtigen Platz saß, aber die Person, die neben ihm sitzen sollte, nicht mehr kommen würde. Er fuhr sich jetzt seltener durch die Haare, gelegentlich verfolgte er sogar das Geschehen auf der Bühne.

Auch alle anderen Zuschauer im Saal schauten wie gebannt auf die Bühne. Als der Kammerdiener seinen langen Monolog schließlich beendete, betrat eine junge, als Kammerdienerin gekleidete Frau die Bühne. Ihr Rock war genauso bauschig und kurz wie die Röcke der Models auf *Fashion TV.* Außerdem beugte sie sich immer wieder ohne Grund nach unten. Als der Kammerdiener irgendetwas sagte, begann der ganze Saal laut zu lachen. Als ob er genau auf diesen Augenblick gewartet hätte, stand Ali Mumcu schnell auf. Er fasste die Enden des Schals, die von seinem Nacken herabhingen, mit beiden Händen und verbeugte sich vor dem Paar, das in der selben Reihe saß, als ob er um Entschuldigung bitten würde. Sie machten ihm Platz, schauten ihn aber missmutig an. Mit schnellen Schritten ging er an mir vorbei. Seine Augen waren auf den Boden gerichtet. Ich saß am Anfang der Reihe, es gab niemanden links von mir, den ich hätte um Entschuldigung bitten müssen. Als Ali Mumcu durch den großen Samtvorhang hinter dem Saal verschwand, erhob auch ich mich.

Der Kammerdiener riss einen weiteren Witz auf der Bühne. Inmitten des Gelächters des Publikums ging ich auf die hintere Tür des Saals zu.

Sobald ich hinaustrat, drang mir der Geruch einer frisch angesteckten Zigarre in die Nase. Das Foyer war leer. Eilig ging ich zum Ausgang. Ich passierte die Abendkasse und trat hinaus.

Ali Mumcu stand vor den Fotos aus dem Stück, über das sich das Publikum drinnen lauthals amüsierte, zog kräftig an seiner Zigarre und schaute dem dichten Verkehr auf der Straße zu. Er hatte eine lange Jacke aus Samt an und ein dunkelviolettes Hemd ohne Krawatte. Zu seinen Blue Jeans trug er Clarks. Mit einer Hand strich er ständig seine Haare zurecht.

Als ich erkannte, dass ich den Theaterregisseur nicht verloren hatte, wurde ich langsamer. Ali Mumcu schaute in meine Richtung. Er lächelte mit der Zufriedenheit einer in der Öffentlichkeit bekannten Persönlichkeit.

Wahrscheinlich wirkte mein Gesichtsausdruck ernst. Ich musste wieder einmal einem Menschen die Nachricht überbringen, dass jemand aus seinem Bekanntenkreis ermordet worden war. Ali Mumcus Miene änderte sich, als er erkannte, in welcher Verfassung ich mich befand. »Was für ein schlechtes Stück, nicht wahr«, sagte er dennoch.

»Ja«, stimmte ich ihm zu. »Aber das Leben ist noch schlechter.«

Er schaute mich an, als ob er sich fragte, was dieser Mann ihm da erzählte. Ich hakte mich bei Ali Mumcu ein. Er schreckte bei dieser unerwarteten vertraulichen Geste zusammen, trat einen Schritt zurück und zog den Arm weg. Ein starker Geruch von Raki stieg mir in die Nase. »Ich weiß, auf wen Sie gewartet haben, Ali Bey«, sagte ich, während ich einen Schritt zu ihm hin machte. »Wollen wir ein wenig gehen?«

Seine Zigarre fiel auf den Boden. »Was heißt das, auf wen ich gewartet habe …?«, fragte er und hob die Zigarre wieder auf. Dann richtete er sich gerade auf, als ob ihm plötzlich etwas anderes eingefallen wäre. »Oder haben die Hurensöhne vielleicht dich geschickt?«, fragte er und hielt mit misstrauischen Blicken nach rechts und links Ausschau.

»Niemand hat mich geschickt«, beruhigte ich ihn. »Ich möchte mich nur ein wenig mit Ihnen unterhalten.«

»Das kannst du einem anderen weismachen«, sagte er. »Hau ab und lass mich in Ruhe. Ich werde mich mit deinem Boss unterhalten.«

Ich schüttelte freundschaftlich den Kopf und versuchte erneut, mich bei ihm einzuhaken. Das schien ihm wohl zu viel des Guten. Er trat einen kleinen Schritt zurück und holte mit dem freien Bein aus, um mir einen Tritt zu verpassen. Es war ein guter Tritt. Er traf mich direkt am Knie. Ich taumelte leicht.

»Ich habe dir doch gesagt, hau ab, Mann, lass mich gefälligst in Ruhe«, schrie er dann, als er mir seine Faust von rechts auf den Mund schlagen wollte. »Verpiss dich, Mann!«

Dieses Mal verhielt ich mich nicht so zurückhaltend. Bevor seine Faust meinen Mund erreichte, zog ich mein schmerzendes Bein zurück. Danach das andere Bein. Mein Oberkörper bewegte sich zurück, sein Fausthieb ging an meinem Gesicht vorbei. Mumcu stieß ins Leere und strauchelte ein wenig. Dann bereitete er seinen nächsten Fausthieb vor.

Als sein Arm sich noch oben befand, ging ich unter seine Achsel. Dann hielt ich seinen Ellenbogen fest und drückte ihn nach unten. Meine Bewegungen und der Griff glichen nicht ganz dem, was uns der *Sensei* gezeigt hatte, aber für den Augenblick erfüllten sie ihren Zweck. Wie eine zerbrochene Puppe lag Mumcu auf dem Boden.

»Es ist alles in Ordnung«, sagte ich. »Bleib ganz ruhig.«

Ein Mann und eine Frau, die Hand in Hand gingen, blieben erschrocken drei Meter vor uns stehen.

Vom Boden aus sandte Mumcu einen weiteren Tritt in Richtung meines Fußknöchels. Er traf mich zwar, aber es schmerzte nicht so sehr wie der erste.

»Beruhige dich«, sagte ich noch einmal. »Mit mir kannst du es nicht aufnehmen. Also bleib ruhig und lasse uns vernünftig miteinander reden.«

Ich hielt ihm meine Hand hin, um ihm beim Aufstehen zu helfen. Dem Mann und der Frau, die uns verblüfft zuschauten, warf ich einen lächelnden Blick zu.

Zögernd schaute mir Mumcu ins Gesicht. »Du bist also nicht der Mann von diesem verdammten Hurensohn?«

»Wahrscheinlich nicht«, entgegnete ich. Ich trat ein wenig zur Seite, um das Ehepaar vorbeizulassen. Er ergriff meine ausgestreckte Hand, stand auf, klopfte seine Kleider ab und strich sich wieder durch die Haare. Dann legte er sich den verrutschten Schal wieder so um den Nacken, dass die beiden Enden an den Seiten gleich lang herunterhingen. Als der Mann und die Frau sich einige Schritte entfernt hatten, blieben sie wieder stehen und schauten zu uns herüber.

»Und wer sind Sie also?«, fragte Mumcu. Vom Verpiss-dich-Geschrei zum höflichen Sie konnte er offensichtlich genauso leicht umschalten wie das Getriebe eines Autos.

»Mein Name ist Remzi Ünal«, antwortete ich. »Ich wollte mich lediglich ein wenig mit Ihnen unterhalten.«

»O mein Gott«, sagte er und beugte sich hinunter, um den Hosenaufschlag herzurichten, obwohl alles in Ordnung war. »Also gut, dann wollen wir uns ein wenig unterhalten, nachdem wir uns auf so berauschende Weise kennen gelernt haben.«

»Lassen Sie uns ein wenig gehen dabei«, schlug ich vor. Ich setzte mich in Richtung des Taksim-Platzes in Bewegung. Mumcu schnippte noch einige Male an seiner Kleidung herum. Ich zog die Schachtel aus meiner Tasche, steckte mir eine Zigarette in den Mund und bot auch ihm eine an. Er schlug sie nicht aus. Vor einem Hamburger-Imbiss hielten wir an. Erst gab ich ihm Feuer, dann zündete ich mir meine Zigarette an. Wir setzten unseren Weg fort.

»Also …«, begann er. »Wir gehen. Ich höre …«

»Haben Sie heute Morgen Zeitung gelesen?«, fragte ich ihn.

»Heute Morgen?«, wiederholte er und lächelte in sich hinein. »Als ich aufwachte, kamen die Kinder gerade von der Schule heim. Was soll das also heißen: Haben Sie heute Morgen die Zeitung gelesen?«

Jetzt kommt es, sagte ich zu mir selbst. »Heute Morgen«, begann ich und kniff dabei das Gesicht leicht zusammen. »Wenn Sie heute Morgen die Zeitung gelesen hätten, hätten Sie heute Abend nicht völlig umsonst im Theater warten müssen.«

Gerade als wir einen Maronenverkäufer passierten, bleib Mumcu wie erstarrt stehen. Der Maronenverkäufer machte sich Hoffnung auf ein Geschäft. »Was heißt das denn nun wieder, dass ich völlig umsonst gewartet hätte?«, fragte Mumcu und schnippte seine Zigarette weg. »Auf wen soll ich völlig umsonst gewartet haben?«

Ich blickte geradeaus. Wieder einmal merkte ich, wie es mich bedrückte, anderen Menschen mitteilen zu müssen, dass jemand Nahestehendes gestorben war. »Niemand wird Tuğçen Yavaş jemals wieder sehen, weder auf der Bühne eines Theaters noch vor dessen Eingang«, erwiderte ich. »Leider.«

Die Antwort klang anders, als ich erwartete. »Und wer ist diese Tuğçen Yavaş nun wieder?«, fragte er.

Der Maronenverkäufer schaute mich an. Ich schaute zurück.

8

So wie es aussah, war jetzt ich mit dem Staunen an der Reihe. »Kennen Sie Tuğçen Yavaş wirklich nicht?«

»Nein«, antwortete Mumcu. »Müsste ich sie kennen?«

»Der freie Platz neben Ihnen im Theater war für sie bestimmt«, erklärte ich ihm. »Ihre Eintrittskarte ist in meiner Tasche.«

»Hier, nimm eine Zigarette von mir«, sagte er. Das Lächeln auf seinem Gesicht konnte man als etwas verschämt bezeichnen. »Du hast vorhin etwas von Theater und Bühne und so weiter erzählt. War das Mädchen vielleicht Theaterschauspielerin?«

»Ja«, antwortete ich. »Zumindest hat sie sich mir als solche vorgestellt.«

»Was ist denn passiert? Hat sich diese Tuğçen Yavaş ein Bein gebrochen oder so, dass man sie nicht mehr auf der Bühne sehen kann?«

»Schön wärs«, antwortete ich. »Man wird sie nicht mehr auf der Bühne sehen können, weil sie gestern ermordet wurde.«

Der Maronenverkäufer schüttelte philosophisch den Kopf.

»Verfluchter Mist«, sagte Mumcu zum zweiten Mal. »Heißt das etwa, dass mir ein ermordetes Mädchen die Eintrittskarte geschickt hatte?«

»Wahrscheinlich hat sie noch gelebt, als sie die Eintrittskarte losgeschickt hat«, entgegnete ich.

»Die Sache ist eine große Scheiße! Jedes weitere Wort ist überflüssig!«, fluchte er. »Verdammt, wieso gerate ich immer in diese beschissenen Sachen hinein … Und wer bist du eigentlich?«

»Ich trainierte Aikido mit dem Mädchen«, antwortete ich.

»Aikido? Ist das die Nummer, die du vorhin abgezogen hast?«

»Ja.«

»Wenn diese Tuğçen Yavaş auch die ganzen Tricks beherrscht hat, dann ist es vielleicht besser, dass wir uns nicht getroffen haben«, sagte Mumcu.

»Ich glaube nicht, dass Sie sie mit Tritten und Fausthieben traktiert hätten«, entgegnete ich. »Sie war ein hübsches Mädchen.«

Der Maronenverkäufer schüttelte wieder den Kopf.

»O mein Gott, ja, ich bitte noch mal um Entschuldigung«, sagte Ali Mumcu. »Wirklich, es tut mir sehr Leid. Entschuldigung. Sowohl für meine Tritte als auch für meine Worte. Was ich gesagt habe, war unpassend.«

»Ist schon gut. Das ist nicht so wichtig«, beruhigte ich ihn.

»Dennoch, mein herzliches Beileid.«

Ich nickte. »Ich danke Ihnen«, erwiderte ich.

Ich fragte mich, wann er wohl darauf kommen würde, und wartete. Ali Mumcu begann zu lachen. »Nachdem du mich zu so später Stunde mit der anderen Eintrittskarte in der Hand verfolgt hast, scheint die ganze Angelegenheit hier wohl noch nicht zu enden.«

»Ich würde mich freuen, wenn es nicht zu Ende wäre«, sagte ich.

»Du scheinst dich für das Mädchen noch aus einem anderen Grund zu interessieren als nur wegen des gemeinsamen Trainings beim … wie hieß das noch, wovon du erzählt hast … beim Aikido?«, stellte Ali in freundschaftlichem Ton fest.

Der Maronenverkäufer schaute mich an. Sein Gesicht schien mich aufzufordern: Na los, dann finde mal eine gescheite Antwort auf diese Frage.

»Sie war viel zu jung für jemanden wie mich«, hielt ich dagegen.

Mumcu beobachte die vielen Autos, die links von uns auf der Straße vorbeifuhren. Es schien, als wollte er etwas sehr Wichtiges über Autos sagen. Dann holte er tief Luft. »Es gibt hier, glaube ich, einige Dinge, die uns beide sehr interessieren«, begann er dann. »Wie wäre es, wenn wir uns einen geeigneten Ort suchen und etwas trinken gehen? Ich muss immer etwas trinken, bevor ich mich über solche Themen unterhalten kann.«

Ich schaute den Maronenverkäufer an. Er streckte seine Hand aus, gab uns mit Zeichen zu verstehen, dass wir etwas Passendes fänden, wenn wir in die nächste Straße einbiegen würden. Mit einem Kopfnicken bedankte ich mich bei ihm.

»Also, dann kommen Sie«, forderte ich Mumcu auf. »Ich glaube, wir haben einen geeigneten Ort gefunden.«

Die Türsteher vor der Matrix-Bar wollten sich fast bis zum Erdboden verbeugen, um uns zu begrüßen, aber als sie erkannten, dass auf meinem Gesicht nicht eine Spur von Vergnügungslust zu sehen war, ließen sie es bleiben und verzogen sich diskret. In der Bar war es unheimlich dunkel. Die gesamte Beleuchtung des Raumes bestand aus Duftkerzen in Kerzenständern im chinesischen Stil, die auf den Tischen standen.

Noch bevor wir uns setzten, bestellte Mumcu Raki bei dem Kellner, der uns empfing. Dann setzten wir uns einander gegenüber an den Tisch, der am weitesten vom Eingang und von den Lautsprechern entfernt stand, aus denen ein Song von Tarkan ertönte. An den anderen Tischen saßen vereinzelt Jugendliche, die Bier tranken. Offensichtlich war es noch zu früh.

Ali Mumcu wartete. Er hatte die Hände an den beiden Enden des Schals, der ihm auf beiden Seiten seines Nackens herunterhing. Seine Augen waren auf eine Ecke des Tisches gerichtet. Ich sagte kein Wort und wartete. Über seine Schultern hinweg konnte ich die Eingangstür sehen. Kein Mensch ging rein oder raus.

Der Kellner kam mit einem Tablett, auf dem sich einige Gläser befanden. Mumcu gab dem Kellner keine Zeit, die Gläser auf den Tisch zu stellen. Er schnappte sich ein Glas mit unverdünntem Raki. Hastig nahm er einen Schluck. Dann hielt er inne und schaute mich an. Er blinzelte und trank noch einen Schluck. »Ohhh«, seufzte er und lehnte sich zurück. »Jetzt bin ich wieder ich selbst.«

Der Kellner hatte auch mir Raki gebracht, ohne dass ich ihn bestellt hatte. Ich schob das Glas zur Seite, damit mir der Geruch des Anisschnapses nicht so stark in die Nase stieg. Ali Mumcu nahm noch einen weiteren Schluck. Dann hob er den Kopf und sah mir in die Augen. »Hatte ich mich eigentlich bei dir entschuldigt wegen der Tritte vorhin?«, fragte er. »Wollen wir uns jetzt unterhalten?«

Ich holte meine Zigarettenschachtel wieder heraus. »Der Tritt ist nicht so wichtig«, antwortete ich. »Eigentlich müsste ich um

Entschuldigung bitten, weil ich so direkt auf Sie zugegangen bin.«

»Sollten wir nicht diese Entschuldigungsarien beiseite lassen?«, schlug er vor. »Kommen wir zu den wichtigen Dingen.«

»Also gut, kommen wir zu den wichtigen Dingen«, stimmte ich zu. Dann schwieg ich wieder. Auch Ali Mumcu schwieg. Ich reichte ihm eine Zigarette. Er nahm sie an und zündete sie an der Duftkerze an. Ich benutzte mein Feuerzeug.

Er nahm einen tiefen Zug aus seiner Zigarette. Dann drehte er sie in der Hand hin und her. »Also gut, kommen wir zu den wichtigen Dingen«, sagte er. Er schien sich zu einem Entschluss durchgerungen zu haben.

»Erster Akt: Es gibt da einen Theaterregisseur, der meint, ein kleiner Schürzenjäger zu sein. Eines Tages findet er einen Umschlag in seinem Briefkasten. Im Umschlag ist eine Eintrittskarte für das Theater. Na ja, denkt er sich, vielleicht verbringe ich einen romantischen Abend mit einer Frau. Wer mag wohl dieser heimliche Fan von mir sein, fragt er sich und macht sich auf den Weg ins Theater. Am Ende findet er sich nach einem beschissenen Gerangel in einer beschissenen Bar wieder und sitzt einem Kerl gegenüber, von dem er erwartet, dass der zuerst reden soll. Vorhang zu. Das Stück ist zu Ende.«

Er nahm wieder einen Zug von seiner Zigarette und sah mich an. Er hatte Recht.

»Ein Privatdetektiv, der die Nase gestrichen voll hat, das Leben anderer Menschen zu verändern, fühlt sich sehr unwohl. Denn er musste erfahren, dass eine junge Frau, der er die gewünschte Hilfe verweigerte, ermordet wurde. Und das auch noch am selben Abend, an dem er ihr die Abfuhr erteilte«, erzählte ich. »Also macht er sich auf und will herausfinden, was so alles vorgefallen ist. Im Briefkasten des Mädchens findet er einen Briefumschlag. Darin ist eine Eintrittskarte für das Theater. Wollen wir mal schauen, wer das Mädchen ins Theater eingeladen hat, sagt er sich und macht sich auf den Weg. Dann legt er sich mit einem Theaterregisseur an, der behauptet, dass er das ermordete Mädchen nicht kennt. Und er wartet, dass dieser zuerst redet. Vorhang zu, aber das Stück ist noch nicht beendet.«

»Ha! Du bist also ein Privatdetektiv!«, sagte Mumcu.

»Stimmt«, antwortete ich.

»Auf der Bühne habe ich zwei Mal einen Privatdetektiv gespielt. Das waren beides Typen, die was auf dem Kasten hatten, besonders der erste.«

»Ich hätte mir die Stücke gerne angeschaut.«

»Das waren beschissene Stücke«, entgegnete er. »Beide sind hier in Istanbul beim Publikum durchgefallen. Auf der Tournee haben wir uns noch etwas berappeln können.«

»Istanbul erlebt jeden Tag seine eigene Wirklichkeit«, sagte ich. »Arbeitest du zurzeit an einem Theaterstück?«

»Es gibt da eines, das ich auf die Bühne bringen will. Mit der Produktion haben wir noch nicht begonnen. Ich bin mit den Vorarbeiten beschäftigt und muss auch noch einiges kalkulieren.«

Jetzt schien mir eine gute Gelegenheit für einen Versuch. *»Die Physiker?«,* fragte ich.

»O Gott, nein!«, entgegnete er. »Wie kommst du denn darauf?«

»Ach, habe ich nur so dahergesagt«, meinte ich.

Ali Mumcu schien es sich zu Herzen zu nehmen, dass ich auf *Die Physiker* getippt hatte. »Nur weil eine türkische Übersetzung vorliegt, knöpfe ich mir nicht ein Stück vor, das jede drittklassige Amateurtruppe in der Türkei spielen möchte«, sagte Ali Mumcu. »Das Stück, von dem ich spreche, habe ich selbst geschrieben. Das wird eine gute Sache. Es geht um das Sein und das Nichtsein.«

Ich spitzte anerkennend die Lippen. »Und die Schauspieler?«, fragte ich. »Hast du schon die gesamte Truppe zusammen?«

»Ich schaue mich noch um«, antwortete er und verstand sofort, worauf ich eigentlich hinauswollte. »Das Mädchen, von dem du erzählt hast … Sie war doch Theaterschauspielerin, oder? Hat sie mir vielleicht deswegen die Eintrittskarte geschickt? Wollte sie vielleicht eine Rolle von mir?«

»Das kann ich nicht wissen«, antwortete ich. »Mir kam nur dieser Gedanke vorhin.«

»Mein Gott, hör bloß auf«, sagte er. »Mensch, also wenn das so ist … na ja, um ehrlich zu sein, ich hätte das Mädchen schon gerne kennen gelernt.« Er trank noch einen Schluck Raki. Als er sah, dass sein Glas bereits leer war, tat er überrascht. Dann schaute er auf mein Glas. »Du trinkst gar nicht«, stellte er fest.

»Früher habe ich viel getrunken«, antwortete ich. »Hier, nimm mein Glas.«

Eine Frau an der Bar schaute in unsere Richtung. Ihre Bluse war enger als nötig. Ali Mumcu nahm einen großen Schluck aus meinem Glas. »Ah, das tut gut«, sagte er, als ob es sein erster Schluck Raki wäre. »Und was wirst du jetzt unternehmen?«, fragte er mich dann.

»Ich werde mich hier und da herumtreiben und damit fortfahren, Fragen zu stellen«, antwortete ich.

»So wie es aussieht, amüsierst du dich dabei, wenn du dich hier und da herumtreibst und irgendwelchen Leuten Fragen stellst«, sagte er. »Wenn es etwas gibt, was du mich fragen möchtest, dann nur zu, halte dich nicht zurück. Du hast mir ja sogar deinen Raki überlassen.«

»Auf Wunsch und im Interesse der Allgemeinheit könnte ich dir ein paar Fragen stellen«, sagte ich.

»Na, dann stell deine Fragen.«

»Wer sind die Leute, die hinter dir her sind?«, fragte ich.

»Wer soll hinter mir her sein?«

»Als ich an dich herantrat, hast du mich für jemand anderen gehalten. ›Haben dich vielleicht diese Hurensöhne geschickt?‹, hast du gesagt. Und dann hast du auch von einem Boss gesprochen …«

»Ach, das meinst du?« Er machte eine Geste, die zeigen sollte, wie unwichtig das Ganze sei.

»Ich bin neugierig geworden«, sagte ich. »Wer sind diese Leute, die hinter dir her sind?«

»Das sind Idioten«, sagte Ali Mumcu. Er griff zum Glas, um einen weiteren Schluck Raki zu nehmen, ließ es dann aber bleiben.

Die Frau an der Bar rutschte von ihrem Hocker und blickte dabei fortwährend in unsere Richtung.

Ich wartete noch einen Augenblick, falls er noch einmal fluchen wollte. Doch Ali Mumcu fluchte nicht noch einmal. Stattdessen fuhr er sich zweimal durch die Haare und überprüfte, ob sie gut saßen.

»Es gibt da einen Drucker, dem ich noch die Kosten für die Plakate für ein Stück im letzten Jahr schulde«, erzählte er mit leiser Stimme. »Dieser Hurensohn ist hinter mir her. Die Typen sind wie die Mafia. Ich hab die ein bisschen hingehalten, weil ich selbst noch auf Geld von einem Veranstalter warte, der mich hängen lässt. Dann haben sie angefangen, mich zu belästigen. Ständig klingelt das Telefon. Die waren auch schon ein paar Mal bei mir zu Hause.«

Ich wurde nicht böse, weil er mich für den Gorilla eines beschissenen Druckers hielt. »Ich würde dir raten, das Geld zu zahlen«, sagte ich ihm. »Geht es um eine große Summe? Wenn du meinst, dass sie dich jetzt schon im Theater verfolgen, würde ich an deiner Stelle zahlen.«

»Du hast Recht, ich habe mit meiner Reaktion ein wenig übertrieben. Aber als du dich plötzlich bei mir einhaken wolltest, da habe ich gedacht ... Das letzte Telefongespräch mit den Typen war unangenehm ...«

Die Frau mit der unnötig engen Bluse tauchte plötzlich bei uns auf. Sie hatte einen Kaugummi im Mund. »Guten Abend, die Herren«, sagte sie mit einem aufgesetzten Lächeln.

»Auf Wiedersehen«, sagte ich, ohne sie anzusehen.

»Wir könnten uns ein wenig amüsieren«, sagte sie, als ob sie mich nicht gehört hätte.

»Auf Wiedersehen«, sagte ich, dieses Mal etwas lauter.

»Meine Güte, ist ja schon gut«, sagte sie. »Ich bin an der Bar. Falls ihr euch langweilt, könnt ihr winken.«

»Warum hast du die Frau weggeschickt?«, fragte Ali Mumcu. »Wir hätten uns doch ein bisschen amüsieren können.«

»Später«, antwortete ich. »Es gibt da noch ein paar andere Dinge, die mich interessieren.«

»Als ich mich auf die Rollen dieser bescheuerten Detektive vorbereitete, habe ich auch das Gesetz gelesen, das euren Beruf regelt«, erwiderte er. »Ihr habt doch gar nicht das Recht, irgendjemanden zu verhören, nicht wahr?«

»Was heißt hier verhören?«, fragte ich. »Wir sitzen hier doch nur und unterhalten uns ein wenig.«

»Na gut, wenn das so ist, dann unterhalten wir uns also noch ein wenig«, sagte er und drehte sich um und schaute zur Bar, wo die Frau mit der engen Bluse saß.

»Fährst du einen Range Rover?«, fragte ich. Plötzlich hatte ich ein dringendes Bedürfnis nach frischer Luft. Aber ich unterdrückte dieses Verlangen.

»Auf so einen Anblick kann man anstoßen«, sagte Ali Mumcu, nachdem er sich wieder zu mir umgedreht hatte. Er nahm wieder einen Schluck aus dem Glas, von dem man nun nicht mehr wusste, wem es gehörte. »Wenn du irgendjemandem begegnest, der glaubt, dass jemand in der Türkei, der keine billigen Fernsehserien produziert, sondern anständige Stücke für das Theater auf die Bühne bringt, es schafft, sich einen Range Rover zu leisten, dann kannst du ruhig ein paar von deinen Nummern von vorhin bei ihm abziehen.«

»Und wie ist es mit einem Audi?«

»Runter, geh noch weiter runter«, antwortete er. »Wenn ich die Zähne zusammenbeiße, könnte ich mir vielleicht einen gebrauchten Renault leisten. Aber ich habe gar keinen Führerschein. Und ich habe auch nicht die Absicht, dafür zu büffeln und irgendwelche Prüfungen abzulegen.« Offensichtlich steckte er in einer ähnlichen Situation wie ich.

»Dieser Umschlag … Wann ist er bei dir angekommen?«

»Ich weiß es nicht. Ich habe ihn heute Morgen gefunden, als ich aus dem Haus gehen wollte. Als ich gestern Abend nach Hause kam, war ich betrunken. Ich habe nicht einmal in den Briefkasten geschaut.«

»Du hattest gesagt, dass du erst am Nachmittag aufgewacht bist«, sagte ich.

Mumcu schaute mir direkt ins Gesicht. Ich wartete darauf, aber er fuhr sich nicht mit der Hand durch die Haare. »Oha, du bist aber ganz schön schlau«, meinte er. »Das darfst du bei mir nicht so eng sehen. Für mich ist die Stunde, in der ich meine Augen aufmache, der Morgen, egal um welche Tageszeit es sich handelt.«

»Was war das für ein Umschlag?«, fragte ich.

Er überlegte eine Weile. »Schau ihn dir selbst an«, entgegnete er dann. Er suchte erst in der vorderen linken, dann in der rechten Tasche seiner Samtjacke. Was er suchte, fand er in der rechten Tasche. Er holte es raus und legte es neben das Rakiglas. Er war ein wenig zerknittert, der gelbe Umschlag aus Glanzpapier. Es stand weder ein Name noch eine Adresse drauf. Genau so wie bei dem Umschlag, der zu Hause bei mir in dem nie benutzten Gästezimmer lag. »Das, was du hier trinkst«, begann ich und zeigte auf den Anisschnaps im Glas vor ihm. »Kann es dich vielleicht so weit bringen, dass du die Klingel im Haus nicht hörst, wenn du schläfst?«

»Kann sein«, antwortete er. »Aber wenn einer klingelt wie ein Gläubiger, der seine Schulden kassieren will, wache ich wahrscheinlich auf.«

Dann zeigte er, dass ein Theaterregisseur mindestens genauso schlau war wie ein Privatdetektiv. »Einen Moment«, sagte er und schnippte mit den Fingern. »Wenn ich mich nicht verhört habe, hast du in deiner Tirade vorhin erzählt, dass du in dem Briefkasten des Mädchens auch eine Eintrittskarte für das Theater gefunden hast. Das Mädchen kann diese ganze Theatergeschichte also nicht arrangiert haben, um eine Rolle von mir zu bekommen.«

So schlau wie er war ich auch. »Du hast Recht. Das hat sich also erledigt.«

Der Kellner erschien plötzlich über unseren Köpfen. Er hatte sich die Haare mit Gel nach hinten gekämmt und trug eine fleckige Weste. »Bitte, Abi?«, fragte er.

Ali Mumcu und ich schauten uns an. Dann schnippte er wieder mit den Fingern und machte ein Gesicht, als ob er die Lösung gefunden hätte.

»Bring mir einen Kaffee«, sagte ich. »Ohne Milch. Und heiß muss er sein.«

»Ich bin mit dem zufrieden«, sagte Mumcu und zeigte auf das Glas Raki vor sich. »Ich denke, da ist noch eine dritte Person im Spiel, auf die wir kommen müssen«, fuhr er fort, als der Kellner weg war.

»Da wir gerade von einer dritten Person reden … Kennst du jemanden, der Ayhan heißt?«

»Ich kenne einige Leute, die so heißen«, antwortete er. »Aber das sind alles Leute aus meinem Umfeld, die in Ordnung sind. Ich glaube nicht, dass wir von ein und demselben Ayhan sprechen.«

»Und Orhan Sofuoğlu?«, fragte ich im selben Tonfall.

Er umklammerte sein Glas mit beiden Händen, als ob es die Flucht ergreifen könnte. »Nein«, antwortete er und blickte mir dabei in die Augen. »Jemanden mit so einem frommen Nachnamen würde ich nicht vergessen.«

»Und wie ist das mit Tümer Ateş?«, machte ich weiter.

»Dieser Idiot! Dieser Hornochse!«, gab er als Antwort.

»Du magst den Mann offensichtlich nicht?«

»Hast du jemals einen Produzenten von Fernsehserien kennen gelernt, den man mögen kann?«, fragte er zurück. »Aber wir grüßen uns.«

»Schön«, sagte ich. »Ich bin mit meinen Fragen am Ende. Hast du noch welche?«

»Nein, aber mir hat unser Gespräch gefallen«, erwiderte Ali Mumcu. »Wenn du mal Zeit haben solltest, lass uns doch mal zusammenkommen und ein wenig plaudern.«

»In Ordnung«, sagte ich.

»Du trinkst zwar keinen Alkohol, aber man kann sich trotzdem gut mit dir unterhalten.«

»Du scheinst von Gesprächen mit Theaterleuten die Nase voll zu haben.«

»Ich rede schon seit über zwanzig Jahren mit diesen Leuten«, seufzte er.

Auch wenn es nicht gerade zwanzig Jahre sind, dachte ich, aber ich rede ja auch schon eine ganz schöne Weile mit mir.

»Auf dein Wohl«, sagte er und hob sein Glas.

»Ich muss jetzt gehen«, sagte ich. »Wie ich das sehe, wirst du noch eine Weile bleiben wollen.«

»Dein Raki ist noch nicht alle«, antwortete er.

Ich zog mein Portemonnaie hervor, holte eine Visitenkarte hervor und legte sie auf den Tisch. »Ich habe kein Mobiltelefon«, sagte ich.

»Ich habe nicht einmal eine Visitenkarte«, entgegnete Mumcu. »Hast du Papier zum Schreiben?«

»Sag es mir einfach«, sagte ich. Er nannte mir zwei Telefonnummern. Nach jeder Zahlengruppe nickte ich mit dem Kopf.

»Diese Technik musst du mir mal beibringen«, sagte er.

»Erinnere mich daran, wenn wir uns das nächste Mal treffen«, sagte ich, als ich aufstand.

»Möge dir alles leicht von der Hand gehen«, sagte er. »Pass auf dich auf. Nicht jeder, dem du begegnest, ist vielleicht so unfähig wie ich.«

»Ich passe schon auf«, sagte ich.

Als ich mich vom Tisch entfernte, hob er die Hand zum Indianergruß, bevor er sich wieder umdrehte. Ich ging mit schnellen Schritten an den Tischen vorbei, die seit unserer Ankunft auch nicht voller geworden waren. An der Bar tippte ich der Frau mit der unnötig engen Bluse auf die Schulter. Sie drehte sich um und schaute mich neugierig an. Den Kaugummi hatte sie weggeworfen. »Mein Freund bleibt alleine hier«, sagte ich. »Und er langweilt sich ein wenig.«

»Warum?«, fragte sie, als ob sie sich wirklich dafür interessieren würde.

»Das Mädchen, auf das er wartete, ist nicht gekommen«, erklärte ich.

»Das machen sie immer so, diese blöden Schlampen«, sagte die Frau.

Die frische Luft draußen tat mir gut. Ich atmete mehrmals tief ein und aus. Die beiden Männer vor der Tür unterhielten sich gerade darüber, wie man die Tür eines BMWs, dessen Fahrer nicht zu sehen war, am besten aufbekommen könnte.

»Guten Abend, die Herren«, grüßte ich.

»Wir erwarten dich wieder bei uns, Abi«, sagte der Längere von den beiden.

Ich ging in Richtung des Taksim-Platzes. Auf dem Bürgersteig waren viele Leute, die wussten, was sie wollten. Die Typen in den langsam vorbeifahrenden Autos, die die Passanten inspizierten, wussten es auch. Jemand, der nicht wusste, was er wollte, hatte in dieser Gegend um diese Zeit nichts verloren. Ich ging mit dem Tempo eines Mannes, der etwas Wichtiges zu erledigen hatte. Es blieb noch viel Zeit, bis sich die Büchse der Pandora öffnen sollte.

Als ich den Taksim-Platz erreichte, merkte ich, dass ich Hunger hatte. Ich schloss mich dem Pulk von Menschen an, die sich nicht um rote Ampeln scherten, und überquerte mit ihnen die Straße. Die heranfahrenden Autos hupten, und wir fluchten.

Ich machte mich auf den Weg zu einem Kebap-Restaurant, von dem ich wusste, dass es dort den besten Adana-Kebap der Stadt gab. Er reichte sogar fast an den Adana-Kebap heran, den ich während meiner kurzen Reise nach Tarsus gegessen hatte. Das Restaurant war voll. Als ich eintrat, drehten sich alle um und schauten in meine Richtung. Ich grüßte nicht.

»Lass uns dich hier in die Nähe des Grills platzieren«, sagte der Kellner, der größer war als ich und auch kräftiger gebaut. Dieses Mahl dauerte viel länger als alle anderen Mahlzeiten, die ich in der letzten Zeit zu mir genommen hatte. Eineinhalb Portionen Adana-Kebap, ein Fleischspieß, Püree und zwei Flaschen scharfer Kohlrübensaft brauchten ihre Zeit. Als mein leicht gesüßter Kaffe in einer Tasse kam, die am Rand angeschlagen war, fühlte ich mich bereit, allem zu begegnen, was aus der Büchse der Pandora herausspringen mochte.

9

Ich zahlte, stand auf und ging. Am Imbiss an der Ecke, wo die enge, ruhige Gasse auf die Istiklal Caddesi trifft, kaufte ich mir eine Flasche Mineralwasser und trank sie im Stehen aus. Ich hatte noch ein wenig Zeit und lief bis zum Galatasaray-Gymnasium.

Dafür, dass es mitten in der Woche war, war jede Menge los in der Fußgängerzone. Mit gleichmäßigen Schritten – zwischen eiligen, trödelnden, herumstehenden oder unvermittelt lospreschenden Leuten hindurch – bahnte ich mir einen Weg. Machte einem gewichtig patrouillierenden Polizisten Platz, ließ einen Wagen der Stadtverwaltung durch. Das Geplärre aus den Boxen am Stand des Buchhändlers wurde zwanzig Schritte weiter von der Beschallung aus dem Kassettenrecorder des nächsten fliegenden Händlers übertönt. Bewusst steckte ich mir keine Zigarette an.

Als mich einer von vier jungen Burschen, die mich von hinten überholten, an der Schulter streifte, tastete ich unwillkürlich nach meinem Portemonnaie. Es war noch da. Eine Viertelstunde vor meiner Verabredung bog ich in die Straße mit der Buchhandlung Pandora ein. Hier gab es jede Menge Nachtschwärmer, Barlärm und Neonreklame. Ich wollte erst einmal ein wenig verschnaufen unten an der Ecke. Vor dem matt erleuchteten Schaufenster der Buchhandlung war niemand zu sehen. Ich würdigte den Straßenhändler mit seinem Tablett Reismuscheln, der mich von drüben auffordernd anblickte, keines Blickes und ging die Straße hinauf. Aus jeder Kneipentür drang ein anderer Sound und warb um Kundschaft. Oben an der Querstraße, beim Geschäft mit den Haushaltswaren, machte ich kehrt. Vor dem Mobiltelefon-Shop, der Verträge eines neuen Providers unter die Leute brachte, vertrieb ich mir noch ein wenig die Zeit und schaute zunächst die Mobiltelefone an. Dann lehnte ich mich mit dem Rücken ans Schaufenster und steckte mir eine Zigarette an. Bar-Hopping schien angesagt, die Menge kreuzte unablässig von einer Kneipe zur anderen.

Vor der Buchhandlung Pandora war immer noch niemand zu sehen. Ich blickte auf die Uhr. Noch drei Minuten. Ich warf die Zigarette weg und ging los. Punkt eins stand ich erneut davor.

Eine Weile betrachtete ich die Bücher im Schaufenster, ging dann ein paar Schritte nach links, um mir die Broschüren im Schaukasten am Eingang zum Nachbarhaus anzusehen. Der Typ auf einer der Titelseiten kam mir irgendwie bekannt vor. Dann schaute ich wieder auf die andere Straßenseite. Die Kneipe drüben warb mit Reggae, Latin und Weltmusik. Schien aber nicht ganz der Geschmack der beiden jungen Burschen zu sein, die davor warteten. Niemand ließ sich blicken.

Weder die Straße zur Istiklal Caddesi runter noch die Straße hoch war eine junge kurzhaarige Frau mit einem langen Ohrring aufgetaucht.

Ich machte ein *Makko-Ho,* ganz ohne Showeffekte. Ohne mich um irgendjemanden zu kümmern, stellte ich meine Füße schulterbreit auseinander, brachte meinen Oberkörper in aufrechte Haltung, dehnte meine Arme nach hinten, bis ich meine Zeigefinger aneinander legen konnte. Ich atmete tief ein. Der nächtliche Sauerstoff strömte in mein geweitetes *Hara.* Beim Ausatmen, im Bücken, ließ ich meine Arme über den Kopf so weit wie möglich nach vorne gleiten. Ich wiederholte die Übung, bis ich das Sauerstoff-Bombardement in meinem Hirn verspürte.

Eine acht- bis zehnköpfige Gruppe kam lärmend die Straße herunter. Die Jungen in schwarzen T-Shirts, die Mädels in Miniröcken. Nicht mehr ganz nüchtern, torkelten sie leicht. Das große Mädchen vorne wäre beinahe gestolpert, als sie bei einem Witz aus der hinteren Reihen der Gruppe losgrölen musste. Ich trat einen Schritt zurück. Das Mädchen, das direkt an mir vorbeilief, konnte ich riechen. Ein verschwitzter, schwerer, blumiger Mief. Du solltest etwas mehr investieren, dachte ich, als ich ihr nachschaute. Dann, als sich mein Blick von ihren Beinen löste und nach oben streifte, sah ich sie, Şeyda Tapan.

Sie stand an dem Pfahl mit den Schildern, die unten an der Ecke zur Istiklal Caddesi Passanten auf Geschäfte in der Büyükparmakkapi-Gasse hinweisen. Sie trug einen langen schwarzen Mantel. Gereckt, als würde sie auf Zehenspitzen stehen, blickte sie in meine Richtung. Einen Moment lang war ich unschlüssig, ob ich auf sie warten oder auf sie zugehen sollte. Ich entschied mich, den ersten Schritt zu machen.

Doch dazu kam es nicht mehr. Die beiden Kerle mussten hinter der angesäuselten Gruppe hergegangen sein. Der eine fasste mich rechts, der andere links unter. Ein Dritter sprang vor mich und versetzte mir aus nächster Nähe einen Faustschlag in die Nieren. Und dann noch einen. Ich krümmte mich vor Schmerz. Die beiden Kerle nahmen mich fest in die Zange und schleppten mich mit geübtem Griff in den Hauseingang neben dem Schaukasten, vor dem ich mir gerade noch die Zeit vertrieben hatte. Zum Teufel mit den Leuten, die um diese Uhrzeit ihre Haustür offen lassen! Die beiden jungen Burschen vor dem Reggae-Latin-Weltmusik-Schuppen hatten sich bestimmt aus dem Staub gemacht, dachte ich mir. Vornübergebeugt, wie ich war, konnte ich im Halbdunkel hinter der Metalltür nur Beine erkennen. Drei dunkle Blue Jeans, drei Paar Turnschuhe. Ich hörte noch, wie die Tür ins Schloss fiel.

Wortlos, als sei das Zuschlagen der Tür das Kommando gewesen, ging das Trio auf mich los. Ich hörte jedenfalls nicht, dass einer von ihnen etwas gesagt hätte. Der erste Hieb traf meine Schläfe. Der zweite meinen Magen. Ich biss die Zähne zusammen. Ohne eine Offerte zur Gegenwehr schlugen sie auf mich ein. Ich versuchte nur noch, mit den Händen meinen Kopf zu schützen, ohne Erfolg. Ich konnte nicht mehr unterscheiden, welchen Schlag ich von wem einsteckte. Und kurz darauf nicht mehr, wohin ich getroffen worden war. Bis mir ein Schlag in die Hoden fast die Besinnung raubte. Ich ging in die Knie, zwangsläufig. Ein Fußtritt traf meine Rippen. Mir blieb die Luft weg. Als ob ich beten wollte, sank ich mit dem Oberkörper nach vorn. Ein zweiter Tritt fetzte von der anderen Seite in meine ungeschützte Flanke. Ich fiel zur Seite. Zusammenrollen, mit den Armen den Kopf, mit den Beinen den Magen schützen, war das Einzige, was mir noch einfiel.

Dann blieben die Schläge aus. »Es reicht«, meinte der eine. Die Stimme kannte ich nicht.

»Vielleicht hätten wir ihn doch nicht so hart rannehmen sollen«, hörte ich einen anderen sagen. Auch diese Stimme hatte ich noch nie gehört. »Halts Maul!«, zischte die erste Stimme. »Quatsch nicht so viel!«

Das wars dann wohl, dachte ich. Und damit es dabei blieb, rührte ich mich nicht von der Stelle, hütete mich, ein Wort zu sagen. Den Kopf zwischen den Armen, verharrte ich mit angezogenen Knien auf dem Boden. Ich hörte noch, wie die Metalltür geöffnet wurde und wieder zufiel, für einen Moment auch Fetzen von Straßenlärm. Sind wohl abgehauen, gratulierte ich mir. Sie waren wirklich fort. Doch ich blieb noch eine Weile liegen, ohne mich zu rühren. Schwerfällig setzte ich mich schließlich auf und lehnte mich mit dem Rücken an die Wand. Mehr als eine Minute konnte die ganze Aktion nicht gedauert haben.

Zunächst sann ich nach den übelsten Flüchen, die mir geläufig waren, und tastete dabei mein Gesicht ab. Stechende Schmerzen, wo ich auch hinfasste, aber kein Blut. Meine Rippen berührte ich erst gar nicht. In der Leistengegend spürte ich einen heftigen, fiesen Dauerschmerz, als sei ich ohne Narkose sterilisiert worden. Wegen dieser Schmerzen konnte ich nicht richtig Luft holen. Zur Linderung versuchte ich, gleichmäßig und tief zu atmen, doch mit dem Heben und Senken des Brustkorbs wurde der Schmerz nur noch schlimmer. Ich gab auf.

Schließlich begann ich zu zählen. Zähl bis fünfzehn, dann gehts weg, sagte ich mir. Ging aber nicht weg. Zähl bis zwanzig. Keine Linderung. Zähl noch mal bis zwanzig. Ein bisschen besser. Mit der Hand an die Wand gestützt, versuchte ich aufzustehen. Nicht so voreilig, funkte es aus meiner Leber oder Milz. Ich biss die Zähne zusammen. Der aufrechte Gang stärkt ja das Selbstvertrauen des Menschen. Verfluchte Scheiße! Fluchen erwies sich für die

Atmung als weitaus besser als alles Gehampel mit den Armen. Du solltest *Taninguyake* wirklich ernsthafter trainieren, sagte ich mir und prüfte nach, ob Schlüssel und Portemonnaie noch da waren. Sie waren nicht herausgefallen. Ich strich mir den Dreck aus den Haaren, klopfte mir den Staub aus der Kleidung. Dann der beherzte Versuch, mich zusammenzureißen. Aber das Ergebnis frustrierte mich!

Mit solchen Geschmacklosigkeiten muss man in meinem Beruf rechnen. Hin und wieder zumindest. Ist ja nicht zu erwarten, dass ein jeder brav abwartet, was dabei herauskommt, wenn ich meine Nase in seine Angelegenheiten stecke. Manchmal regten sie sich dann eben auf. Manchmal droschen sie, kaltblütig wie sie waren, auf jeden Sack ein, von dem sie wussten, was sie von ihm zu erwarten hatten. Weil ich es aber gar nicht leiden kann, wenn jemand auf mich eindrischt, gebe ich in den meisten Fällen nach Kräften Kontra.

Manchmal war viel Widerstand aber einfach nicht drin. Ich wusste seit langem, dass jede Beziehung zwischen Menschen einen gewissen Warencharakter hat. Und Streit auch eine Form von Beziehung ist. Wie in jeder Beziehung erhält man etwas und gibt etwas. Es kommt eben darauf an, dass man mehr bekommt, als man gibt. Und bis zu diesem Tag war es mir meistens gelungen, den Preis für die eingesteckten Schläge hoch zu halten. Doch heute hatte ich für die Tracht Prügel rein gar nichts erfahren. Keinen Deut schlauer – außer, dass ich anscheinend reif für eine Tracht Prügel gewesen war. Für diese magere Erkenntnis hatte ich eindeutig zu viel bezahlt.

Du kannst eben nicht immer gewinnen, sagte ich zu mir. Und außerdem waren sie ja in Überzahl auf mich losgegangen. Einer nach dem anderen wäre kein Problem gewesen … Ich inspizierte noch einmal all meine Blessuren. Die Schmerzen in der Brust hatten nachgelassen, aber in der Leistengegend pochte es noch. Das geht vorbei, dachte ich mir. Halts aus, das geht schon vorüber.

Ein letztes Mal streifte mein Blick über den Hausflur. Weder ich noch die Angreifer hatten etwas verloren. Ich griff nach der Klinke. Die Tür ließ sich leicht öffnen. Ich trat auf die Straße, zog die Tür aber extra nicht ins Schloss. Die jungen Burschen vor dem Reggae-Latin-Weltmusik-Schuppen mir gegenüber starrten auf die Tür. Ein sonderbares Lächeln huschte über ihre Gesichter, als ich die Straße betrat. Sie schauten sich an. Ich ging auf sie zu. Wollte sie fragen, ob sie die Kerle kannten, mit denen ich hinter der Tür verschwunden war. Kaum hatte ich zwei Schritte getan, drehten sie sich wie verabredet um und verschwanden hinter der rot lackierten Kneipentür. Ich stand wie angewurzelt mitten auf der Straße. In meinem Zustand schien es mir äußerst schwer, ja unmöglich, ihnen zu folgen.

Der Verkäufer mit seinem Tablett Reismuscheln wandte sich ab, um jeden Blickkontakt zu vermeiden. Um nicht wie bestellt und nicht abgeholt herumzustehen, ging ich die Straße hinauf. Die Schmerzen in der Leistengegend ließen mich wie einen frisch beschnittenen Knaben schleichen. An der ersten Ecke bog ich rechts ab. Die Straße war deutlich finsterer. Vor einem Antiquariat, das seine Rollläden schon vor Stunden heruntergelassen hatte, stand ein Mann und pinkelte an die Wand. Guter Gedanke, dachte ich mir.

Wir grinsten einander an, als wir unser Geschäft erledigt hatten.

»Na, Meister, Amüsement gefällig?«, fragte mein Pinkelkumpan, als er seinen Reißverschluss wieder hochgezogen hatte.

»Danke, danke«, erwiderte ich mit der Hand am Reißverschluss. »Ich habe mich heute Nacht schon über Gebühr amüsiert.«

»Blitzsaubere Mädels, wirklich«, meinte er. »Und sie sind offen für alles.«

»Herzlichen Dank, ein anderes Mal.«

»Okay, okay Meister, nur für alle Fälle, du findest mich meist hier an dieser Ecke.«

»Dann machs mal gut«, sagte ich. Ich ging die Gasse entlang, die mit jedem Meter finsterer wurde. Ich konnte jetzt schon wieder besser gehen. Ich bog die erste Straße rechts ab und gelangte wieder runter auf die Istiklal Caddesi. Ich blickte nach rechts und links. Bis zum Taksim-Platz zu laufen, schien mir eine Nummer zu groß. An der ersten Straßenecke, an der Autos die Fußgängerzone durchquerten, steckte ich mir eine Zigarette an und wartete. Ich hatte die Zigarette noch nicht halb aufgeraucht, als ein freies Taxi erschien. Eine rollende Disco, UV-Lightshow links und rechts am Wagenhimmel. Aber die Musik wummerte nicht nach draußen. Mit Schmackes stieg der Fahrer vor mir in die Eisen. Ich erklärte, wo ich hinwollte, und schloss die Augen. Die Schmerzen ließen mehr und mehr nach. Im Stop-and-go-Rhythmus der Seitenstraßen merkte ich, wie mich der Schlaf übermannte. Ich bekam gerade noch mit, wie wir auf die Hauptstraße abbogen, öffnete meine Augen aber nicht. Dann dämmerte ich weg.

Auf dem Parkplatz vor der Neubausiedlung weckte mich der Fahrer. Ich zahlte, stieß beim Aussteigen unvermittelt gegen die Wagentür, mit einem Knall, der in der Stille der Nacht von den Hochhauswänden widerhallte. Ich schleppte mich die Treppen hinauf. Alles im Haus schlief. Ich trat in meine Wohnung und war wegen des grellen Lichts wieder hellwach.

Ohne den Anrufbeantworter zu beachten, ging ich ins Bad und ließ Wasser in die Wanne laufen. Der Lärm, den das im Haus verursachte, kümmerte mich nicht. Weil zu dieser Zeit niemand Wasser verbraucht hatte, war es ziemlich heiß. Ich zog mich aus und legte mich in die erst halb volle Wanne. Als das heiße Wasser meine blauen Flecken umströmte, biss ich die Zähne zusammen. Fluchte zuerst, gewöhnte mich dann aber daran und entspannte mich. Ich versuchte, an nichts zu denken, lag regungslos im Wasser, das um mich herum immer noch anstieg. Das tat gut. Als ich aus der Wanne stieg, fühlte ich mich zumindest physisch – für den Fall der Fälle – wieder in der Lage, eine Tracht Prügel einzustecken.

Trotz des Verlangens, mich mir nichts, dir nichts ins Bett fallen zu lassen, sah ich noch nach dem Anrufbeantworter. Keine Nachricht. Wie erfreulich. Wie nach einem ausgiebigen Besuch im Hamam spürte ich ein leichtes Zittern in meinen Schenkeln. Mit Mühe und Not schleppte ich mich ins Schlafzimmer. Ein Gefühl der Unentschlossenheit überfiel mich an der Tür zum Gästezimmer. Sollte ich? Hat bis morgen Zeit, sagte ich mir. Ein wenig gezwungen klang das schon. Als ich mich hingelegt hatte, fiel ich, wie immer in solchen Situationen, sofort in tiefen Schlaf.

Erfreut bemerkte ich am nächsten Morgen, als ich mein Gesicht wusch, dass wenigstens der Schlag gegen meine Schläfe keine bleibenden Spuren hinterlassen hatte. Die anderen Blessuren taten nichts zur Sache. Vergiss es, die vergehen, sagte ich zu mir selbst.

Ich brühte mir einen Kaffee auf, stärker als gewöhnlich. Brot und Zeitung lagen bereits seit geraumer Zeit vor der Haustür. Bei Kaffee und einer Zigarette überflog ich die Zeitung. Der Mord an der jungen Theaterschauspielerin hatte anscheinend schon keinen Nachrichtenwert mehr. Die dritte Seite vermeldete bereits andere, blutigere Verbrechen. Einen Mörder hatten sie gleich erwischt, einem anderen waren sie dicht auf den Fersen.

Als ich die Zeitung gelesen hatte, machte ich mir noch einen Kaffee. Ich wollte mein Versprechen von gestern Nacht einlösen, ließ den Fernseher Fernseher sein und betrat das Gästezimmer, das nie benutzt wurde. Hastig öffnete ich den Reißverschluss der Innentasche von Tuğçen Yavaş' Umhängetasche und zog Dürrenmatts *Die Physiker* hervor. Ich kehrte ins Wohnzimmer zurück, machte es mir bequem, nahm noch einen Schluck Kaffee und begann, das Buch noch einmal genau durchzusehen.

Ein so begehrtes Buch muss seinem Leser doch noch etwas anderes zu erzählen haben als das, was Dürrenmatt gesagt hat. Beginnend mit dem Umschlag, nahm ich es Seite für Seite genau unter die Lupe. Mitleid überkam mich mit der armen Übersetzerin, die einem dieser unseligen Leser ihr Autogramm überlassen hatte. Gleich zweimal untersuchte ich alle Passagen mit Unterstreichungen, Kommentaren und Fragezeichen am Rand. Vor allem aber sah ich mir das letzte Kapitel an, in dem jemand die Seitenzählung korrigiert hatte. Da hatte sich aber jemand wirklich Mühe gegeben, den Druckbogen mit Kugelschreiber richtig durchzunummerieren! Lob heischend augenscheinlich: Bravo, wie aufmerksam du doch gelesen hast! Dir verdankt man die richtige Lektüre. Ich beschloss, den Druckbogen einmal so zu lesen, wie er montiert worden war, achtete darauf, ob die Satzteile am Seitenende in Verbindung mit den Seitenanfängen einen Sinn ergaben. Auch das ergab keinen Sinn. Ich nahm ein Blatt Briefpapier, faltete es wie einen Druckbogen. Notierte darauf zunächst die Seitenzahlen in ihrer korrekten Folge, daneben die Seitenzahlen, wie sie auf dem falsch ausgeschossenen Bogen zu Stande gekommen waren. Ich faltete das Blatt wieder auseinander, verglich die Nummern und versuchte herauszufinden, ob sich eine logische Verbindung zwischen den Zahlen ergab.

Wieder kam ich zu keinem Ergebnis. Ich knüllte die Skizze zusammen und warf sie hinter den Fernseher. Vielleicht gab es ja gar kein Ergebnis, zu dem ich hätte gelangen können.

Inzwischen war mein Kaffee kalt geworden. Die Tasse in der einen, *Die Physiker* in der anderen Hand, stand ich auf. Auf dem Weg ins Gästezimmer stellte ich die Tasse in der Küche in den Ausguss und platzierte drüben das Buch wieder an Ort und Stelle. Sorgfältig verschloss ich den Reißverschluss der Umhängetasche. Beim Verlassen des Zimmers fiel mein Blick auf den Umschlag mit den Auszügen von Tuğçen Yavaş' Kreditkartenkonto. Mich beschlich die Neugier, nachzuschauen, was sie im letzten Monat ausgegeben hatte. Ich konnte mich dann aber doch beherrschen.

Du bist ja nicht Hercule Poirot, sagte ich mir. Nein, nein, du bist nur ein Privatschnüffler, allenfalls ein Lokalheld, einer, dem bei einem Überfall von drei Strolchen nichts anderes einfällt, als die Arme schützend vors Gesicht zu legen. Du hast ja noch nicht mal so was wie einen Hastings zur Seite. Ernährst dich ungesund, stinkst aus dem Hals nach Kaffee, Nikotindunst säuselt aus deinen Ohren. Deine Kundschaft kann dich nicht lieben, veränderst du doch ihr Leben, wenn sich eure Wege kreuzen. Auf die Bullenschiene lässt du dich gar nicht erst ein. Wie willst du da wissen, was die von dir halten, ob sie dich mögen oder nicht? Von den dubiosen Gestalten beiderlei Geschlechts einmal ganz abgesehen.

Und so besonders gern mochte ich mich ja selbst auch nicht.

Mein Job war es, in einer Stadt, die kaum noch etwas Erfreuliches zu bieten hatte, bei Leuten zu klingeln, die mich lieber nicht zu sehen wünschten, und sie Dinge zu fragen, die ihnen gar nicht in den Kram passten. Von drei Antworten waren zwei Lügen. Wars mal keine Lüge, wars eine Verdrehung der Tatsachen. Und das Bild, das herauskam, wenn ich Lüge von Wahrheit getrennt hatte, gefiel auch niemandem. Mir auch nicht. Sogar mir fiel es schwer, mir anerkennend auf die Schulter zu klopfen, wenn ich die eine Sauerei aus dem Gewölle der anderen Schweinereien herausseziert hatte. Würden meine Finger doch über kurz oder lang in der nächsten Sauerei herumpulen.

Ich ging ins Bad, um mir noch mal das Gesicht zu waschen. Bevor ich rausging, sortierte ich noch die Kleidungsstücke, die ich abends vor dem Besteigen der Wanne auf dem Boden verstreut hatte: Sechzig Grad, in die Reinigung, muss ausgebessert werden. Dann ins Schlafzimmer. Ohne darauf zu achten, ob die Sachen zueinander passten, zog ich mich an. Schließlich nahm ich meinen *Gi* vom Bügel, den ich zum Lüften an die Tür gehängt hatte, strich ihn glatt und packte ihn in meine Sporttasche. Ich war fest entschlossen, das Training heute Abend nicht zu verpassen.

Beim Verlassen der Wohnung schaute ich nicht in den Spiegel, denn ich wusste ja einigermaßen, welcher Anblick mich erwarten würde. Dann mal los, Remzi Ünal, klingeln wir also mal an einer anderen Tür, sagte ich mir beim Hinausgehen. Mal sehen, wies kommt.

10

Von Taxis hatte ich die Nase voll. Ich werde in Beşiktaş schon einen Parkplatz finden, sagte ich mir. Die Sporttasche geschultert, ging ich zu der Straße, in der ich vor zwei Tagen meinen Wagen abgestellt hatte. Mit hoch gestellten Scheibenwischern erwartete er mich. Sie hätten ihn auch übler zurichten können, dachte ich, klappte die Scheibenwischer herunter, stieg ein und warf meine Tasche auf den Rücksitz. Der Motor sprang an, als hätte er bereits sehnsüchtig auf mich gewartet. Ich legte den Gurt an und fuhr los. Der nächtliche Tiefschlaf hatte meine Blessuren vom Vortag beinahe geheilt. Ich fühlte mich gut, körperlich zumindest. Um gar nicht mehr daran denken zu müssen, schaltete ich das Radio ein. Ich fand jedoch nichts Vernünftiges und machte es wieder aus. Auf der Fahrt den Barbaros Boulevard herunter vernahm ich nur ein merkwürdiges Klappern unter meinem Wagen.

Stockend ging es bis zur Fußgängerüberführung voran. Ich fuhr auf den Parkplatz beim Staatssicherheitsgericht. Es herrschte ein Trubel wie an Tagen, an denen Leute von Rang und Namen ihren Vorladungen nachkommen. Zwei Übertragungswagen standen da, mehrere Polizeitrupps patrouillierten durch die Menge. Ich ließ meinen Wagen auf einem Platz am Ufer zurück und bahnte mir, unbeteiligt und gelangweilt dreinschauend wie ein Haushaltgeräteverkäufer aus Beşiktaş, meinen Weg durch die Leute. »Was ist denn hier los? Welche Bande ist heute an der Reihe?«, fragte ich den Burschen, der die Parkgebühren kassieren kam.

»Keine Ahnung, Abi. Das wird wohl nie ein Ende nehmen«, meinte er, als er mir das Wechselgeld aushändigte – ohne Quittung natürlich, wie immer.

Ich ging zur Hauptstraße, bahnte mir meinen Weg durch die Pulks von Schülern, die vor den Instituten zur Vorbereitung auf die Universitätsprüfungen herumstanden. Dann steuerte ich auf eine Seitenstraße zu, die hinter dem Gemüsemarkt steil den Hang hinaufgeht. Die Leute, die die Gasse herunterstiefelten, sahen irgendwie glücklicher aus als ich. Auf vielen der Balkons hing Wäsche zum Trocknen. Ein Sesamkringel-Verkäufer, der an einer Straßenecke eine Pause eingelegt hatte, blickte mich erwartungsvoll an. Ich ignorierte ihn.

Es war die richtige Gasse. Ein Blick auf die Hausnummern zeigte mir, dass ich mich bereits auf der richtigen Straßenseite befand. Drei Häuser vor meinem Ziel wechselte ich auf die andere Seite, näherte mich langsam dem Şafak-Mehrfamilienhaus und betrachtete es aus dem Augenwinkel. Es war das schmalste Haus in der Reihe, eine Wohnung pro Etage, ohne Balkon. Einen Fahrstuhl gab es mit Sicherheit nicht. Bis zum obersten Stockwerk würde ich also die Treppe nehmen müssen. Neben dem Schloss baumelte eine am Ende verknotete Schnur aus der Metalltür. Seitlich der Eingangstür waren untereinander fünf Klingelschilder angebracht.

Es würde sicher mehr auffallen, wenn ich oben umkehrte und wieder zurückging, überlegte ich. So überquerte ich kurz entschlossen die Straße und zog, ohne zu zögern, an der Schnur mit dem Knoten. Dabei schaute ich mir schnell die Klingelschilder an. Ganz oben stand kein Name oder sonst was drauf. Als die Tür geöffnet wurde, machte ich, dass ich hineinkam. Hinter mir fiel die Tür von selbst ins Schloss. Ich hatte Recht gehabt, es gab keinen Fahrstuhl. Und auch keine Briefkästen. Ich drückte den Lichtschalter im Treppenhaus und machte mich sogleich im Eilschritt auf den Weg nach oben.

Vor der Tür in der ersten Etage stand ein Kinderfahrrad. Die Leute aus dem zweiten Stock schützten die Unversehrtheit ihrer Wohnung mit einer Respekt einflößenden Metalltür. In der dritten Etage hörte ich ein Baby weinen. Im vierten Stock vernahm ich das Geräusch eines Staubsaugers hinter der Tür. Vier Stufen vor Erreichen der fünften Etage hielt ich ein, um Luft zu holen und um mich oben umzusehen. Ich erblickte eine ganz gewöhnliche Wohnungstür, die kaum standhalten dürfte, wenn ich meinen Dietrich zum Einsatz bringen würde. Ich nahm die letzten vier Stufen, schlich zur Tür und lauschte. Drinnen war es absolut still. Ich starrte auf den Klingelknopf, neben dem kein Namensschild vorgesehen war, und versuchte einen Entschluss zu fassen. In Ausgangsstellung stehend, spannte ich meinen Rücken an und atmete ein-, zweimal tief durch. Das automatische Flurlicht erlosch. Ich schaltete es wieder an. Dann drückte ich den Klingelknopf.

Es blieb mucksmäuschenstill. Weder ein normaler Klingelton noch eine Melodie, noch Vogelgezwitscher. Nichts war zu hören. Weil das Licht im Treppenhaus brannte, konnte es sich nicht um einen Stromausfall handeln. Ich läutete noch einmal. Ohne Resultat. Um auszuschließen, dass sich der Klingelknopf verklemmt hatte, drückte ich noch ein paar Mal ganz kräftig. Nein, die Klingel funktionierte nicht. Erneut, diesmal ganz fest, presste ich mein Ohr an die Tür. Drinnen war kein Laut zu vernehmen. Als unten eine Tür geöffnet wurde, verharrte ich regungslos. Schritte entfernten sich durch das Treppenhaus. Das Licht ging aus. Ich schaltete es wieder an. Eine Chance gab ich dem Hausherrn noch, klopfte in gesitteter Lautstärke an die Tür. Nach einer Pause noch einmal. Keine Antwort. Diese steile Stiege bist du nicht umsonst hinaufgestiefelt, dachte ich mir und holte meinen Dietrich heraus. Das Türschloss verdiente seinen Namen wirklich nicht. Ich schlüpfte schnell hinein und schloss die Tür hinter mir. Wieder hielt ich inne und horchte. Es blieb still.

Ich befand mich in einem winzigen Flur. Das war eine Angelegenheit für Singles, dieser Flur. An der Wand eine angenagelte Leiste mit Kleiderhaken. Sie war leer. Auf dem Boden lag ein runder Häkelteppich aus farbigen Ringen, der hier fremd wirkte. Jeder Ring in einer anderen Farbe. Ein paar Stiefel auf dem Boden, die einer Frau oder einem halbwüchsigen Burschen gehören konnten. Wie eilig abgestreift lagen sie da.

Der Kochplatte nach zu urteilen, die man durch die halb geöffnete Tür gegenüber der Schrankzeile sehen konnte, musste es sich um die Küche handeln. Die schmale fensterlose Tür rechts daneben gehörte wohl zum Bad. Ich bewegte mich auf die Tür zu, die nach ihrer Lage zur Wohnungstür ins Wohnzimmer führen musste. Ja, das war das Wohnzimmer. Allerdings fast ohne Mobiliar. Es war ganz mit Teppichboden ausgelegt. Obendrauf ein brauner Teppich mit zwei runden Flecken. Leere Wände. In einer Ecke lag eine zusammengeklappte Baumwollmatratze ohne Bezug. Aus dem Spalt lugte der Zipfel eines weißen Lakens hervor. Neben dem Bett stand ein Radio-Kassettenrekorder. Drum herum lagen verstreut etwa hundert Kassetten, die Hälfte ohne Hülle. Der Grauschleier der Gardinen machte deutlich, dass sie lange nicht mehr gewaschen worden waren.

Das Einzige, was nicht in den Raum passte, war das Klavier neben dem Fenster. Darauf stand eine leere Weinflasche. Na also, bislang deutet ja alles darauf hin, dass dies die richtige Adresse ist, sagte ich mir. Ich machte kehrt und wandte mich der Tür gegenüber der Wohnzimmertür zu, erwartete, ein spärlich möbliertes Schlafzimmer zu betreten. Langsam öffnete ich die Tür. Wie angewurzelt, die Klinke noch in der Hand, blieb ich stehen. Nein, nicht schon wieder! schrie ich innerlich auf. Rein innerlich, wie gesagt.

Der Rücken des Mädchens, das ausgestreckt auf dem Lager am Boden lag, war nackt. Ein Bettlaken bedeckte ihre Hüften, darunter schauten ihre ebenfalls nackten Beine hervor. Obwohl sie mit dem Gesicht zur Wand dalag, erkannte ich sie an ihren kurzen Haaren und dem langen Ohrring. Sie schien nicht mehr zu atmen. Ich merkte, wie die Angst in mir aufstieg. Mein Blick schweifte über ihren Körper und suchte nach Blutspuren, doch ich konnte keine entdecken. Erwürgt worden schien sie nicht zu sein, zumindest von weitem gesehen. Das beruhigte mich ein wenig.

Außer der Bettstelle auf dem Boden vervollständigten eine Garderobe mit Kunststofffurnier und eine Schminktischgarnitur die Einrichtung des Zimmers. Eine Nachttischlampe mit roten Troddeln stand am Kopfende des Bettes. Es gab keine Vorhänge, stattdessen Jalousien aus Stoff. Sie waren heruntergelassen, sodass kaum Licht in den Raum drang.

Einen Augenblick überlegte ich, was ich tun sollte. Es schien mir aber doch notwendig, nachzusehen, ob das Mädchen lebte oder nicht. Ich ging drei Schritte in das Zimmer. Beim dritten Schritt rührte sie sich. Oder ich hatte in dieser Stille zumindest den Eindruck.

Wie beschreibt man das Geräusch einer Katze, der man auf die Pfoten getreten hat? Ein quiekendes Kreischen ertönte vom Boden, wie das eines Urzeitdrachens im Würgegriff. Blitzartig schoss im gleichen Moment unter meinem Bein, das ich im Reflex angehoben hatte, etwas Weiches, Braunes hindurch, prallte gegen die Tür, fand dann doch den Türspalt und verschwand im Hausflur.

Mit einem Ruck erhob sich Şeyda Tapan aus der Bauchlage, stützte sich auf ihre Hände und blickte verwirrt. Sie hatte einen kleinen wohlgeformten Busen. Ihre rechte Schulter zierte ein stattliches Blumen-Tattoo. Gleich schreit sie, dachte ich, aber sie schrie nicht. Vielleicht hatte sie mich erkannt. Statt zu schreien, griff sie unter das Kopfkissen, zog einen pechschwarzen Revolver hervor und richtete ihn auf meinen Magen. Es war ein 7.65er. Ich machte zwei Schritte zurück und nahm die Hände hoch. »Bleib ganz ruhig!« Mehr fiel mir nicht ein. Als sie meine Stimme hörte, wurde ihr langsam klar, dass ich es war. Trotzdem wendete sie ihren Revolver nicht von mir ab. »Ich will nichts Böses«, sagte ich mit weiterhin erhobenen Händen. »Ich wollte nur Orhan sprechen.«

»Verschaffst du dir immer mit so einem Getöse Zutritt zu geschlossenen Räumen?«, entgegnete Şeyda. Sie hielt den Revolver mit beiden Händen und zeigte keine Spur von Scham darüber, dass sie keine dritte Hand hatte, ihre Brust zu bedecken.

»Ich habe geläutet.«

»Na wunderbar, du hast geklingelt«, entgegnete sie. »Wenn niemand öffnet, macht man aber doch, dass man wieder wegkommt.«

»Nicht in jedem Fall«, erwiderte ich.

»Dann gehst du aber vielleicht irgendwann mal mit den Füßen voraus hinaus«, meinte sie.

»Ich habe keine bösen Absichten«, sagte ich noch einmal. »Sonst hätte ich mich ganz anders verhalten.« Sie zielte immer noch mit dem Revolver in meine Magengegend. Eine Situation, die anfing, mir auf die Nerven zu gehen. Zwar hatte ich prinzipiell nichts gegen Diskussionen, in der Argumente auch mal mit Händen und Füßen ausgetragen werden. Aber mir war bewusst, dass ein Projektil in meinem Magen nicht die Antwort auf irgendeine meiner Fragen war. »Pack doch dieses Ding weg«, forderte ich, ohne ihr Zeit für eine Antwort zu lassen. »Könnte losgehen.«

»Wär vielleicht ganz gut, wenn das Ding losgeht«, meinte sie. »War eben ein Überfall, das nimmt mir doch jeder ab.«

»Vielleicht«, entgegnete ich und senkte meine Arme ein wenig. »Aber in Erklärungsnot gerätst du, wenn die ballistische Untersuchung Ähnlichkeiten mit dem Projektil zu Tage fördert, das Tuğçen getötet hat.«

Damit war die Sache gelaufen. Şeyda Tapan führte eine Hand zum Mund und senkte dabei die andere, sodass der pechschwarze Lauf des Revolvers auf die rechte Ecke ihres Bettes wies. Diese Gelegenheit ließ ich mir nicht entgehen. Den linken Arm vorausgestreckt, warf ich mich auf das Bett. Ein guter Satz. Noch im Flug versetzte ich ihrer Hand, die den Revolver hielt, einen Schlag mit meiner Rückhand. Der Revolver flog im hohen Bogen auf den Schminktisch zu. Gott sei Dank ging er nicht los. Mit dem ganzen Gewicht meines Körpers kniete ich über der nackten Şeyda. Mit der rechten Hand ergriff ich ihre Linke. Ihre freie Rechte schickte sich an, mir einen Schlag zu verpassen. Ich erwischte das andere Handgelenk noch in der Luft und drückte den Arm auf das Kissen. Wir befanden uns in einer recht pikanten Situation. Ich lag auf ihr, fast in Missionarsstellung. Ich drückte ihre angewinkelten Arme auf das Kissen und setzte mein ganzes Gewicht ein, um zu verhindern, dass sie sich unter mir rührte. Sie wand sich und ihre nackten Brüste zitterten dabei. Nur gut, dass zwischen uns das Laken liegt, dachte ich im Stillen. Noch einmal nahm sie alle Kraft zusammen, aber ihr Aufbäumen war vergeblich. Ich lockerte den Griff um ihre Handgelenke ein wenig. Als ich ein Funkeln in ihren Augen wahrnahm, dachte ich, sie würde gleich lachen. Sie lachte aber nicht. »Und was jetzt?«, fragte sie. »Willst du mich vergewaltigen?«

»Eine Vergewaltigung pro Tag reicht«, entgegnete ich trocken und erwartete, dass sie selbst in dieser Situation den Humor in meinen Worten registrieren würde. Auf ihrem Gesicht zeigte sich eine leichte Entspannung. Sie drehte den Kopf zur Wand, als wollte sie ein Lachen verbergen. »Wenn du dich ein wenig beruhigt hast, lasse ich deine Hände los«, sagte ich. »Trinken wir einen Kaffee und reden wir.« Sie nickte. Zuerst ließ ich ihre rechte Hand los. Als eine Ohrfeige ausblieb, auch die Linke.

Sobald ihre Hände frei waren, versuchte sie, das Laken hochzuziehen. Weil ich noch darauf saß, ging es nicht. Ich rollte mich zur Seite, robbte zu dem Revolver auf dem Boden und griff nach dem kalten Lauf. Als ich mich umdrehte, hatte sie ihre Brüste bedeckt. Ich steckte die Waffe in die Hosentasche. »Dann verschwinde aber aus dem Zimmer«, sagte sie in unvermittelt versöhnlichem Ton. Sie saß nun fast aufrecht im Bett, die Hände hielten das Laken vor ihrer Brust.

Ich stand auf. »Okay, ich geh raus«, versicherte ich. »Aber wenn du angezogen bist, reden wir ein wenig miteinander.« Die Hände vor der Brust, mit einer Geste, die wohl ausdrücken sollte, wenn du das Zimmer nicht sofort verlässt, kann ich mich unmöglich von der Stelle rühren, verlieh Şeyda ihrem Wunsch Nachdruck. Ich zuckte entschuldigend mit den Schultern und schloss die Tür hinter mir. Im Flur lehnte ich mich an die Wand und wartete, dass sich mein Atem beruhigte. Dann zog ich die Zigaretten aus meiner Tasche und steckte mir eine an. Mir fiel ein, dass ich im kahlen Wohnzimmer nichts gesehen hatte, das einem Aschenbecher ähnelte, und ging deshalb in die Küche. Sie machte den Anschein, als sei sie eine Woche nicht mehr benutzt worden. Der Lappen vor dem kleinen Kühlschrank hinter der Tür war tropfnass. Ein Berg von Töpfen, Gläsern, Kaffeebechern und Tellern, die sich im Spülbecken stapelten, hatte bereits Schimmel angesetzt. In diesem Hause sind wohl zuletzt Nudeln auf den Tisch gekommen, sagte ich zu mir – ohne Ketchup. Dann fiel mein Blick auf die Kentucky-Fried-Chicken-Verpackung im Mülleimer, der mitten in der Küche herumstand. Das widerlegte meine Vermutung. Im Wandregal fand ich eine letzte saubere Untertasse, nahm sie und ging ins Wohnzimmer.

Als ich den ersten Schritt durch die Tür setzte, machte die Katze, mit der es zu der unglücklichen Konfrontation gekommen war, einen Satz zwischen meinen Beinen hindurch und verschwand Richtung Schlafzimmer. Sie war aber wieder ganz in Ordnung und hinkte nicht. Ich scherte mich nicht darum, was sie wohl vor der geschlossenen Schlafzimmertür anstellen würde, ließ aber die Wohnzimmertür offen. Mit der Untertasse in der Hand suchte ich nach einer Sitzgelegenheit. Auf der gefalteten Matratze wollte ich mich nicht niederlassen. Ich zog den Schemel vor dem Klavier neben das Fenster, von wo aus ich die Wohnungstür im Flur beobachten konnte, und setzte mich. Ich öffnete die grauen Gardinen einen Spalt und warf mit der Untertasse in der Hand einen Blick nach draußen. Auf der Straße war es ruhig.

Als ich fertig geraucht hatte, betrat Şeyda das Wohnzimmer. Sie war in eine knallenge schwarze Samthose geschlüpft und trug ein gelbes Sweatshirt. Sie kam barfuß. Obwohl sie sich das Gesicht gewaschen hatte, machte sie immer noch einen verschlafenen Eindruck. Neben der Tür blieb sie stehen und schaute mich ein paar Sekunden an. »Es kommt ja nun nicht mehr drauf an, da kann ich uns auch einen Kaffee machen«, sagte sie schließlich. Sie atmete tief aus und verschwand gleich wieder aus der Tür.

»Ich trinke ihn schwarz«, wollte ich ihr noch hinterherrufen, ließ es dann aber bleiben. Ich blickte durch die dreckigen Fenster auf die Straße. Unten traten sich zwei etwa acht Jahre alte Kinder mit den Füßen. Dann ergriff eines von ihnen die Flucht. Das andere brüllte ihm hinterher. Wahrscheinlich fluchte es. Mit zwei nicht zueinander passenden Kaffeebechern in der Hand kam Şeyda ins Wohnzimmer zurück. Die Becher waren auch außen nass. Sie bot mir den kleineren an. »Du trinkst ihn sicher ohne Milch, hab ich mir gedacht«, sagte sie. »Ich mit viel Milch, fast halbe-halbe.«

Ich nahm ihr den Becher aus der Hand. »Vielen Dank, und entschuldige noch mal«, sagte ich, holte die Zigaretten aus der Tasche und bot ihr eine an, sozusagen als Friedenspfeife.

Sie schüttelte den Kopf und trank einen Schluck. Sie wirkte nicht so, als würde es sie stören, dass sie keine andere Sitzgelegenheit anzubieten hatte. »Ich muss mich wohl auch entschuldigen«, meinte sie dann. »Wegen gestern Abend.«

Ich erinnerte mich an den gestrigen Abend. »Ja«, entgegnete ich, »noch mal gut davongekommen. Waren ja nur Tritte und Fausthiebe, die da aus der Zauberbüchse gesprungen sind. Kein Messer, keine Knarre.«

»Der Zyprer war ziemlich rau, ich wusste aber, dass er es nicht zu weit treiben würde«, meinte sie.

»War auch gut so«, entgegnete ich. »Wäre er noch weiter gegangen, hätte ich dem in meinem Zustand kaum etwas entgegensetzen können.«

Sie nahm noch einen Schluck Kaffee. Sie stand vor mir und beobachtete schweigend, wie ich einen letzten Zug nahm und meine Zigarette auf der Untertasse ausdrückte. »Wer bist du?«, fragte sie schließlich.

Einen Augenblick überlegte ich, was ich antworten sollte.

»Jedenfalls mit Sicherheit kein Freund von Orhans Vater«, fuhr sie fort. »Man bricht schließlich nicht still und heimlich in fremde Wohnungen ein, um die Kinder seiner Freunde zu suchen. Und von der Polizei bist du auch nicht.«

»Ich bin Privatdetektiv«, verriet ich ihr und blickte ihr dabei direkt in die Augen.

Ihr Blick zeigte keine Regung. »Hatte der Zyprer also Recht, dir mit Misstrauen zu begegnen«, sagte sie, als spreche sie mit sich selbst. Sie wandte sich zum Fenster, schob die Gardine ein wenig zur Seite und schaute die Straße hinunter.

»Den Fieslingen bin ich nie ganz geheuer, die fühlen sich von mir gereizt«, erwiderte ich.

»Und ich habe den besagten Anruf nicht getätigt, weil du mir ein faules Ei zu sein schienst«, sagte sie und ließ die Gardine wieder los.

»Ist geschenkt«, erwiderte ich. »Ich tappe ja nicht zum ersten Mal in die Falle. Aber soweit ich sehe, ist Orhan Sofuoğlu nun voll hineingetappt, ihm steht das Wasser bis hier.« Ich deutete mit der Hand an meinen Hals.

Eilig ließ Şeyda ihre Kaffeetasse, die sie bei meinen Worten zum Mund geführt hatte, auf Brusthöhe sinken. »Dazu kann ich nicht viel sagen«, wand sie sich heraus.

»Und wenn ich darauf bestehe?«, hakte ich nach.

Sie ließ ihre Blicke durch das Zimmer schweifen, ging einige Schritte auf das Klavier zu und stellte ihren Kaffeebecher neben die leere Weinflasche. Dann drehte sie sich um und fing an zu reden, sichtlich bemüht, ihre Erregung zu kontrollieren. »Pass mal auf«, meinte sie gestenreich. »Ich habe mich dafür entschuldigt, dass du in die Falle gelaufen bist. Und ich bemühe mich, es einfach so hinzunehmen, dass du in meine Wohnung eingedrungen bist und mich im Schlafzimmer überfallen hast. Ich habe dir sogar einen Kaffee gemacht. Aber für alles gibt es eine Grenze. Wenn ich sage, ich kann darüber nicht reden, dann kann ich darüber nicht reden.«

»Das heißt also, der Zyprer ist wirklich so ein harter Typ«, sagte ich.

»Deiner Meinung nach etwa nicht?«

Ich nahm einen Schluck Kaffee. Er war schon ziemlich kalt. Ich war nun entschlossen, die Situation zu entspannen, und vertraute darauf, dass es mit manchem Klischee doch seine Richtigkeit hat. »Wenn der wirklich so ein harter Brocken ist, warum hast du den Fernsehproduzenten Tümer Ateş dann nicht an ihn weitergeleitet?«, fragte ich, als handele es sich um die belangloseste Sache der Welt.

»Von was für einem Produzenten redest du?«, meinte Şeyda und ließ ihre Arme sinken. Ihr Gesichtsausdruck war nun der eines Teenagers, den man bei irgendetwas erwischt hatte. Erwischt in einer noch peinlicheren Situation als vorhin im Schlafzimmer. Ich spürte sofort, dass ich meine Angel da ausgelegt hatte, wo es vor Fischen nur so wimmelte. Es war an der Zeit, sie vorsichtig und mit Bedacht einzuziehen. »Na, dieser Serienproduzent, der noch näher als ich vorhin an deine Brüste heranwill«, sagte ich.

»Du ... woher weißt du denn von dieser Sache?«, fragte sie erstaunt, und ihre Hand glitt dabei unwillkürlich über ihr gelbes Sweatshirt.

»Ich habe eben ein Ohr für so etwas«, erwiderte ich. »Und wenn dein Zyprer wirklich so ein harter Kerl ist, warum hat er das Problem nicht für dich erledigt?«

Sie drehte sich um und umklammerte den Kaffeebecher auf dem Klavier, als sei die Antwort darin verborgen. Sie nahm einen Schluck, verzog das Gesicht und stellte ihn wieder weg. Ich lächelte viel sagend, als ob ich noch immer auf eine Antwort wartete.

»Ich schulde dem Zyprer schon eine Menge«, meinte sie. »Da soll er nicht auch noch wegen dieser Sache etwas bei mir guthaben.«

»Will er denn einen so fürstlichen Lohn?«

»Nicht mehr als andere auch.«

Wieder zog ich meine Zigaretten aus der Tasche. »Willst du jetzt eine?«, fragte ich und reichte ihr die Schachtel.

»Ich habe früher mal reichlich gequalmt«, entgegnete sie. »Ich will nicht wieder anfangen.«

»Sehr vernünftig«, antwortete ich und schob mir eine zwischen die Lippen.

Ich wartete. Soll sie doch fragen. »Sagst du mir bitte, warum du mit diesem Thema angefangen hast?«, fragte sie mit gesenkter Stimme.

Ich zündete meine Zigarette an. Du gibst ein wenig und bekommst ein wenig, dachte ich. Selbst wenn es nicht viel ist, was du gibst. »Unter Umständen«, hob ich an, »kann ich dir in dieser Angelegenheit helfen.«

Şeyda Tapan sank fast in sich zusammen. »Wie denn das?«

»Ich kenne Leute aus der Szene.«

»Wie? Kennst du diesen Scheißkerl etwa?«, fragte sie.

»Könnte sein, dass ich jemanden kenne, der ihn kennt«, erwiderte ich. »Und einer von denen könnte ja mal ein paar Worte mit deinem Produzenten reden. Eindeutige, überzeugende Worte.«

»Das sagst du einfach nur so dahin, oder?«

»Das würde mir nicht einfallen, bei solch einem Thema«, erwiderte ich.

Hätte ich aber gegebenenfalls nur so dahingesagt, wenn es nötig gewesen wäre.

Sie streckte die Hand aus. »Dann gib mir mal eine von deinen Zigaretten«, meinte sie. »Ist wohl an der Zeit, wieder anzufangen.«

Ich zog die Schachtel noch mal aus der Tasche. Sie nahm eine Zigarette und klemmte sie geübt zwischen die Lippen und meinem Feuerzeug entgegen. Nach dem ersten Zug wankte sie und setzte sich auf den Boden. »Aber, soweit ich verstehe, bist du keiner von diesen Schutzengeln, die sich für Gotteslohn um die Sicherheit der einsamen Mädels in Bars und Cafés sorgen?«, fragte sie und ließ dabei den Rauch aus der Nase weichen.

»Bin ich nicht«, sagte ich.

»Und welche Gegenleistung erwartest du von mir für deine Flügelschläge?«, fragte sie weiter und blickte dabei auf die Tür gegenüber. So, als wolle sie sich vorbehalten, zu antworten, ohne mir in die Augen zu schauen. Falls ich etwas ganz Absurdes forderte.

»Ich werde nur ein paar Fragen stellen«, antwortete ich.

»Gut, dann frag«, meinte sie und wandte sich mir zu.

Ein guter Einstieg. Aber die wesentliche Frage hob ich mir auf. »Kennst du Tuğçen Yavaş?«, fragte ich.

Şeyda holte tief Luft, bevor sie antwortete. »Selbstverständlich kenne ich die«, meinte sie. »Wir waren Klassenkameradinnen am Konservatorium. Die Arme. Sie war eine tolle Schauspielerin.«

»Seit wann weißt du, dass sie ermordet worden ist?«

»Das weiß ich eigentlich von dir, aus den Worten auf deiner Visitenkarte, die ich zu diesem Zeitpunkt gar nicht verstehen konnte. Und in der Kanka-Bar wurde gestern über kaum etwas anderes geredet«, erklärte sie. »Jedenfalls rund um die Theke. Von wem ich es zuerst erfahren habe, daran erinnere ich mich nicht. Zunächst waren wir alle geschockt. Dann haben sich einige von denen, die sie weniger gut kannten und weniger traurig waren, als Amateurdetektive aufgespielt.«

»Und, haben sie den Mörder ausfindig gemacht?«, fragte ich.

»Nein. Die aufgeblasenen Idioten!«

»Wen hatten sie im Verdacht?«

»Jeden! So wie man es immer in den Büchern liest … diese Arschlöcher«, fluchte sie.

Ich versuchte, bei der Sache zu bleiben. »Und, hat sich die Polizei blicken lassen, um in dieser Sache Fragen zu stellen?«

»Nein, lässt die sich denn blicken?«

»Was weiß ich«, sagte ich.

»Hat Orhan dort geschlafen?«, fragte ich und deutete mit meinem Kopf auf die zusammengefaltete Matratze in der Ecke des Wohnzimmers.

»Manchmal schlafen Gäste dort«, erklärte Şeyda und aschte in meine Untertasse.

»Hat er kein anderes Zuhause?«

»Was weiß ich.«

»Hast du ihn gestern Abend nach mir noch einmal gesehen?«

Sie verneinte kopfschüttelnd.

»Vielleicht ist er gestern, als du gearbeitet hast, hierher gekommen und hat ganz für sich allein Klavier gespielt«, warf ich ein.

»Er hat keinen Schlüssel«, erwiderte sie. »Und da er kein so geschicktes Händchen hat wie du, kommt er nicht so hopplahopp in eine Wohnung herein.« Sie räkelte sich in ihrer Position auf dem

Boden, als wolle sie einer Taubheit in der Lendengegend vorbeugen. Dann blickte sie zum Klavier und fuhr fort. »Er hat den Klimperkasten hierher gebracht, um ihn zu verkaufen. Woanders konnte er ihn nicht lassen. Er ist das Ding aber irgendwie nicht losgeworden. Blöde Situation, habe ich mir gedacht, ein leeres Zimmer, mittendrin ein Klavier. Habe aber nichts gesagt. Es würde ganz schön was einbringen, hat er gemeint.« Sie nahm noch einen Zug und blies den Rauch in meine Richtung wie eine Aufforderung, eine noch diffizilere Frage zu stellen.

Ich ließ mich nicht provozieren, senkte nur meinen Blick zu Boden, als würde ich überlegen, was ich nun fragen sollte. »Wer ist Ayhan?«, fragte ich dann.

»Wer?«, entgegnete sie.

»Ayhan«, sagte ich. »Den Nachnamen kenne ich nicht. Könnte jemand aus Tuğçens Umfeld sein.«

»Nie gehört«, entgegnete Şeyda.

»Denk mal gut nach«, sagte ich. »Vielleicht jemand aus der Schule, aus einem Theaterstück …«

»Nein. Wer da was mit wem anfängt oder mit wem Schluss macht, da bin ich immer auf dem Laufenden. Ich kenne niemanden mit diesem Namen.«

»Hatte Tuğçen nicht etwas mit Ayhan?«, fragte ich.

»Nie von dem gehört, sag ich doch.«

»Hatte sie denn einen anderen Freund?«, fragte ich nach.

»Die war immer solo.«

Mein Kaffee war zu einer schalen Brühe erkaltet, wenig einladend.

Şeyda nahm wieder einen Zug von ihrer Zigarette. Ich schaute aus dem Fenster. Ein paar Klatschtanten waren auf dem Nachhauseweg. »Wem gehört der Revolver?«, fragte ich dann, als Überleitung zu den schwierigeren Fragen.

»Hakan Şükür«, sagte Şeyda Tapan.

»Wem?«, fragte ich nach.

»Hakan Şükür«, sagte sie. »So nennen wir den Blödmann aus

dem Hofstaat des Zyprers. Der ist so durchgeknallt wie alle Hakan-Şükür-Fans.«

»Und warum hat er ihn dir gegeben?«

»Vorgestern Nacht, als sie mich mit dem Zyprer nach Hause gebracht haben, hat er ihn mir in die Hand gedrückt. Hat dabei irgendetwas gemurmelt. Habe ich aber nicht verstanden, es war so spät. Der redet eh nicht viel.«

»Und der Zyprer fand das in Ordnung?«, fragte ich nach. »Dass er dir den Revolver gab.«

»Der hat nur gegrinst«, erwiderte Şeyda. »Ich habe ihn dann unter mein Kopfkissen gelegt.«

»Und weißt du, wie man ihn benutzt?«

»Geht er nicht los, wenn man den Abzug zieht?«

Ich war entschlossen, nicht vom Thema abzuschweifen. »Hast du nicht gestern auch ein wenig Detektiv gespielt?«, fragte ich. Die aufrechte Haltung auf dem Klavierschemel begann mir zu anstrengend zu werden, aber es gab keine andere Sitzgelegenheit.

»Wie, was soll denn das?«, fragte Şeyda und streckte ihre bis dahin angewinkelten Beine aus.

»Jemand gibt dir einen Revolver«, sagte ich. »Vorher wird eine Frau getötet, die ein Typ gekannt hat, der mit deinem Chef bekannt ist. Mit einem Revolver gleichen Kalibers. Man kann doch zwei und zwei zusammenzählen. Und das Ganze soll in Moda begonnen haben, oder was?«

Şeyda Tapan lachte. Aus vollem Herzen. »Er kann eben nicht rechnen«, meinte sie. »Und wenn er rechnet, verrechnet er sich. Eben deshalb war ich vorhin so irritiert.« Sie machte eine Pause, als müsse sie überlegen, was sie sagen sollte. »Ich versteh nichts von Kalibern und solchen Dingen. Aber ich kenne den Zyprer. Der bringt niemanden um. Und lässt auch niemanden umbringen.«

Nun lachte ich auch. »Dafür lässt er ihm eine Tracht Prügel zukommen«, entgegnete ich.

»Dafür habe ich mich ja bei dir entschuldigt«, meinte sie. »Und nicht nur einmal.«

Aber der Zyprer hat mir gegenüber kein Wort der Entschuldigung fallen lassen, dachte ich mir. Ich war fest entschlossen, ihm die Rechnung dafür zu präsentieren. Ein bisschen austeilen, ein bisschen einstecken, so ein Handel erfordert Kapital für den Einsatz. »Wo ist denn der wunde Punkt bei dem Zyprer?«, fragte ich.

Şeyda holte tief Luft. Sie winkelte ihre Beine wieder an, senkte den Kopf zwischen die Knie, richtete sich dann entschlossen kerzengerade auf. Den Blick an die Decke gerichtet, redete sie weiter. »Also, das hast du aber nicht von mir gehört!«, sagte sie. »Im Haus gegenüber der Kanka-Bar, im dritten Stock, hat er eine Wohnung. Da wird gezockt, auf das Heftigste.«

»Mitten am Taksim-Platz?«, fragte ich.

»Mitten am Taksim-Platz«, entgegnete sie und blickte weiter an die Decke.

»Da muss er Hintermänner haben«, schloss ich.

»Wenn ja, kenne ich die nicht«, erklärte sie und wandte sich mir zu. »Er hat jedenfalls nie welche erwähnt.«

»Meinst du, sein Misstrauen mir gegenüber hat etwas mit diesem Zweitjob zu tun?«, fragte ich.

»Orhans Vater hatte vorher noch jemand anderen geschickt. Der war aber keine große Nummer. Als er ein bisschen härter angefasst wurde, hat er sich sofort verzogen. Und hat sich nicht wieder blicken lassen. Und als du dann auf der Bildfläche erschienen bist und von Orhans Vater angefangen hast ...«

»War das vielleicht so ein schmächtiger Mann mit Oberlippenbart, den er geschickt hat?«, unterbrach ich sie.

Sie blickte mich ein wenig erstaunt an. »Ja«, meinte sie. »So ein Typ im Outfit eines Grundschulinspektors.«

Schau an, dachte ich, auf einen solchen Vergleich bist du selbst nicht gekommen. Mir war es ziemlich unbequem geworden auf dem Klavierschemel. Ich erhob mich und spürte beim Aufstehen das Gewicht des Revolvers in meiner Tasche. »Ich muss Orhan finden«, sagte ich.

Şeyda folgte mir mit ihren Blicken. »Kann ich auch mal ein paar Fragen stellen?«, sagte sie, anstatt auf Orhan einzugehen.

»Frag«, entgegnete ich, »aber glaube nicht, dass ich auf alle Fragen eine Antwort hätte.«

»Interessiert es dich wirklich, wer Tuğçen umgebracht hat?«

»Ein bisschen«, antwortete ich.

»Und was machst du, wenn du den Täter auftreibst?«

»Weiß nicht, hängt von der Lage der Dinge ab«, entgegnete ich.

»Kannst du herausfinden, ob es sich bei dem Revolver in deiner Tasche um die Tatwaffe handelt?«

»Ein Labor für ballistische Untersuchungen habe ich nicht«, erwiderte ich. »Ich kenne auch niemanden, der eines hat, und will auch gar keinen kennen lernen.« Und nach einer Pause hakte ich nach: »Warum hast du dich für die andere Variante entschieden?«

»Ich welcher Sache?«, fragte Şeyda, als habe sie nicht verstanden, worum es geht.

Ich half ihr auf die Sprünge. »Dabei, zwei und zwei zusammenzuzählen«, sagte ich. »Eben schienst du dir ganz sicher zu sein, dass der Revolver in Moda nicht benutzt worden ist.«

»Man kommt ganz durcheinander, wenn man mit Leuten wie dir redet«, erwiderte sie. »Ich wäre ja fein raus, wenn das Ding in Moda losgegangen wäre.«

»Stehst du bei dem Zyprer so tief in der Kreide?«, fragte ich.

Şeyda stand auf und zupfte, ohne dass es notwendig gewesen wäre, ihr gelbes Sweatshirt zurecht. Sie schaute sich um, als wäre sie in einem fremden Zimmer.

»Wer stand tiefer in der Kreide, du oder Orhan?«, bohrte ich nach.

Sie wollte antworten, verharrte aber mit geöffnetem Mund. Ich folgte ihrem Blick und sah durch die geöffnete Tür auf das Eingangsschloss. Langsam und mit Bedacht wurde die Wohnungstür geöffnet. Der Eindringling war nicht zu sehen, weil sie den Blick versperrte.

Mit einer Geste bedeutete ich Şeyda, stehen zu bleiben, wo sie stand. Ich kalkulierte, wie lange es dauern würde, bis die Tür ganz auf war, und machte einen Satz. Beinahe lautlos, weil das ganze Zimmer mit Teppich ausgelegt war. Auf halbem Weg wurde mir klar, dass ich es nicht mehr schaffen würde, bevor die Tür ganz auf war. Ich schlug einen Haken und verbarg mich hinter der Wohnzimmertür. Genau in diesem Moment hörte ich, wie die Wohnungstür ins Schloss fiel.

Şeyda blickte wie versteinert zur Tür. Ihren Augen war abzulesen, dass es sich um einen unerwarteten Besucher handelte. Sie starrte ungefähr das Becken des Eindringlings an. Ob sie in einen auf sie gerichteten Revolver blickte, konnte ich natürlich nicht wissen. Ich ging aber kein Risiko ein. Mit aller Gewalt knallte ich die Tür, hinter der ich mich verborgen hatte, dem Eindringling entgegen, von dem ich annahm, er stehe nur kleines Stück von der Zarge entfernt. Es gab ein Geräusch, als wenn die Tür oder ihr Griff zielsicher auf Knochen getroffen wäre.

»Aach!«, vernahm ich eine mir irgendwie vertraute Stimme. Voll verpatzt, sagte ich zu mir, schönes Eigentor! Die Tür hatte sich aus den Angeln gelöst. An Şeydas Reaktion, wie sie ihre Hände vors Gesicht hielt, um ein Lachen zu verbergen, erkannte ich, dass meine Kühnheit ein wenig unangebracht gewesen war.

Aus dem »Was ist denn hier los? Orhan, bist du es?« wurde mir dann sonnenklar, dass ich diese Person kannte. Ich kam hinter der Tür hervor. Riza Sofuoğlu hockte da, gebückt, mit einem Knie auf dem Fußboden, um den Schlüssel aufzuheben, der ihm aus der Hand gefallen war. Ich riss mich zusammen, um nicht gleich loszuprusten und streckte dem Mann meine helfende Hand entgegen.

Er hob den Kopf und schaute mich durch seine hauchdünnen Brillengläser zornig an. Er trug einen noch gesetzteren dunkelblauen Anzug als bei unserem ersten Zusammentreffen. Es war ihm nicht anzumerken, ob er über meinen Anblick überrascht war oder nicht. Ohne meine Hilfe in Anspruch zu nehmen, erhob er sich und ließ fingerfertig den Schlüssel in seine Tasche gleiten. Nicht auszumalen, was für einen Schwachsinn ich mit diesem Ding in meiner Tasche hätte anstellen können, dachte ich bei mir.

»Na, dann muss ich Sie wohl willkommen heißen«, sagte ich und ließ mir dabei durchaus anmerken, dass meine Hand noch immer ins Leere ging.

Sofuoğlu ignorierte sie. »Das war kein besonders freundlicher Empfang«, meinte er und blickte dabei eher Şeyda an.

»Kennst du diesen Herrn?«, fragte ich Şeyda, die immer noch verschreckt ihre Hand vor den Mund hielt. Wortlos, als habe es ihr die Sprache verschlagen, schüttelte sie den Kopf. »Gestatten, Orhans Vater«, sagte ich und wandte mich Riza Sofuoğlu zu. »Eine Freundin von Orhan. Sie arbeitet im Café Kanka.«

»Wo ist Orhan?«, fragte Sofuoğlu, wobei sein Blick durch das Wohnzimmer huschte, in dem nur das Klavier stand.

Ich fühlte mich angesprochen. »Hat sich seit gestern nicht mehr blicken lassen«, entgegnete ich.

»Eine teure Antwort, gemessen an dem, was du verlangst«, knurrte er, rieb sein Knie und blickte mich wieder böse an.

»Und wie viel hat der Kerl verlangt, der Ihnen den Schlüssel gegeben hat?«, konterte ich.

Er sah mich immer noch mürrisch an. »Geld? Was für Geld?«, meinte er.

»Vergessen Sie das Geld. Dieses Ding, das Sie gebraucht haben, um, ohne zu läuten, in die Wohnung zu kommen«, erwiderte ich. »Wo haben Sie es her?«

Sofuoğlu richtete sich kerzengerade auf. Er schob seine Hand in die Hosentasche und nestelte an dem Ding herum, das ich für den Wohnungsschlüssel gehalten hatte. Ich schaute ihm weiter in die Augen. »Er hat ihn wohl, als er das Haus verließ, ohne mein Wissen seiner Mutter gegeben«, antwortete er. Mit meinem Blick gab ich ihm zu verstehen, das mir diese Antwort nicht genügte. So fuhr er fort. »Als ich meiner Frau gestern Abend erzählt habe, was wir beide besprochen hatten, war sie wütend auf mich«, meinte er. »Du vertraust deinen Sohn, deinen einzigen Sohn, solch windigen Typen an, hat sie geschimpft. Und gab den Schlüssel her.«

Ich sah Şeyda an. Sie zuckte mit den Schultern.

»Aber soweit ich sehe, bin ich hier wohl am falschen Ort«, meinte Sofuoğlu.

»Und möchte der Herr auch noch einen Blick in mein Schlafzimmer werfen«, fragte Şeyda Tapan.

»Gott bewahre, Mädchen, so war es nicht gemeint«, entgegnete Riza, der »Sohn des Frommen«, verlegen.

»Wenn er will, kann er auch noch das Klavier abholen lassen. Ich kann sowieso nicht spielen«, setzte Şeyda nach.

Sofuoğlu schien sich mächtig zu schämen.

»Ich bitte vielmals um Verzeihung, Fräulein«, sagte er und ging ein, zwei Schritte auf Şeyda zu. »Ich habe wirklich gedacht, dies sei Orhans Wohnung. Und weil man die Wohnung seines Sohnes ja wohl ohne Klingeln betreten kann …«, brach er ab, als wenn er etwas anderes überlegte.

»Nicht der Rede wert, mein Herr, man ist es in dieser Wohnung schon gewohnt, dass Leute, ohne zu klingeln, eintreten«, sagte sie.

Ich bezog das nicht auf mich. Und Sofuoğlu, wie es schien, nicht auf sich. Er schien das Interesse an dem Mädchen vollkommen verloren zu haben und ging entschlossenen Schrittes auf das Klavier zu. Er blickte sich um, griff nach dem Schemel, den ich neben das Fenster gestellt hatte, und zog ihn vor das Klavier. Dann setzte er sich. Er machte ein paar Fingerübungen in der Luft. Şeyda Tapan und ich rührten uns nicht. Plötzlich griff er in die Tasten. Er war kein Anfänger. Die Klänge von *Autumn Leaves* füllten das leere Wohnzimmer. Er spielte wirklich nicht schlecht. Şeyda Tapan und ich lauschten Riza Sofuoğlus Spiel, ernsthaft und andächtig.

Er spielte, als säße er in einem anderen Haus, vor anderem Publikum. Seinen Kopf nach vorne gebeugt, die Hände beschwingt dahingleitend, spielte er und neigte sein Haupt dann sanft zur Seite. Es schien, als unterhielte er sich mit einem lang vermissten Freund. Das Lächeln, das sich zu Beginn auf seinem Gesicht gezeigt hatte, verschwand nach und nach. Seine Mimik wurde ernst, doch sein Spiel blieb davon unbeeinflusst. Hätte mir auch gefallen, wenn ich es im *Offenen Kanal* gehört hätte.

Der Kerl spielte gut. Wirklich gut. Er verzichte auf das Dacapo, griff aber bei den Schlussakkorden kräftiger in die Tasten, zog die Hände weg und stand auf. »Nun dann, das wars«, sagte er, ohne uns anzuschauen. Er wischte sich mit dem Handrücken über das eine Auge. »Ein bisschen verstimmt.«

Wir dachten zwar daran, zu klatschen, ließen es aber bleiben. Sofuoğlu schien die bessere Stimmung, die nun in der Luft lag, zu spüren. »Früher habe ich ein wenig gespielt, mehr recht als schlecht«, meinte er. »Ist das Beste, was ich meinem Sohn mit auf den Weg geben kann, hab ich mir immer gesagt.«

»Ganz herzlichen Dank«, sagte Şeyda. »Im Ernst. So etwas ist in diesem Hause wirklich seit langem nicht mehr passiert.«

»Ich sollte mich endlich auf den Weg machen«, sagte er, ohne sich von der Stelle zu rühren.

»Wir gehen zusammen«, meinte ich.

»Okay«, sagte er zu mir, drehte sich dabei aber zu Şeyda Tapan um. »Wenn Sie Orhan sehen, sagen Sie ihm bitte, er soll mich unbedingt anrufen!«, bat er sie.

»Selbstverständlich.«

»Ich bitte Sie herzlich darum«, bekräftigte Sofuoğlu noch einmal.

Ich sagte zu ihr: »Du hast ja meine Nummer.«

»Ich rufe Sie an, wenn sich was ergibt«, sagte Şeyda.

»Darum brauchst du dich nicht zu kümmern«, sagte ich. »Ich mache das schon.«

»Alles klar«, stimmte sie zu.

»Das Ding behalt ich mal«, sagte ich und klopfte dabei auf meine Tasche.

»Alles klar«, sagte sie noch einmal.

Riza Sofuoğlu vorneweg, ich hinterher, so verließen wir die Wohnung durch die Wohnungstür, an deren Schloss wir unrechtmäßig herumgefummelt hatten. Schweigend gingen wir die Treppe hinunter. Im Treppenhaus begegneten wir niemandem.

12

Auch die Haustür unten schlossen wir ohne ein Wort. Sofuoğlu atmete tief durch, als wir die Straße betraten. Dann hob er den Kopf und schaute in den Himmel. Sein Gesichtsausdruck machte deutlich, dass er nicht die Absicht hatte, jetzt gleich mit jemandem zu reden.

»Haben Sie einen Wagen?«, fragte ich ihn.

»Nein«, murmelte er, als sei er mit den Gedanken woanders. »Ich habe mir gedacht, in dieser Gegend finde ich ja doch keinen Parkplatz.«

»Meiner steht auf dem Parkplatz beim Staatsicherheitsgericht, wenn Sie wollen, kann ich Sie irgendwo absetzen.«

»Danke vielmals für das Angebot«, sagte er. »Aber es ist wohl besser, ich bleibe ein wenig allein.«

»Ich verstehe schon«, erwiderte ich. Seite an Seite begannen wir die steile Gasse herunterzulaufen. Die Straße war beinahe menschenleer. Innerlich gab ich den Leuten Recht, die denken, es sei einfacher, eine Steigung hoch- als herunterzulaufen. Mit seinem gediegenen blauen Anzug passte Sofuoğlu nicht in diese Gasse, sondern eher auf die belebten Boulevards. »Sie können das nur schwer nachvollziehen«, sagte er zehn Schritte weiter, ohne den Blick vom Boden zu heben.

»So wirds sein«, erwiderte ich. Wenn er wollte, hätte ich ihn seiner Wege ziehen lassen. Oder mit ihm geredet, wenn er angefangen hätte. Die meisten begannen in solchen Situationen zu reden.

Er wandte sich um und blickte mich an, als sei er jetzt ganz sicher, dass ich davon nichts verstehen könne: »Setzen Sie in Ihrem Alter bloß kein Kind mehr in die Welt.«

»Habe ich auch nicht vor«, entgegnete ich.

»Es ist äußerst enttäuschend, wenn man im Glauben, es handle sich um die Wohnung seines Sohnes, in ein Haus kommt und so etwas zu Gesicht bekommt«, meinte er. »Dabei hatte man ja nicht die Welt erwartet …«

»So ist das Leben …«, sagte ich.

»Und zu allem Überdruss scheint der Junge auch noch in der Klemme zu stecken«, fuhr er fort. »Wenn man mal davon ausgeht, dass er untergetaucht ist.«

»Glaub ich nicht«, sagte ich.

Er stoppte und sah mich an. War da ein Schimmer Hoffnung in seinem Gesicht? »Wenn du etwas weißt, dann raus damit«, forderte er.

»Ich weiß nur wenig«, sagte ich. »Und was ich Ihnen erzählen kann, wird Sie vielleicht noch mehr frustrieren, aber Orhan ist bei dieser Bar nicht Teilhaber oder so.«

»Und was ist mit dem Geld?«, hakte er nach. Bevor ich antwortete, hakte ich ihn mit der Hand am Ellenbogen unter und half ihm auf einen plötzlich vor uns aufragenden hohen Bordstein hinauf. Als wir unser vorheriges Tempo wieder erreicht hatten, wiederholte er seine Frage. »Und das Geld?«

»Damit hat er wohl seine Spielschulden beglichen.«

Er stieß einen schrillen Pfiff aus. Nicht wie ein desillusionierter Vater, sondern eher wie ein Geschäftsmann beim Anblick einer Rechnung, die er in dieser Höhe nicht erwartet hatte. Schweigend ging er ein paar Schritte. Aber es gab da noch etwas, was ich ihm verkaufen konnte. Etwas, was auf meinem eigenen Mist gewachsen war. »Deshalb glaube ich nicht, dass er von der Bildfläche verschwunden ist, weil er in der Klemme sitzt«, sagte ich. »Im Gegenteil, er ist vor Ihnen getürmt.« Red nur weiter, schien der Blick zu sagen, mit dem er mich ansah. »Mein Besuch in der Kanka-Bar hat ihm deutlich gemacht, dass Sie sich ernsthafter um ihn kümmern, als er erwartete«, sagte ich. »Ich schaue eben etwas finsterer drein als Ihre Leute. Dass er nicht Teilhaber an dem Laden ist, war leicht zu durchschauen. Da hat er sich abgesetzt.«

Sofuoğlu pfiff noch einmal. Kürzer diesmal, und weniger schrill. »Heißt das, du weißt etwas, was Kandemir Bey nicht herausbekommen hat?«, fragte er.

»Tut nichts zur Sache«, sagte ich. »Ich kann auch keine ausgeglichenen Saldi in der Bilanz hinbekommen.«

»Kandemir Bey tut sich damit auch schwer.«

Darauf ging ich nicht weiter ein. Wenn wir doch mal eben anhalten würden und ich mir eine Zigarette anstecken könnte, ging es mir durch den Kopf. Stattdessen liefen wir, als hätten wir uns auf dem Weg zu einer Versammlung verspätet. Wir waren nun fast unten angekommen.

Sofuoğlu stoppte, um einer mit Plastiktüten beladenen alten Frau Platz zu machen, die verzweifelt den Hang hinaufblickte. »Also gut, und wie lange wird der Junge noch verschwunden bleiben?«, fragte er mich.

»Bis die Sache nicht mehr so heiß ist«, antwortete ich. »Oder bis er kein Geld mehr hat. Oder bis er einen plausiblen Grund gefunden hat, Ihnen unter die Augen zu treten, weil seine Situation unerträglich geworden ist. Oder er beendet seine Flucht aus einem anderen, was weiß ich für einem Grund.«

»Dieser verdammte Hornochse«, fluchte Sofuoğlu und ging weiter. Ich gab dazu keinen Kommentar ab. »Ich frage mich, ob man da nicht irgendwas machen kann«, meinte er nach ein paar Schritten.

»An was hatten Sie gedacht?«

»Soweit ich weiß, sind Spielschulden legal nicht eintreibbar.«

Mir war klar, dass er eigentlich etwas anderes im Kopf hatte. »Es gibt Gesetze, die haben in gewissen Kreisen keine Gültigkeit«, erklärte ich.

»Und, können wir mit diesen Leuten nicht in einer Sprache reden, die sie verstehen?«, fragte er und blickte zu Boden. Jetzt pfiff ich. Er verstand, dass ich nicht umgehend antworten wollte. »Sich in verständlichen Worten auszudrücken, gehört zum Einmaleins in meinem Geschäft. Gesetze sind das eine, Geld ist das andere, und solche Geschichten sind eben solche Geschichten«, belehrte er mich. Und nach einer Weile fügte er hinzu: »Ich glaube nicht, dass das in deinem Geschäft anders ist.«

Ich hatte keine Lust, vor ihm hier auf der Straße die Feinheiten meines Berufsstandes zu erläutern. Vielleicht ein andermal. Aber er ließ nicht locker. »So ungefähr«, erwiderte ich.

»Einverstanden?«, fragte er.
»Man kanns versuchen«, sagte ich.
»Dann versuchen wir es also«, meinte er.
Wir waren an der Straßenecke gegenüber dem Markt angelangt. Um einer Gruppe von angehenden Studenten Platz zu machen, die mit ihren Büchern unter dem Arm auf uns zukamen, trat ich zurück und ließ sie zwischen uns passieren. Rıza Sofuoğlu schlug den Weg zur Hauptstraße ein. Ich folgte ihm. Kurz vor der Ampel stellte er sich an den Bordstein. Etwa fünfzehn Meter entfernt blinkte ein Taxifahrer, den das Erscheinungsbild dieses Kunden anzusprechen schien, mit der Lichthupe. Sofuoğlu stoppte den Wagen mit einer kurzen Handbewegung. Vor dem Einsteigen drehte er sich noch einmal zu mir um. »Ich habe neulich vergessen, dir zu sagen, dass du Kandemir Bey deine Bankverbindung mitteilen sollst«, meinte er. »Ruf ihn mal an, er soll das erledigen.«
Ich nickte zustimmend.
»Vielen Dank«, meinte er, bevor er die Wagentür zuzog.
Ich nickte erneut. Ein Taxi, das hinter dem Wagen stand, forderte uns per Hupe auf, unser Gespräch zu beenden. Ich hielt mich daran und trat einen Schritt zurück. Das Taxi fuhr mit leicht quietschenden Reifen los. Recht hast du, sagte ich mir, niemand zahlt für ein Taxi, bevor er am Ziel ist. Man muss schließlich erst mal sehen, was auf dem Taxameter steht.
Ich überquerte die Hauptstraße bei Grün und lief eiligst zum Parkplatz am Staatssicherheitsgericht. Noch immer warteten dort Massen von Polizisten und Kameraleuten. Ich ging hinten zum Wagen, schloss den Kofferraum auf und hob den Deckel. Dann drehte ich mich um und blickte mich um. Keiner der vielen Polizisten schaute in Richtung Meer und zu meinem Wagen. Ich ließ eilig den Revolver aus meiner Tasche in den Kofferraum gleiten. Schließlich steckte ich den Kopf hinein. Ich wickelte das Ding in ein dreckiges Fensterleder, das ich an einer Tankstelle geschenkt bekommen hatte und das seit Jahren dort herumlag. Ich hob die Bodenmatte über der Wanne für das Ersatzrad und schob

das Päckchen in eine Lücke neben dem Reifen. Dann drehte ich mich um und blickte noch einmal nach hinten. Alles war unverändert.

Ich schloss den Kofferraum, setzte mich in den Wagen und ließ die Scheibe herunter. Ich nahm das Autotelefon und wählte die Nummer der Sofuoğlu Handelsgesellschaft.

»Firma Sofuoğlu«, meldete sich Kandemir Beys Stimme.

»Remzi Ünal hier, ich war vorhin mit Riza Bey zusammen. Er meinte, ich solle Sie anrufen, um Ihnen meine Bankverbindung mitzuteilen.«

»Ich verstehe«, erwiderte er. »Machen wir. Ist Riza Bey auf dem Weg ins Büro?«

»Keine Ahnung«, antwortete ich. »Er hat nichts gesagt.«

»Welche Summe war ausgemacht?«

Ich sagte ihm die Summe, die ich auch Sofuoğlu genannt hatte. Dann Ziffer für Ziffer meine Bankverbindung. Kandemir Bey wiederholte die Zahlen. Ich bestätigte.

»Ich erledige das heute Nachmittag«, meinte er in einem sachlichen Tonfall.

»Ich danke Ihnen«, erwiderte ich und steckte das Telefon in die Halterung.

Mit beiden Händen am Lenkrad blickte ich auf das Meer vor mir. Ein nur halb besetzter Liniendampfer der städtischen Verkehrsbetriebe fuhr in einiger Entfernung vorbei.

Ich griff erneut zum Autotelefon und wählte die Privatnummer von Ali Mumcu. Niemand nahm ab. Über sein Mobiltelefon versuchte ich es nicht. Lass ihn schlafen, sagte ich mir und gab auf.

Ich ließ den Wagen an. Auf zum Parkplatz neben dem Atatürk-Kulturzentrum, sagte ich zu mir und drückte vorsichtig aufs Gas. Na dann, noch ein Parkplatz voller Erinnerungen und mit Blick auf den Bosporus!

In der Büyükparmakkapi-Gasse wurde diesmal niemand zusammengeschlagen. Verglichen mit dem vorherigen Abend ging es ruhig zu. Ich würdigte den Verkäufer an seinem Imbissstand mit gefüllten Hammeldärmen keines Blickes und bog in die erste Gasse rechts ein. Dort betrat ich das Antiquariat gegenüber der Häuserwand, an der ich mich gestern mit dem Kumpel aufgemuntert hatte, der mir vorgeschlagen hatte, mich doch den Rest der Nacht zu amüsieren.

Im Laden war kein Mensch. Und niemand war mir gefolgt. Ich entspannte mich etwas, indem ich die Bücher betrachtete. Da gab es Romane, Gedichtbände, Essays, wissenschaftliche Literatur, Enzyklopädien, Wörterbücher, Reiseführer, Bildbände, Satiren, Comics und Kurzgeschichten. Meine Augen blieben schließlich auf einem *Lehrbuch der Gerichtsmedizin* haften, das ganz unscheinbar zwischen dieser Menge von Büchern stand. Ich nahm es und blätterte darin herum. So viele Mediziner hatten daran gearbeitet. Im Anhang gab es Fotos, die man lieber nicht zu Gesicht bekommt. Fotos von Dingen, die, sähe man sie im richtigen Leben, einem wochenlang in den Träumen herumgeistern würden.

Hinten im Laden kam schließlich ein junger Mann zum Vorschein. Auf seinem Gesicht war so ein Kann-ich-Ihnen-helfen-Ausdruck. Bevor er dazu kam, stellte ich meine Frage. »Haben Sie vielleicht *Die Physiker?*«, fragte ich. »In der Ausgabe von 1964?«

Er blickte mich an, als habe er Schwierigkeiten, zu begreifen, weshalb ich nicht nach *Erfolgserprobte Methoden zur Verführung junger Mädchen* gefragt hatte. Dann schaute er auf das Buch in meiner Hand.

Ich bemühte mich, ihm auf die Sprünge zu helfen. »Dürrenmatt. Ich suche die Ausgabe, die im Ataç-Verlag erschienen ist.«

Der junge Mann wandte seinen Blick von mir ab und einem Bücherbord zu, das über der Tür hinter meinem Rücken angebracht war. Er überlegte einen Augenblick.

»Können Sie einen Moment warten?«, fragte er und verschwand dort, von wo er gekommen war.

Ich stellte das *Lehrbuch der Gerichtsmedizin* zurück an seinen Platz und stöberte noch ein wenig herum. Da standen Bücher, die wie neu, und welche, die ganz alt aussahen. Was für eine Menge

Bücher. Hier durfte man sicherlich nicht rauchen. Dann stieß ich auf eine alte Ausgabe eines Wörterbuches *Türkisch–Osmanisch.* Erschienen im Inkilap-Verlag, zweite erweiterte Auflage von 1955. Von Mustafa Nihat Özön. Unsigniert. Ein dicker Wälzer. Aus purer Neugier schlug ich das Wort *mezamir* nach. Aus professionellem Interesse dann noch ein Wort. Und ein Synonym dazu.

Von hinten konnte ich ein eher einseitig geführtes Gespräch hören. Dort fand wohl ein Gedankenaustausch über meine *Physiker* statt. Ich widmete mich noch ein bisschen länger den Büchern. Kurz darauf kam der junge Mann wieder zum Vorschein. Mit siegesgewissem Blick überreichte er mir ein kleines schmales Bändchen. Mit der Erregung eines Kenners vierzig Jahre alter Bücher nahm ich es entgegen.

Jetzt hatte ich das gleiche Buch in der Hand wie das daheim in meinem Gästezimmer, das nie benutzt wurde. Neuer, besser erhalten, ohne Eselsohren und Eintragungen. Ich warf keinen Blick auf den letzten Druckbogen, obwohl es mich wirklich danach juckte. »Was kostet es?«, fragte ich.

Der junge Mann schien auf diese Frage vorbereitet. Er nannte mir einen Preis, der zweieinhalbmillionenfach höher war als der auf dem Rückdeckel aufgedruckte Betrag. Ich ärgerte mich deswegen nicht über ihn und zückte mein Portemonnaie.

Während ich das Geld in der Hand hielt, war der junge Mann damit beschäftigt, *Die Physiker* in eine schwarze Plastiktüte zu stecken. Dann ging er, holte das *Lehrbuch der Gerichtsmedizin* von dort, wo ich es hingestellt hatte, und steckte es auch in die Tüte. »Ein Geschenk des Hauses«, meinte er und fragte: »Sind Sie Mediziner?«

»Nein«, antwortete ich. »Trotzdem herzlichen Dank.«

Ich nahm das bisschen Wechselgeld und verließ das Antiquariat. Ich hängte die Plastiktüte an mein Handgelenk und wandte mich der Straße zu. Unentschlossen blickte ich nach rechts und links. Ich entschied mich dann, mich nicht zum Buchladen Pandora, sondern in entgegengesetzter Richtung auf den Weg zu machen.

Durch dieselben Gassen und Durchgänge gelangte ich auf die Hauptstraße.

Kaum angekommen, verspürte ich unbändigen Hunger, überlegte einen kurzen Augenblick und ging dann raschen Schrittes zum Borsa. Drinnen saß kaum jemand. An der Theke wählte ich eine Portion Auberginenpüree mit ein paar Fleischstückchen. Dann nahm ich mein Tablett und ließ mich an einen Tisch in der hintersten Ecke des riesigen Speisesaals nieder. Ich nahm *Die Physiker* aus der Tüte und begann beim Essen darin zu blättern.

Es war ein sauberes Exemplar. Das Buch war nicht von Hand zu Hand gewandert, sondern hatte viele Jahre in einer dunklen Ecke eines Buchlagers verbracht. Der Umschlag war kaum verblichen. Kein »Ich liebe dich« als Widmung der Übersetzerin auf der ersten Seite. Keine unterstrichenen Worte oder Sätze. Keine Fragezeichen am Rand. Die Seitenzahlen auf dem letzten Druckbogen standen schön und sauber in richtiger Reihenfolge, nichts war vertauscht. Dem letzten Druckbogen widmete ich ein wenig mehr Zeit.

Alles war an seinem Platz. Die Geschichte nahm ihren natürlichen Lauf, ging so, wie sie sollte, dem Schluss entgegen. Keine Sprünge im Text beim Umblättern der Seiten. Jedes Wort, jede Handlung angeordnet in logischer Folge und im Bezug zum übrigen Teil des Stücks.

So wie im richtigen Leben. Unversehens ertappte ich mich dabei, wie ich den letzten Teil des Stückes noch einmal las. Bis zum Ende hatte ich längst aufgegessen. Sogar das leere Tablett hatte jemand abgeräumt. Links und rechts von mir hatten sich weitere Gäste niedergelassen.

Ich steckte das Buch wieder in die schwarze Plastiktüte. Direkt hinter der Glastür steckte ich mir eine Zigarette an. Jetzt, wo ich schon einmal hier bin, nicht in der Kanka-Bar vorbeizuschauen, wäre wirklich unhöflich, dachte ich. Vielleicht gibt es in der Bar sogar einen Kaffee als Krönung des Essens und auf das Finale der *Physiker.*

Ich überquerte die Straße und ging den Boulevard runter. Ich schritt in gemäßigtem Tempo, wie man nach dem Essen so geht. In meinem Kopf unterhielt sich das Fräulein Doktor mit Newton und Einstein. Unterhaltet euch nur, ich höre zu, dachte ich. In die Stimmen meiner virtuellen Akteure schrillte das Gejaule aus den Boxen der Kassettenhändler. Ich warf die Zigarette fort.

Als ich in die Imamadnan Caddesi einbog, wurde ich langsamer. Für alle Fälle, sagte ich mir und atmete dreimal tief durch. Ich senkte die Schultern und konzentrierte das Gewicht meines Körpers ganz auf mein *Hara.* Ein kleines Mädchen, das behauptete, der Erlös seiner Postkarten käme Straßenkindern zugute, zog beim Anblick meiner Grimassen abrupt seine Hand zurück. Nicht übertreiben, dachte ich mir, als ich merkte, wie sehr ich das Mädchen verschreckt hatte. Die letzten Meter bis zur Kanka-Bar bemühte ich mich darum, mich wieder zu lockern. Es war davon auszugehen, das Hakan Şükür nicht in der Laune war, mit mir Blutsbrüderschaft zu schließen. Wenigstens heute nicht.

Am Fuße der Treppe zur Kanka-Bar blieb ich stehen. Die massive Stahltür war auch bei meinem letzten Besuch verschlossen gewesen, hatte sich aber aufstoßen lassen. Dieses Mal hätte ich drücken können, so viel ich wollte. Ein riesiges Vorhängeschloss hing an der Tür. Mein erster Gedanke stellte sich als falsch heraus. Neben dem Schloss war kein Zettel mit amtlicher Verfügung und dem Siegel der Stadt- oder Provinzverwaltung angebracht. Ich drehte mich um und blickte auf das Haus gegenüber. Kaçkar-Passage stand auf der rußbeschmutzten staubigen Fassade zu lesen. Ich sah nach oben. Im dritten Stock waren die Vorhänge zurückgezogen, es war jedoch niemand zu sehen. Ich studierte die Umgebung. Nicht einmal aus dem Augenwinkel konnte ich irgendjemanden entdecken, der mich beobachtete. Niemand lehnte mit einer Gebetskette zwischen den Fingern an der Wand, und kein unbeschäftigter Gauner saß auf einem kleinen Schemel und spielte Backgammon.

Ich fasste einen raschen Entschluss, und betrat die Kaçkar-Passage durch die riesige Tür, als sei ich dort zu Hause. Der bekannte Geruch von Schimmel stieg mir in die Nase. Dem Fahrstuhl, der wie ein Relikt aus der Zeit von Agatha Christies Reisen in die Türkei aussah, gönnte ich keinen Blick. Wahrscheinlich war er auch abgeschlossen. Mit ausholenden Schritten erklomm ich die breite Treppe mit ihren im Laufe vieler Jahre ausgetretenen Marmorstufen.

Im ersten Stockwerk lag das Büro eines Anwaltes, den vermutlich niemand mehr um Rat fragte. Am Boden lagen einige Zeitschriften, die nicht mehr in den Briefschlitz der Tür gepasst hatten.

Die Bewohner des zweiten Stockwerks hatten einen Nachttisch, für den sie keine Verwendung mehr hatten, vor ihre Tür gestellt. Er war so alt, dass niemand ihn mitgenommen hatte.

Auf dem Weg in das dritte Stockwerk verlangsamte ich meine Schritte. Das winzige eiserne Schildchen an der Tür konnte man nur aus der Nähe entziffern. Langsam und bedächtig nahm ich die letzten Stufen.

So wie es aussah, war der »Solidaritäts- und Hilfsverein der Zypern-Veteranen« – bei aller Liebe und Sympathie – kein Verein, dem ich jemals eine Spende hätte zukommen lassen wollen.

Die mit Schnitzwerk versehenen Türflügel, die bei den Antiquitätenhändlern in Çukurcuma gutes Geld bringen würden, waren mit einem Vorhängeschloss, noch gewaltiger als das vor der Kanka-Bar, verschlossen. Ein Schloss, das sich mit meinem für modernere Türen konstruierten Dietrich nicht würde knacken lassen.

Was tun? Ein andermal. Weil ich oben unwillkürlich den Atem angehalten hatte, holte ich beim Heruntergehen erst mal tief Luft und schaute mich um.

In einer Tüte vor einer Wohnungstür sah ich das Bild eines weißhaarigen, bärtigen Mannes mit Brille und Kordelkrawatte und musste bei dessen Anblick innerlich mindestens so grinsen wie er.

Gemächlich stieg ich die Treppe herab. Nach dem Verlassen des Gebäudes sah ich mir noch einmal die Tür der Kanka-Bar an. Das Vorhängeschloss hing noch an Ort und Stelle. Nun gut, seis drum, die hauen ja nicht ab.

Ich ging nicht hinauf zur Hauptstraße, sondern nahm den Weg durch die Gassen weiter unten. Mit gemächlichen Schritten, den Kopf gesenkt, ging ich zum Taksim-Platz. Ich war ein wenig genervt. Wahrscheinlich deshalb, weil ich gehofft hatte, es würde endlich zur Sache gehen. Ich versuchte mich zu entscheiden, ob ich mit dem Wagen auf die andere Seite des Bosporus fahren oder das Schiff nehmen wollte. Schließlich fiel meine Wahl auf das Auto. Am Steuer kann man über gewisse Dinge besser nachdenken. Besonders, wenn man eine Kassette der Band Moğollar dabei hört. Und eine besondere Portion Mut braucht der Mensch in einer Gegend, in der sich die Klatschtanten tummeln und in der man gezwungen ist, wildfremde Türen aufzubrechen.

13

Ich öffnete die Wagentür, stieg ein, ließ das Fenster herunter und startete den Motor. Die Tüte mit dem Buch warf ich auf den Rücksitz. Wie immer herrschte auf der Bosporusbrücke sehr viel Verkehr. Und wie immer waren die Seitenstraßen in Moda eng und verstopft.

Ziemlich dreist, wie es einem Fahrer vom europäischen Ufer gebührte, ergatterte ich schließlich einen Parkplatz zwei Straßen unterhalb der Cem Caddesi. Mit der Miene eines Vaters zweier Gymnasiastinnen, der gerade von einem unerfreulichen Eltern-Lehrer-Gespräch aus dem Saint-Joseph-Lyzeum kommt und nun darüber nachdenkt, was er wohl falsch gemacht hat, lief ich zum Haus von Tuğçen Yavaş.

Auf dem Balkon der Wohnung Nummer vier im Şemsi-Bey-Appartementblock war Leben. Die Tür stand offen. Die Jalousien waren hochgezogen. Nur ein paar Gardinen, die sich leicht im Wind bewegten, verwehrten den Blick ins Innere. Ich werde ganz normal klingeln, man wird mir schon öffnen, sagte ich mir. Ohne zu zögern, betrat ich das Haus. Der Briefkasten von Nummer vier war leer. Eine Frau mittleren Alters, die mir auf der Treppe begegnete, senkte den Blick zu Boden.

Bevor ich auf den Klingelknopf drückte, machte ich noch ein kleines *Makko-Ho.* Mir war überhaupt nicht danach, mit trauernden Eltern zusammenzutreffen, aber es gab keine andere Lösung. Ich klingelte kurz. Verschränkte dann meine Arme, während ich auf eine Reaktion von drinnen wartete.

Kein gebrülltes »Wer da?«. Nur das Geräusch von Absätzen einer Person, die sich entschlossenen Schrittes näherte, war zu hören. Die Tür wurde halb geöffnet. Ich traute meinen Augen nicht. Ich konnte es wirklich nicht glauben.

Vor mir stand eben jenes Mädchen, das neu angefangen hatte. Oder ich dachte es jedenfalls. Dieselben dunklen Augen, dieselben schwarzen Locken, dieselben Lippen, dasselbe Kinn. Ein wenig reifer, schon ein wenig mehr durchgemacht. In letzter Zeit hatte sie viel geweint, das sah man ihren Augen an.

»Bitte?«, sagte die Frau, ebenfalls mit einer zarten, aber melodischen Stimme.

»Ist das nicht die Wohnung von Tuğçen?«, fragte ich in einem Ton, der erkennen ließ, dass ich mir über die Situation im Klaren war.

»Ja«, sagte die Frau und wartete ab.

»Mein Name ist Remzi Ünal«, erklärte ich. »Ich bin ein Freund von ihr. Wir kennen uns vom Aikido.«

»Ich bin die ältere Schwester«, sagte die Frau.

»Mein Beileid.«

»Herzlichen Dank«, erwiderte Tuğçens Schwester, öffnete die Tür aber nicht weiter.

So bemühte ich mich, mir selbst freie Bahn zu schaffen. Ich hielt meine Arme immer noch vor der Brust verschränkt. »Ich war wohl der Letzte, der sie lebend gesehen hat«, sagte ich.

Sie musterte mich kurz von oben nach unten. Und entschied dann, dass ich kein gänzlich unerwünschter Gast sei. Mit einem »Treten Sie ein« öffnete sie die Tür ganz.

»Danke sehr«, sagte ich und trat ein. Ich blieb im Eingang stehen, als ob ich nicht wüsste, wohin ich mich wenden solle.

Sie wies mit der Hand in Richtung Wohnzimmer. »Hier entlang, bitte.«

Gemeinsam betraten wir das Zimmer. Die Bücher hatten wieder ihren Platz auf den Regalböden zwischen den Metallprofilständern eingenommen. Aus der Art der Aufstellung wurde deutlich, dass man dabei nicht sehr systematisch vorgegangen war. Der kleine Kelim auf dem Boden lag jetzt parallel zum Regal. Die anderen Dinge waren an ihrem Platz, es fehlte nichts, und es war auch nichts dazugekommen. Die Antenne des Radio-Kassettenrekorders war eingezogen worden.

»Ich heiße Tuğçe«, sagte Tuğçens ältere Schwester. »Bitte nehmen Sie Platz. Woher, hatten Sie gesagt, kennen Sie sie? Ich habe nicht aufgepasst.«

Ich setzte mich auf den Sessel unter der Stehlampe. »Vom Aikido«, sagte ich. »Bitte verzeihen Sie meine Verwirrung, Sie ähneln Tuğçen wirklich sehr.«

»Ja.« Sie war stehen geblieben. »Jeder, der uns sieht, ist erst mal erstaunt. Wie eineiige Zwillinge sind wir, wenn auch vier Jahre auseinander. Nur der letzte Buchstabe fehlt bei meinem Namen.« Sie bemerkte zu spät, was sie da gesagt hatte. »Waren wie Zwillinge! Wir waren! Mein Gott, ich habe mich noch nicht daran gewöhnt. Entschuldigen Sie!«, brach es aus ihr heraus. Verzweifelt blickte sie nach links und rechts, bemüht, sich wieder zu fassen. Sie sucht ihre Handtasche, dachte ich.

Ich holte meine Schachtel heraus, erhob mich, um ihr eine Zigarette anzubieten.

»Danke«, sagte sie, als sie mir gestattet hatte, ihr Feuer zu geben. »Dieses Aikido … das ist eine Art …« Sie fasste sich schnell wieder.

»Ein fernöstlicher Kampfsport«, sagte ich, während ich meine eigene Zigarette ansteckte. Ich setzte mich wieder. Die Beine schlug ich nicht übereinander.

»Ich weiß, dass sie sich eine Zeit lang für Yoga interessiert hat, aber von Aikido, davon hat Tuğçen nie etwas erzählt.«

»Sie hatte bei uns ganz neu angefangen«, erläuterte ich.

Sie nahm einen tiefen Zug aus ihrer Zigarette. »Ist doch wirklich merkwürdig!«, sagte sie und ließ sich dabei auf dem Sessel schräg gegenüber nieder. Ich wartete, dass sie erklären würde, was sie so verwunderte. »Sie muss doch eine Menge Freunde in Istanbul gehabt haben«, meinte sie. »Aber niemand ist vorbeigekommen. Von der Schule, aus der Theatergruppe … Nur Sie. Sind die jungen Leute so gefühllos? Und außerdem …« Sie beließ es bewusst bei diesem Halbsatz. Die Nummer gefiel mir.

»Wir sind nicht so vertraut miteinander beim Training!«

»Das wollte ich nicht sagen«, warf Tuğçe ein, wobei deutlich war, dass sie genau dies hatte sagen wollen. »Aber dass Sie von so weit hierher gekommen …«

»Das kann ich Ihnen erklären«, entgegnete ich.

»Bitte sehr!«

Ich beugte mich ein wenig im Sessel vor, bevor ich anfing zu sprechen. »Ich bin Privatdetektiv.« Sie verzog keine Miene. Mit einer Ruhe, als hätte ich gesagt, ich sei Zahnarzt, fuhr ich fort: »Es stimmt, dass ich mit Ihrer Schwester beim Aikido zusammen war, aber nur ein Mal. Sie hatte neu angefangen. Nach diesem Training habe ich sie ein Stück im Auto mitgenommen. Als sie ausstieg, hat sie ihre Sporttasche vergessen. Und noch bevor ich sie ihr zurückgeben konnte, nun, als ich gehört habe, was passiert ist …«

»Und ich bin Rechtsanwältin«, sagte sie. »Falls es Sie interessiert, ich mache keine Scheidungen. Sie müssen also nicht unbedingt auf jedes Wort achten. Eben war ich etwas verwirrt, das ist nun vorüber.«

Als hätte sie mich nicht unterbrochen, fuhr ich fort. »Wenn man erfährt, dass eine Bekannte ermordet wurde, gibt man sich ja nicht mit Zeitungsnachrichten zufrieden.«

»Haben Sie etwas herausgefunden?«, hakte sie sofort nach.

»Je nachdem. Wenn Sie den Namen des Mörders hören wollen, den kann ich Ihnen nicht sagen.«

»Verstanden.«

»Im Moment habe ich noch mehr Fragen als Antworten«, erläuterte ich.

»Und kann ich eine dieser Fragen beantworten?«, fragte Tuğçen Yavaş' ältere Schwester.

»Würde mich freuen«, entgegnete ich. Ich gedachte, harmlos anzufangen. »Ist Ihr Familienname immer noch Yavaş?«, fragte ich.

Zum ersten Mal seit meiner Ankunft bemerkte ich so etwas wie ein Lächeln auf ihrem Gesicht.

»Die zweite Frage kann ich mir schon denken«, sagte sie. »Mein Vater hat die Kinderbücher von Kemalettin Tuğçu sehr geliebt. Er selbst trug auch den Namen Kemalettin. Als er Töchter bekam, konnte er sich wohl nicht beherrschen. Als Kinder haben wir es genossen, wenn wir verwechselt wurden. Noch mal zu meinem Nachnamen. Zurzeit heiße ich Yavaş. Eine Zeit lang hieß ich anders, jetzt heiße ich wieder Yavaş.«

»Meine dritte Frage«, fuhr ich fort. »Wie war das Verhältnis zwischen Ihnen und Ihrer Schwester? Hatten Sie oft Kontakt miteinander?«

Tuğçe lehnte sich etwas zurück in dem skandinavischen Sessel. »Das kann man wohl sagen. Zwei-, dreimal die Woche haben wir telefoniert. Gibt es da etwas Bestimmtes, das Sie interessiert?«

»Tuğçen hat mir erzählt, sie sei beim Theater«, sagte ich. »Wie sehr war sie denn dabei?«

»Was soll das heißen?«, fragte sie nach.

»Na ja, hatte sie eine Rolle in einem Stück? Oder was weiß ich, suchte sie ein Theater, in dem sie spielen konnte?«

»Nein, aber sie hatte Pläne«, antwortete Tuğçe.

»Was soll das heißen?«, fragte nun ich.

»Sie wollte ein eigenes Theater gründen«, erklärte sie.

»Das ist schwer, ein eigenes Theater aufmachen«, sagte ich. »Gerade in diesen Zeiten.«

»Das sollte so eine halb Profi-, halb Amateurbühne werden«, erläuterte sie. »Sie ist schon eine ganze Zeit Sponsoren hinterhergelaufen, nach dem, was sie erzählt hat.«

»In Istanbul ist es aber schwer, halb als Profi, halb als Amateur zu leben«, warf ich ein.

»Ich sage es nur ungern, aber ich verdiene ganz gut«, sagte Tuğçe. »Seit Tuğçen mit dem Konservatorium angefangen hat, bin ich für all ihre Ausgaben aufgekommen.«

Ich erinnerte mich an die Kreditkartenabrechnungen. Es fiel mir aber nicht im Traum ein, ihr zu sagen, dass ich sie hatte. »Soweit ich verstanden habe, haben Sie ihr in der Theatersache aber nicht geholfen«, stellte ich fest.

»Das wollte sie auch nicht«, sagte Tuğçe und drückte ihre Zigarette in einem Aschenbecher auf einem Tischchen aus. »In dieser Sache hat sie mich nie um Hilfe gebeten. Ich glaube, sie wollte beweisen, dass sie auch alleine etwas zu Stande bringen kann. Und ich habe das Thema auch nicht angesprochen.«

»Hätte sie es geschafft?«, fragte ich.

»Ich glaube, sie hätte es geschafft.«

»Ich verstehe«, sagte ich und machte meine Zigarette neben der von Tuğçe aus. Dann überlegte ich, wie ich die nächste Frage formulieren sollte und wie ich es anstellen könnte, in dem Zimmer allein zu sein.

Das alte Telefon neben dem Aschenbecher kam mir zu Hilfe. Unvermittelt meldete es sich mit einem nervtötenden Klingeln. Tuğçe blickte mich entschuldigend an und nahm den Hörer ab. »Ja bitte«, meldete sie sich. Als sie hörte, wer am anderen Ende war, lehnte sie sich ein wenig zurück und hörte zu. »Ja«, sagte sie schließlich.

Ich verlegte mich darauf, die Bücherregale zu studieren.

»Nein, alles beim Alten, seit ich mit dir gesprochen habe, habe ich nur die Wohnung etwas in Ordnung gebracht«, erklärte sie ins Telefon. »Ich glaube, ab morgen geben sie den ... ehm ... den Leichnam frei. Ich habe heute mit den Leuten geredet.« Sie hörte der Person am anderen Ende der Leitung kurz zu und antwortete dann: »Da gibt es Fachleute, die das machen. Denen werde ich das überlassen. Ich will noch die Sache mit der Todesanzeige erledigen, während ich hier bin.« Sie wechselte den Hörer vom rechten ans linke Ohr. »Nein, nein«, sagte sie nach kurzem Zuhören. »Du musst nicht kommen. Ich habe hier einen Verbündeten gefunden, sozusagen.« Nach dem letzten Satz sah sie mich an. Ich betrachtete immer noch die Bücher. Mit einem »In Ordnung, meine Liebe, wenn etwas ist, rufe ich dich an« beendete sie das Gespräch.

Sie legte auf und erhob sich. »Kann ich Ihnen etwas anbieten?«, fragte sie. »Das war eine gute Freundin aus Izmir. Sie wollte unbedingt kommen, aber sie hat selbst genug um die Ohren. Was möchten Sie trinken?«

»Wenn möglich, Kaffee«, sagte ich und überlegte, was ich dadurch, dass ich das Geschlecht des Anrufers erfahren hatte, gewonnen hatte.

»Ein Kaffee würde mir auch gut tun«, sagte Tuğçe Yavaş. Sie spreizte ihre Finger ein paar Mal, wie ich es mache, bevor ich mich an die Tastatur zu meiner virtuellen Cessna setze, und ging dann mit raschen Schritten aus dem Wohnzimmer.

Sofort sprang ich auf und kniete mich vor den Radio-Kassettenrekorder. Nach kurzem Suchen hatte ich die Taste gefunden, mit der sich die Kassette auswerfen ließ. Ich drückte. Die Abdeckung rührte sich nicht. Ich drückte die Taste noch einmal, diesmal fester. Nichts rührte sich. Ich drückte auf die Abdeckung. Versuchte es noch einmal. Wieder nichts. In diesen verfluchten Rekorder lässt sich ja wohl die Kassette reinstecken und wieder rausnehmen, das gibts doch nicht, dachte ich. Ich hatte vor, die Rückspultaste zu drücken.

»Wollen Sie Milch …«, hörte ich hinter mir eine Stimme. Verdammter Mist, fuhr es mir durch den Kopf.

»Was tun Sie da?«, fragte Tuğçe in einem Ton, der eher einer Urteilsverkündung als einer Frage glich.

Ich versuchte es mit Dreistigkeit. »Die Scheißkassette steckt fest«, sagte ich.

»Angesichts der Tatsache, dass Sie gewartet haben, bis ich aus dem Zimmer bin, um das festzustellen, ist es wohl nicht die letzte Kassette von Tarkan, die Sie da suchen.«

»Stimmt«, sagte ich, noch immer mit einem Knie auf dem Boden.

»Und würden Sie mir sagen, um was es sich handelt?«

»Ich fürchte, dass Sie das traurig macht«, sagte ich beim Aufstehen.

»Schauen Sie, Remzi Bey, den ganzen Flug über von Izmir bis Istanbul habe ich geweint. Ich habe geweint, und damit ist jetzt Schluss. Vielleicht weine ich später noch einmal. Jetzt aber können Sie mir ohne Scheu sagen, was Sie suchen. Das halte ich schon aus.«

»Auch wenn Sie Tuğçens Stimme hören müssen?« Ich zeigte auf den Rekorder.

Sie legte eine Hand an die Stirn, dann schloss sie den Mund und machte verstört zwei kleine Schritte rückwärts. »O mein Gott! Hoffentlich ist es nicht das, an was ich jetzt denke!«

»Soweit ich weiß, ist es keine Abschiedsbotschaft«, sagte ich. »Ich bin mir aber ziemlich sicher, dass wir Tuğçens Stimme hören werden.«

Sie starrte auf den Rekorder. Unser Kaffee ist wohl durchgelaufen, dachte ich, verzichtete jedoch auf eine Bemerkung und steckte mir eine Zigarette an. »Was ist mit dem Ding los?«, fragte Tuğçe.

»Ich bekomme die Kassette nicht heraus, sie hängt fest«, erklärte ich.

»Ist doch unwichtig, wir können sie ja hier anhören. Sie läuft hier sicherlich.«

Gestern ist sie noch gelaufen, dachte ich.

Tuğçe atmete tief durch und drückte dann auf die *Play*-Taste. Sie zog ihre Hand zurück und wartete. Sie machte den Eindruck, tapfer durchstehen zu wollen, was immer da auch auf sie zukomme …

Der Rekorder gab nur ein undefinierbares Schleifgeräusch von sich. Tuğçe beugte sich noch einmal über das Gerät und suchte mit leicht zittriger Hand den Lautstärkeregler. Sie drehte den Knopf nach rechts, doch nur das Schleifgeräusch wurde lauter.

»Spulen wir ein Stück zurück«, sagte ich leise, als fürchtete ich, mich einzumischen.

Sie stoppte das Gerät, drückte dann die Rückspultaste. Der Motor summte. Aus der Abdeckung, die ich nicht hatte öffnen können, waren Reibungsgeräusche des Bandes zu vernehmen. Nach einem Augenblick – ich hätte gerade mal bis acht zählen können – stoppte sie den Rücklauf und drückte wieder auf *Play*.

»Schau mich an, Kinderfrau Daye Hatun …«, erschallte plötzlich überlaut die helle und melodische Stimme der jüngeren Schwester, *»… schau mich gut an!«* Der Raum bebte von Tuğçen Yavaş'

Stimme. Das hört man ja bis zum Lebensmittelmarkt Yeni Moda, schoss es mir durch den Kopf. Wie der Blitz sprang ich auf und reduzierte die Lautstärke auf ein annehmbares Maß.

»Oh, mein Gott«, schluchzte Tuğçe Yavaş und schlug die Hände vors Gesicht.

»Wir hören auf, wenn Sie wollen«, schlug ich vor.

Sie ließ die Hände sinken. »Nein! Nein! Jetzt haben wir angefangen, also lassen Sie es uns auch zu Ende bringen.«

»Kann ich Ihnen noch eine Zigarette anbieten?«, fragte ich.

Sie schüttelte verneinend den Kopf. Ich griff noch einmal nach dem Gerät und drückte die Rückspultaste. Still verharrend lauschten wir dem Rattern aus dem Rekorder. Tuğçe starrte unverwandt auf das Gerät. Ich nahm noch einen Zug aus meiner Zigarette. Dann drückte ich sie aus. Die zurückgespulte Kassette gab ein Klack von sich. Fragend schaute ich Tuğçe noch einmal an. Sie nickte. Ich drückte auf *Play*. Aus den Lautsprechern des Rekorders schallte uns das Kichern zweier junger Frauen entgegen. Dann war Ruhe.

»Fang endlich an!«, sagte Tuğçen Yavaş' Stimme. Eine zweite Frauenstimme hüstelte. *»Tritt näher, Hurrem«,* setzte die mir unbekannte zweite Stimme ein. *»Ich habe dich rufen lassen …«*

»Ist etwas passiert?«, fragte Tuğçen meisterhaft mit sorgenvollem Unterton.

»Dieser Ring ist ein Geschenk der Sultansmutter für dich«, sagte die andere.

»Der Sultansmutter, ha!«, erwiderte Tuğçen Yavaş empört.

Als die zweite Stimme sprach, musterte ich Tuğçe. Es schien, als würde sie die Sache durchstehen.

»Mit der Zeit wirst du es noch lernen, Hurrem, es gibt erfreuliche und unerfreuliche Gründe für solche unvermuteten Geschenke.«

»Und was ist der Grund für dieses Geschenk?«

»Die Sultansmutter wünscht, dich mit diesem Geschenk für sich einzunehmen, und will dich die Hoffnungen, die sie in dir erweckt hat, vergessen lassen.«

»… Ich setze mich hier auf diese Bank …« Das war Tuğçens normale Stimme. Man hörte die beiden kichern. Dann wurde Tuğçen wieder zu Hurrem.

»Aber, was habe ich ihr denn getan? Weshalb wendet sie sich von mir ab?«

Die zweite Frau musste noch lachen, konnte sich kaum beherrschen und brachte die ersten Worte deshalb nur undeutlich über die Lippen.

»Sie wendet sich doch nicht ab von dir, Hurrem! Aber diese drei Todesfälle hintereinander haben die Sultansmutter sehr betrübt. Nach so viel Schmerz will sie die Favoritin nicht noch mehr verletzen.«

Noch bevor ihr Gegenüber den Satz zu Ende gesprochen hatte, fing Tuğçen zu schreien an. Gut, dass ich den Rekorder leiser gestellt habe, dachte ich.

»Wofür halten Sie mich? Für eine schwache, erbärmliche Dienerin? Für ein kleines Haremsmädchen, das, wenn es bei euch in Ungnade fällt, auf seinem Platz verrottet?«

»Komm zu dir, Hurrem! Keine Frau kann sich selbst dem Padischah präsentieren, wenn es die Sultansmutter nicht will. Der Harem hat seine eigenen Gesetze, es gibt ein Protokoll …«

Tuğçen war ganz in ihrer Rolle aufgegangen. Die Wut in ihrer Stimme, diese kontrollierte, reife, professionell gespielte Erregung, war trotz der Verzerrungen durch die Lautsprecher des miserablen Rekorders immer noch gut herauszuhören. Tuğçe Yavaş lauschte ihrer jüngeren Schwester mit einem seltsamen Glitzern in den Augen.

»Ha! Traditionen … Gesetze … das Protokoll … Und fünfhundert Opfer. Weil sie diese Traditionen, diese Gesetze, dieses Protokoll nicht überwinden konnten. Glaubt ihr etwa, ich werde diese endlose Agonie klaglos hinnehmen?« Sie holte tief Luft, dann fuhr sie entschlossen fort. *»Ich werde den Padischah treffen und ich werde mich ihm allein präsentieren.«*

Die andere hatte sich jetzt von Tuğçens Spiel mitreißen lassen.

»Du bist ja völlig verrückt!«

Tuğçen steigerte die Erregung in ihrer Stimme mehr und mehr. *»Schau mich an, Daye Hatun, schau mich gut an! Du hast mir viel beigebracht, ich habe immer gemacht, was du gesagt hast, was du mich gelehrt hast, habe ich getan. Und ich bin dir schon längst überlegen. Deshalb kennst du mich nicht richtig, und du kannst mich auch nicht kennen.«*

Die andere Frau legte etwas Beschwichtigendes in ihren Tonfall. *»Hurrem, meine Kleine! Auch unser Tag wird einmal kommen, glaube mir!«*

Die Stimme aus dem Rekorder entfernte sich ein wenig, als sei Tuğçen aufgestanden. Zuerst gab sie ein schallendes Lachen von sich. Dann fuhr sie, schnell, aber nicht allzu schnell, sodass es die Zuhörer noch gut verstehen konnten, mit ihrem Text fort.

»Also abwarten soll ich, ha! So wie sie alle abwarten. So wie du abwartest. Ein Leben lang. Und mich dann irgendwann als altes Weib, das den anderen Favoritinnen ihre Tricks verrät, mit dem Dank dieser Anwärterinnen bescheiden. Soll ich allein darauf hoffen? Du hast mich nicht verstanden, Daye Hatun! Ich weiß, welche Kräfte mir Gott verliehen hat. Entweder man entzündet das Feuer, oder man verbrennt darin! Ich werde das Feuer selbst entzünden. Bevor ich zu Asche verglimme.«

Eine Zeit lang herrschte Stille im Rekorder. Dann hörte man die zweite Stimme, hoffnungslos, niedergeschlagen.

»Hurrem! Du machst mir Angst, Hurrem!«

Wieder kicherten die beiden.

Wir schwiegen und blickten vor uns hin. Als ich den Kopf hob, sah ich, wie sich Tuğçe unauffällig eine Träne wegwischte. Ich drückte die *Stop*-Taste. Das Schleifgeräusch verstummte.

»Arme Tuğçen!«, sagte sie. »Meine arme Schwester!« Dann blickte sie mich an. »Wissen Sie, morgen hätte sie Geburtstag.«

Ich wusste darauf nichts zu sagen. Tuğçe schüttelte den Kopf, als wolle sie sich von ihren trübseligen Gedanken befreien. »Es ist zum Verrücktwerden«, sagte sie. »Besonders, wenn man daran denkt, dass meine Schwester mit meinem eigenen Revolver erschossen wurde.«

»Was?« Man lernt nie aus.

»Bei meinem letzten Besuch hatte ich meinen Revolver dabei. Ich bin doch Anwältin. Ich habe ihn wohl hier vergessen.«

»Haben Sie das der Polizei gesagt?«, fragte ich.

»Natürlich.«

»Und Tuğçen hat ihn hier rumliegen lassen?«

»Ja«, bestätigte sie. »Ganz wie bei Tschechow. Ich hab ihn an die Wand gehängt, hat sie am Telefon gesagt. Der Revolver, der im ersten Akt an der Wand hängt, geht im dritten Akt los …«

»Mein Gott!«

Sie wechselte das Thema. Aber sie wirkte nicht unbedingt schuldbewusst. »Werden Sie den Mörder finden?«, fragte sie.

»Ich weiß es nicht«, sagte ich. »Aber die Polizei findet ihn sicher.«

»Die Polizei hat mich gefragt, ob ich jemanden im Verdacht habe.« Sie betonte das Wort »mich«. »Als ob ich von Izmir aus überhaupt jemanden verdächtigen könnte.«

»Die haben so ihre eigenen Methoden«, sagte ich.

»Sie aber auch. Das habe ich vorhin selbst miterlebt.«

»Nun«, sagte ich, »meistens laufe ich nur rum und stelle Fragen.« Dabei machte ich mir nicht über meine Methoden, sondern über deren Resultate Gedanken.

Tuğçe runzelte die Stirn, als sei ihr gerade etwas Wichtiges eingefallen. Nach einer kurzen Pause fragte sie: »Haben Sie einen Kunden, dem Sie in dieser Sache verpflichtet sind?«

»Ja und nein«, sagte ich.

»Wenn sich kein Interessenkonflikt ergibt, möchte ich Sie engagieren«, sagte sie in einem offiziellen Tonfall.

»Das geht«, antwortete ich. Mir war gar nicht danach, eine neue Variante meiner üblichen Rede für Neukunden abzuspulen. Denn meine Gedanken waren woanders.

»Finden Sie den Mörder für mich«, sagte sie. »Ich lege keinen

Wert auf Beweise, Geständnisse oder so. Zeigen Sie mir jemanden, sagen Sie nur, das ist der Mörder.«

»Sie werden die Person, die ich Ihnen nenne, aber nicht erschießen, nicht wahr?«

»Nein. Ich bin Anwältin. Ich weiß genau, wie man jemanden zum Krüppel macht, ohne ihn ins Knie zu schießen.«

»Kein Einspruch«, erwiderte ich. »Ich bin weder Staatsanwalt noch Richter.«

»Sie sagen mir seinen Namen, den Rest erledige ich schon.«

Ich meinte, dass es an der Zeit war, das Thema zu wechseln. »Am Telefon haben Sie die Todesanzeige erwähnt. Steht der Termin für die Beerdigung in Izmir schon fest?«

»Nein. Ich will erst mal hinfahren und mich dann entscheiden. Aber ich hatte vor, eine Anzeige mit einem Nachruf für meine Schwester aufzugeben. Eine Menge Leute wissen ja noch nichts davon.«

»Haben Sie den Text schon vorbereitet?«, fragte ich. »Ich kenne jemanden aus der Werbebranche. Wenn Sie möchten, kann er Ihnen sicher behilflich sein.«

»Das würde mich freuen«, sagte sie. »Ich habe schon etwas geschrieben.« Mit zwei Schritten war sie am Regal. Sie nahm ein Blatt, das sie ungefähr in Augenhöhe auf die Bücher gelegt hatte, und reichte es mir. Es war ein Zettel, aus einem Spiralblock herausgerissen.

Ich las den in sauberer Handschrift geschriebenen Text.

Ein Vorhang fiel zu früh

Iclal und Kemalettin Yavaş' Tochter,
Tuğçe Ayhans Schwester,
die beste Schauspielerin Karşiyakas,

Tuğçen Beyhan Yavaş

wurde gegen ihren Willen aus dem Leben gerissen.
Ihr Leichnam wird in Izmir beerdigt.
Denen zur Kenntnis, die ihr nie wieder Beifall werden zollen können.

Ihre Familie

Ich stand auf und ging zum Telefon. Wieder etwas beantwortet, das ich irgendwo irgendwen hätte fragen müssen.

14

Wie es der Zufall wollte, erwischte ich meinen Freund aus der Werbebranche in seiner Agentur. Ich sprach mit seiner Sekretärin und wechselte dann ein paar ernste Worte mit ihm. Als er verstanden hatte, worum es ging, hielt er sich mit dummen Fragen zurück. Er tat stattdessen so, als sei er übereifrig bemüht, mir zu helfen. Ich las ihm den Text vor, den Tuğçe verfasst hatte. Als ich fertig war, vernahm ich einen Pfiff im Hörer. Zum Mitschreiben ließ er mich den Text noch einmal vorlesen. Ich diktierte Wort für Wort. Zur Absprache der Details übergab ich dann Tuğçe den Hörer. Und dachte mir dabei, na fein, Junge, wenigstens diese Arbeit erledigst du selbst und drückst sie nicht noch deinen Kunden aufs Auge. Sie redeten ein wenig, sprachen ab, wie groß die Anzeige sein und in welchen Zeitungen sie erscheinen sollte. Als sie auf die Kosten zu sprechen kamen, musste er mit dem Preis ziemlich heruntergegangen sein, denn Tuğçe bedankte sich wieder und wieder bei ihm.

Dann reichte sie mir den Hörer. »Er will mit Ihnen sprechen.« Dabei streifte meine Hand die ihre. Weder sie noch ich ließen uns etwas anmerken.

»Herzlichen Dank«, sagte ich zu meinem Freund.

»Wenn du dich bedanken willst, komm heute Abend ganz bestimmt zum Training«, erwiderte er.

»Habe ich eigentlich vor«, antwortete ich.

»Mit ›eigentlich‹ wird daraus nichts«, entgegnete mein Freund. »Komm ganz bestimmt. Mustafa Hodscha soll heute Abend da sein, vielleicht machen wir die Prüfung, meinte er. Du bist dann mein *Uke.*«

»Red keinen Quatsch«, erwiderte ich, »ich habs noch nicht einmal geschafft, die Namen auswendig zu lernen, die Namen der Übungen.«

»Keine Ausflüchte, ich lass sonst die Anzeige liegen, dann sieh zu, wie du mit der Frau klarkommst.«

»Okay, okay«, lenkte ich ein.

»Also abgemacht. Versprochen. Und bei deiner Prüfung bin ich ...«

Ohne zu antworten, legte ich auf.

»Herzlichen Dank«, sagte Tuğçe.

»Nicht der Rede wert. Darf ich noch einmal telefonieren?«

»Selbstverständlich.«

Vor dem Wählen rümpfte ich die Nase und schnupperte. »Riechen Sie etwas?«

Sie tat es mir nach. »Tatsächlich«, meinte sie, »hier stinkt etwas. Es riecht verbrannt.«

Sofort darauf ein kurzer Schrei mit gezierter Stimme. »Der Kaffee, ich habe das Wasser auf dem Herd vergessen!« Wie der Blitz raste sie in die Küche.

Ich wählte die Privatnummer von Ali Mumcu.

Diesmal wurde ziemlich rasch abgenommen. Der Herr Regisseur schien schon eine Weile auf den Beinen zu sein. Das konnte ich seiner Stimme entnehmen.

»Remzi Ünal«, meldete ich mich.

»Ah, unser Privatdetektiv, der Mann, der es satt hat, das Leben anderer Leute zu verändern«, reagierte er in überschwänglichem Tonfall. »Was gibt es Neues?«

Also auch Ali Mumcu vergisst manche Dinge nicht so einfach. »Alles im Lot«, antwortete ich.

»Hast du den Mörder des Mädchens ausfindig gemacht?«

»Der Muezzin ist noch dabei, die Treppe zum Minarett hinaufzusteigen«.

»Was?«, fragte er.

»Vergiss es«, erwiderte ich. »Hör mal zu. Es spricht eine mit dem Namen Hurrem ...«

Dann holte ich tief Luft und begann in den Hörer zu rezitieren, was ich von Tuğçen Yavaş gehört hatte, ohne aber dabei meine schauspielerischen Talente besonders herauszustellen. »Traditionen ... Konventionen ... Protokolle ...«, hob ich in normalem Tonfall an. »Und dort, fünfhundert Opfer dort. Weil sie diese Traditionen, diese Konventionen, diese Protokolle nicht überwinden konnten.« Ich hielt kurz inne, um mich an den Rest des Textes erinnern zu können. »Meint ihr etwa, ich werde diesen quälenden Todeskampf so einfach hinnehmen? Vor den Padischah werde ich treten und ihm meinen Kopf darbieten … Na, also los, aus welchem Stück ist das?«

»*Hurrem Sultan* ist es nicht«, sagte Mumcu.

»Es spricht aber Hurrem«, sagte ich.

»Ich habs. Es gibt eine Tetralogie von Orhan Asena, *Hurrem Sultan* ist wohl eins der Stücke, ich komm jetzt nicht auf den Namen, eines von den vieren muss es sein. Es geht um die Zeit, bevor das Mädchen zu Hurrem Sultan wurde.«

»Unter einem Experten stelle ich mir aber etwas anderes vor«, erwiderte ich.

»So ist das Leben«, meinte er, »jeder hat so sein Spezialgebiet. Aber du hast mich doch sicherlich nicht angerufen, um zu testen, was ich vom Theater verstehe.«

»Nein, nein, ich wollte dich in einer bestimmten Sache um Hilfe bitten«, antwortete ich.

»Zu Befehl!«

»Nichts mit Befehl, es geht um eine Bitte«, antwortete ich lachend. »Um eine wirklich ernsthafte Bitte.«

Tuğçe Yavaş erschien in der Wohnzimmertür. Ihrer Gelassenheit war zu entnehmen, dass in der Küche kein Feuer ausgebrochen war. Mit ein paar Gesten stellte sie die Frage, ob ich noch gedachte, Kaffee zu trinken. Ich nickte. Sie verschwand wieder aus der Tür.

»Erinnerst du dich an diesen Kerl da, den Serienproduzenten?«, fragte ich.

»Wieso?«, fragte er zurück.

»Hört der auf gute Ratschläge?«

»Woher soll ich das wissen?«, meinte Mumcu. »Er wird schon zuhören, denk ich.«

»Ich würde mich freuen, wenn du einmal ein paar Takte mit dem redest«, sagte ich.

»In welcher Angelegenheit?«

»Da gibt es ein Mädchen«, sagte ich. »Eine Freundin von Tuğçen Yavaş. Auch Schauspielerin. Sie ist zum Casting bei deinem Serienproduzenten Tümer Ateş gewesen. Der Kerl ist in die Knie gegangen und hat sich in sie verguckt.«

Ali Mumcu lachte dreckig am anderen Ende der Leitung. »So was soll vorkommen.«

»Aber auf das Heftigste verfallen«, erläuterte ich. »Wenn sie ihn nicht ranlasse, könne sie sich auf den Kopf stellen und würde keine Rolle kriegen, soll er gesagt haben.«

»Die alte Geschichte.«

»Wichtig ist jetzt, dass er nicht wieder auf die Beine kommt«, sagte ich. »Redest du mal mit dem Mann?«

»Willst du dich an sie ranmachen?«, fragte Mumcu und hatte damit geschickt einen Moment Zeit gewonnen.

»Die ist viel zu jung für mich. Ich hab mit ihr einen kleinen Deal gemacht.«

Ali Mumcu antwortete schneller, als ich erwartet hatte. »Ich hoffe, du hast nicht auf mich gezählt und ihr bereits zugesagt«, sagte er. Es lag jedoch nichts Unfreundliches in seiner Stimme.

»Wieso?«, fragte ich.

»Könnte ja sein, dass mich mein Weg irgendwann mal in sein Büro führt«, entgegnete er. »Die Wege der Welt sind verschlungen. Ich wills mir nicht verderben mit ihm.«

Der Kaffee wird sicher gleich kommen, sagte ich mir und zündete eine Zigarette an. Und fasste einen Beschluss.

Mumcu war stutzig geworden, weil ich still blieb. »Remzi Ünal?«, fragte er am anderen Ende der Leitung.

»Ich bin hier«, antwortete ich. »Das ging daneben, mein Guter.«

»Wieso das?«, fragte er.

Daraufhin zeigte ich ihm einen Zipfel von dem einzigen Trumpf, den ich in dieser Sache in der Hand hatte. »Wenn du nicht mit dem Kerl redest, wird der Zyprer beauftragt, die Sache zu regeln«, erklärte ich.

Die Erwähnung des Zyprers platzte wie eine Bombe in die erneute Funkstille zwischen uns. Ich hielt den Mund und gab ihm Gelegenheit, zu begreifen, was ich hatte sagen wollen.

»Du … du kennst den Zyprer?«, fragte Mumcu nach einer Pause, die es mir erlaubte, zwei Züge zu nehmen.

»Kenne ich«, antwortete ich. »Und ich weiß auch, dass er kein Drucker ist.«

»Verfluchte Scheiße«, entfuhr es ihm. Ich bezog das nicht auf mich. »Entschuldigung«, meinte er dann. Aber seine Stimme blieb ernst.

»Nicht von Bedeutung«, sagte ich.

»Gibs zu, du hast doch nur bluffen wollen.«

»Nicht doch«, erwiderte ich in recht beschwichtigendem Ton. »Mir ist nur die Idee gekommen, dass, wenn du mal mit dem Produzenten redest, ich mit dem Zyprer ins Geschäft kommen könnte.«

Tuğçe Yavaş betrat den Salon mit einem Tablett mit zwei Tassen Kaffee und stellte es auf das Tischchen. Sie trank ihren Kaffee also ebenfalls ohne Milch. Ich bedankte mich mit einem Nicken.

»Um was für ein Geschäft geht es denn da?«, fragte Mumcu.

»Ich könnte zum Beispiel deinen Namen in dem besagten Heft schwärzen lassen«, sagte ich. »Du wirst sehen, in Zukunft wird sich niemand an deine Besuche im Kaçkar Han erinnern können.«

»Verflucht sei der Tag, an dem ich das erste Mal dorthin gegangen bin«, schimpfte er.

»Jeder hat so seine Schwächen«, erwiderte ich, nachdem ich einen Schluck aus der Tasse genommen hatte, die in meiner Reichweite stand. »Mach dir nichts draus.«

»Das heißt also, auch der Zyprer hat sich an dir die Zähne ausgebissen«, sagte Mumcu. »Eines interessiert mich wirklich: Hast du denn wirklich solche Muckies?«

Tuğçe nahm ihre Tasse vom Tablett, lächelte mich zaghaft an und ging auf den Balkon.

»Du weißt ja, um zu erkennen, was in meinen Muckies steckt, müsste er sich erst mal auf eine Runde einlassen«, erwiderte ich.

»Nimm dich in Acht, der Kerl ist beinhart«, warnte Ali Mumcu.

Ich brachte Ordnung in meinen gedanklichen Papierkram und rückte den Zettelkasten bereit. Zur Belohnung nahm ich einen Zug von der Zigarette. »Ich pass schon auf«, versicherte ich. Und trank noch einen Schluck Kaffee, wieder zur Belohnung.

Alles sah danach aus, dass sich Ali Mumcu beruhigt hatte, weil er zu einer Entscheidung gekommen war. Seine Stimme klang entspannter. »Ein Leichtes ist es, über des anderen Haupt zu richten, Schah«, rezitierte er mit sonorer Bühnenstimme. »Nicht jedes Wort aber lässt sich mühelos halten.« Damit beendete er seinen Auftritt. »Sultan Bayezits Worte sind das, aus dem Schluss des letzten Stückes der Tetralogie, nach der du gefragt hast«, klärte er mich auf. Ohne Zweifel war er der bessere Schauspieler von uns beiden.

Ich ließ ihm Zeit, sich zu verbeugen und den Applaudierenden seinen Gruß zu entbieten. Er lachte vor sich hin. Als ich keinen Laut von mir gab, wurde er wieder ernst. »Am Ende werde ich dir noch zu Dank verpflichtet sein«, meinte er. »Aber eines interessiert mich ganz besonders.«

»Schieß los«, sagte ich.

»Meinem Schlamassel da, wie bist du dem auf die Spur gekommen?«, fragte er.

In Dankbarkeit erinnerte ich mich an Yildiz Turhan, die mir beigebracht hatte, wie man Lügen an der Körpersprache ablesen kann. »Ich hab noch nie von einem Drucker gehört, der um Mitternacht seine Leute ausschickt, um bei Theaterregisseuren fällige Rechnungen für Plakate einzutreiben. Und in manchen Situationen fährst du dir einfach zu oft durch die Haare und richtest sie schön nach hinten aus. Machst du das auch beim Pokern?«

»Verflucht«, schimpfte er noch einmal. Aus vollem Halse. »Ich lass den ausradieren«, drohte er dann. »Und sonst?«

Ich schaute zum Balkon. Tuğçe war nicht zu sehen. Trotzdem sprach ich nun etwas leiser. Denn es lag nicht in meinem Interesse, seine Berufsehre aufs Spiel zu setzen.

»Tuğçen Yavaş kannte dich nicht nur als Regisseur«, sagte ich.

Ali Mumcu setzte sein Gehirn in Bewegung. »Das Mädel, das du unter deine Fittiche genommen hast, muss ihre Freundin gewesen sein«, meinte er.

»Wenn du mal gegenüber in die Kanka-Bar gegangen bist, hast du sie sicher gesehen«, erwiderte ich.

»Mich soll der Teufel holen, wenn ich noch einmal einen Fuß in diese Straße setze«, sagte er.

Tuğçe kam durch die Balkontür ins Wohnzimmer zurück. Sie führte eine Hand zum Mund und deutete mit den Fingern eine Schere an. Ich beugte mich vor, griff nach der Zigarettenschachtel, die ich auf dem Beistelltisch abgelegt hatte.

»Ein letzter Besuch noch, was würdest du davon halten?«, fragte ich.

»Mach dich nicht lustig!«, antwortete Mumcu.

Nachdem Tuğçe sich ihre Zigarette angezündet hatte, wollte sie wieder zur Balkontür. Ich stoppte sie mit meiner freien Hand. »Feiern wir morgen doch in der Kanka-Bar den Geburtstag des Mädchens, das nicht mehr zu deiner Verabredung kommen konnte«, schlug ich vor. »Auch wenn sie selbst nicht mehr dabei sein kann. Könnte zugleich eine Abschiedsparty werden, wie sie einer Schauspielerin gebührt.«

Tuğçe sah mich mit weit aufgerissenen Augen an. Alles geht seinen Gang, bedeutete ich ihr mit einer Handbewegung, keine Angst.

»Der Zyprer nimmt das nicht krumm?«, fragte Mumcu.

»Woher denn«, sagte ich. »Freundschaft ist das eine, Geschäfte sind das andere.«

»Ich glaube, du planst da irgendein Ding«, vermutete Mumcu. »Okay, ich werde kommen. Nach all diesem Aufwand will ich deine Inszenierung nicht verpassen. Um wie viel Uhr?«

Ich entschied auf gut Glück. »Zehn Uhr, passt das?«

»Ist gut«, erwiderte er.

»Dann sehen wir uns also morgen«, sagte ich.

»Wir sehen uns dann«, bestätigte er, jetzt in freundschaftlichem Ton. »Wenn du aber wirklich ein Stück auf die Bühne bringen willst, dann mach eine ordentliche Generalprobe«, meinte er. »Denn eins ist sicher, bei jeder Uraufführung geht etwas schief.«

»Ich werde schon aufpassen.«

»Ich werde mal mit Tümer, dem Idioten, reden. Aber ich übernehme keine Verantwortung, wenn er so tut, als ob es ihn nichts anginge.«

»Ist nicht so wichtig«, erwiderte ich. »Es reicht, wenn er sich ein wenig bedrängt fühlt.«

»Das Mädel hat einen Aufpasser … Diese Masche könnte ganz nützlich sein«, schlug er vor.

»Damit kennst du dich besser aus«, erwiderte ich. »Wir sehen uns dann.« Ich legte auf.

»Die Geschichte mit der Geburtstagsfeier, wer hat sich das ausgedacht?«, fragte Tuğçe.

Ich nahm einen großen Schluck Kaffee. »Morgen ist doch ihr Geburtstag, dann lassen Sie uns ihn doch feiern«, antwortete ich.

»Ist das nicht etwas eigenartig?«, fragte sie.

»Wer weiß, vielleicht werde ich morgen Abend auf der Party mit dem Finger auf einen der Gäste zeigen«, antwortete ich.

»Ich soll auch kommen?«, fragte sie.

»Selbstverständlich«, antwortete ich. »Sie laden ein.«

»Das dürfte etwas komisch aussehen«, gab sie zu bedenken. »Ich kenne doch niemanden, das sind alles Fremde.«

»Keine Angst, meine Liebe«, erwiderte ich. »Alles Leute wie Sie und ich.«

»Und auf einen von ihnen werden Sie mir mit dem Finger zeigen?«

Ich leerte die Kaffeetasse in einem Schluck und drückte die Zigarette aus. »Hoffentlich zeige ich auf den Richtigen«, sagte ich so, als ob ich der Sache nicht größere Bedeutung beimessen würde als meiner Kraftfahrzeugsteuer, die ich noch nicht bezahlt hatte. Ich griff noch einmal zum Telefonhörer.

»Ich muss noch jemanden zu unserer Party einladen«, sagte ich zu Tuğçe, während ich wählte. Sie schüttelte den Kopf und ging auf den Balkon. Ihr Kaffee ist bestimmt längst kalt, dachte ich, trotzdem, eine wirklich nette Frau.

Am anderen Ende wurde wie immer sofort abgenommen. »Sofuoğlu Handelsgesellschaft«, meldete sich die Stimme von Kandemir Bey.

»Remzi Ünal hier. Kann ich mit Riza Bey sprechen?«, fragte ich.

»Ich verbinde sofort, Remzi Bey. Übrigens, die Sache mit der Überweisung ist erledigt«, sagte er.

»Haben Sie recht vielen Dank«, antwortete ich.

»Schreiben Sie noch eine Quittung über diese Zahlung? Sie wissen doch …«

»Ich gebe meinem Buchhalter die Anweisung dazu.«

»Herzlichen Dank, ich verbinde dann mit Riza Bey.«

Nach dem obligatorischen Knacken in der Leitung war Riza Beys Stimme zu hören. »Gibts was Neues, Remzi Bey?«, fragte er besorgt.

»Nicht wie Sie denken«, begann ich. »Ich rufe an, weil ich Sie morgen einladen wollte.«

»Was Sie nicht sagen, wirklich?«

»Unsere junge Freundin, die sich so frühzeitig von uns verabschiedet hat … Zu ihrem Gedenken richten wir eine kleine Geburtstagsfeier aus«, erläuterte ich. »Wir erwarten auch Sie dazu.«

»Mein Gott, von so etwas habe ich ja noch nie gehört«, entgegnete Sofuoğlu.

»Ich auch nicht«, sagte ich, blieb dabei aber ganz ernst.

Und als würde er die Antwort kennen, fragte er: »Also gut, und wo findet die Feier denn statt?«

»In der Kanka-Bar.«

»Was habe ich dort zu suchen?«, schimpfte Riza Sofuoğlu los. »Dort setze ich im Leben keinen Fuß hinein.«

Jeder hat seinen schwachen Punkt. »Wäre wirklich gut, wenn Sie kommen würden«, riet ich ihm. »Die Chancen stehen nicht schlecht, dass jemand da sein wird, den Sie sehr gerne sehen möchten.«

»Kommt Orhan?«

»Ich will nichts versprechen«, erwiderte ich. »Ich glaube aber, dass er kommen wird.«

Sofuoğlu überlegte einen Moment. Dann fasste er seinen Entschluss. »Die gottverdammte Bar … Erklären Sie mir, wie man da hinkommt?«

»Sie liegt in der Straße gegenüber vom Modehaus Vakko«, erwiderte ich. »Ziemlich am Ende, man geht die Straße runter, dann rechter Hand. Von der Straße aus geht man ein paar Stufen runter.«

»Wann?«

»Um zehn«, sagte ich lachend. »Und bringen Sie doch Kandemir Bey mit, der soll auch mal etwas von der Welt sehen.«

Er erwiderte nichts mehr, sondern brummte nur noch etwas und legte dann auf. Das nahm ich ihm nicht übel. Ich erhob mich und ging zum Balkon. Tuğçe hatte die Ellbogen auf das Geländer gestützt und betrachtete die Straße. Ich tat dasselbe.

Die Straße war ruhig. Die keifende Alte war nicht da, und auch keine Schüler auf dem Nachhauseweg. Selbst die Katzen, die sich neben den Mülleimern zusammengerollt hatten, erschienen träge. Unter einem der Autos, die auf beiden Seiten der Straße parkten, einem Renault Clio, kroch ein Hund hervor, genauso träge wie die Katzen. Er trottete auf den Müll zu. Die Katzen nahmen ihn überhaupt nicht zur Kenntnis. Der Hund durchstöberte einen schwarzen Müllsack, den man auf die Straße gestellt hatte. Als er nichts nach seinem Geschmack fand, trollte er sich wieder unter einen Audi und war nicht mehr zu sehen.

»Als ich ankam, war es mir höchst zuwider, diese Straße zu beobachten«, sagte Tuğçe. »Aber jetzt, jetzt habe ich ja nichts anderes zu tun.«

Ich sagte nichts darauf. Ich schaute vom Balkon nach unten. Man könnte von hier aus springen. Wenn man es richtig anstellen würde, würde man sich nichts verstauchen. Aber ich, ich könnte nicht springen. Warum sollte ich auch springen? Der Mensch muss da wieder herausgehen, wo er hineingegangen ist. »Ich muss jetzt los«, sagte ich.

»Wie Sie meinen«, sagte sie und richtete sich auf. »Lassen wir die ganzen Geschichten beiseite. Ich möchte mich bei Ihnen herzlich bedanken, dass Sie gekommen sind.«

»Bleiben Sie die ganze Zeit hier?«, erkundigte ich mich.

»Ja«, erwiderte sie.

Für Tuğçe erklärte ich den Weg zur Kanka-Bar ein zweites Mal. »Wenn vor morgen Abend etwas sein sollte, rufe ich an«, sagte ich dann.

»So verbleiben wir.«

Wir betraten das Wohnzimmer. Ich ging zur Haustür.

»Mit der Geburtstagsfeier, sind Sie sich da wirklich sicher?«, fragte sie, als ob ich noch nicht ganz überzeugt wäre.

»Ganz sicher«, erwiderte ich. »Ich gehe jetzt los und reserviere den Raum. So was kann man nicht am Telefon machen.«

Bevor sie mir die Wohnungstür aufmachte, gab sie mir die Hand. »Ich danke Ihnen wirklich sehr«, sagte sie. »Für alles.«

»Nicht so voreilig«, sagte ich. »Tun Sie das, wenn sich mein Fingerzeig als richtig erweist.«

Die Tür wurde hinter mir geschlossen. Niemand war auf dem Flur. Und wenn, dann wäre das auch nicht tragisch gewesen. Mit dem Gedanken, dass Tuğçe Yavaş mit großer Wahrscheinlichkeit eine schlechte Anwältin war, stieg ich die Treppe herunter. Sie hatte nicht einmal gefragt, ob ich im Besitz des Mobiltelefons ihrer jüngeren Schwester war. Oder sie hatte darüber irgendeine Vermutung. Wie ich. In meine eigenen Vermutungen verstrickt, betrat ich die Straße.

15

Den ganzen Weg zum Wagen pfiff ich vor mich hin. Er war immer noch da, wo ich ihn zurückgelassen hatte. Nicht geklaut, nicht verschoben, auch die Scheibenwischer waren noch dran. Bevor ich einstieg, schaute ich nach, ob vielleicht zwischen den Rädern irgendwo eine kleine Katze saß. Das war mir plötzlich in den Sinn gekommen. Ich machte die Fenster auf und ließ den Motor an. Unterwegs hörte ich keine Musik. Ich dachte nur nach. Das Parkhaus neben der Konzerthalle im Atatürk-Kulturzentrum war voll. Der Parkwächter am Tor wies mich nach unten. Auf dem untersten Deck fand ich gerade noch einen Platz. Ich hechtete die Treppen hinauf. An der Tür nach draußen kontrollierte ich meine Atmung. Sie war in Ordnung.

Der ganze Trubel am Eingang zur Istiklal Caddesi ging mir auf die Nerven. Deshalb bog ich gleich vor dem Französischen Konsulat rechts in die Gasse ein. Vor der Tür der öffentlichen Toiletten diskutierten zwei Männer. Sie verstummten, als ich vorbeikam. Am Ende der Gasse bog ich links ab. Ziemlich rasch marschierte ich die Gasse hinunter, achtete kaum auf meine Umgebung. Erst als ich mich der Kanka-Bar näherte, wurde ich langsamer. Unten, am Anfang der Gasse, blieb ich stehen und schaute hinauf.

Hakan Şükür hatte einen der Peddigrohrhocker oben an die Treppe gestellt und sich darauf niedergelassen. Sein ungeschlachter Körper wirkte auf dem niedrigen Hocker ziemlich deplatziert. Um das Gleichgewicht nicht zu verlieren, hatte er eines seiner dicken Beine ausgestreckt. Er trug noch dieselben Sachen wie bei unserer letzten Begegnung. Kam mir nicht vor, als könne er bei irgendjemandem einen guten Eindruck schinden.

Bis ich neben ihm stand, hatte er mich nicht einmal bemerkt. Wer weiß, was ihm alles durch den Kopf ging. Mit einem leichten Tritt gegen das Hockerbein riss ich ihn aus seinen Tagträumen. »He Meister«, sprach ich ihn an, »ist der Zyprer da drin?«

Er blickte hoch, und als er mich erkannte, weiteten sich seine

Augen. Aufgeregt wollte er sich erheben und fiel dabei fast um. Dann pflanzte er sich in seiner ganzen Pracht vor mir auf. »Du …«, stammelte er, als könne er es nicht glauben. »Du … du erscheinst hier immer noch auf der Bildfläche?«

Als ich seine Stimme hörte, war mir klar, warum er so einsilbig war. Sie klang wie die eines Eunuchen aus Hurrems Harem. Klar, der hatte bestimmt wieder viel gegrölt im Fußballstadion.

»Na was denn«, sagte ich. »Eure Jungs haben gestern Abend wohl den falschen Mann erwischt. Der ist abgehauen, ich bin noch hier.«

Er verstand den Witz nicht. Falls doch, hatte ich es nicht gemerkt. Es ging mich auch nicht viel an, ob er ihn verstanden hatte oder nicht. Dass er es aber für förderlich zu halten schien, mich am Eintritt zu hindern, und sich wie ein kleiner Berg vor mir aufbaute, kümmerte mich schon. Aufgeplustert, mit ausgestreckten Armen, stand er vor mir da. Ich bereitete mich auf mehrere Möglichkeiten vor.

Mein erster Gedanke ging zu einem Stoß vor die Brust, wie er bei einer klassischen türkischen Keilerei gerne eingesetzt wird. Dieser wäre für ihn höchst unvorteilhaft ausgegangen. Ein zeitlich gut abgestimmter *Tenkan* wirkte ebenfalls immer. Der riesige Körper wäre durch die eigene Schwerkraft an mir vorbeigeschossen und womöglich sogar zu Boden gegangen. Das hätte ihn ganz schön blamiert in der Straße.

Oder, wenn ich in dem Moment, in dem seine Hände meinen Oberkörper berühren würden, seine Handgelenke ergriffen und sie nach hinten verdreht hätte, ohne dass er sie hätte zurückziehen können, er wäre in die Knie gegangen. Das wäre kein schöner Anblick gewesen. Und hätte ihn in der Straße noch mehr blamiert.

Ich hätte auch im Stehen eine *Kokyu-ho*-Variante ausprobieren können. Dazu hätte ich seine Handgelenke ergriffen, sobald sie meine Brust berührten, hätte sie weit auseinander gezwungen, dann seinen rechten Arm nach unten und seinen linken Arm nach oben rechts gedrückt, bis er das Gleichgewicht verloren hätte. Das hätte ihn seitlich zu Fall gebracht.

Dass er mein Handgelenk packen könnte, kam mir gar nicht in den Sinn. Dann wären die *Shihonage* und *Tekagamis* zum Zuge gekommen, und am Schluss hätte es einige Loopings und Bodenwürfe gegeben. Wenn das jemand mitbekommen hätte, dann hätte seine Karriere als Türsteher, die nur auf physischer Gewalt basierte, ein abruptes Ende genommen.

Meine gedankliche Vorbereitung war mir wohl vom Gesicht abzulesen. Hakan Şükür probierte überhaupt nichts. Er sah mich nur finster an. Und war immer noch aufgeplustert. Er konnte sich nicht entscheiden. Ich traf die Entscheidung an seiner Stelle. Wenigstens sollten die Leute auf der Straße nichts mitbekommen. Ich fragte noch einmal: »Ist der Zyprer drin? Ich habe was Geschäftliches mit ihm zu besprechen.« Vielleicht war »geschäftlich« das Zauberwort.

Hakan Şükür blickte mir direkt in die Augen und machte eine Kopfbewegung zur Tür am Fuße der Treppe.

Beim ersten Schritt nach unten sagte ich: »Vielen Dank!« Ich hörte, dass er mir folgte, schaute mich aber nicht um. Es freute mich, dass er kam. Die mächtige Stahltür war nur angelehnt. Ich stieß sie auf. Hinter mir ließ ich sie einen Spalt offen, damit er mir folgen konnte.

Hinter der Bar war niemand. Auch auf den Hockern an den Tischchen mit den Kupfertabletts saß niemand. Und auch die kleine Bühne war leer.

Ich drehte mich um und grinste Hakan Şükür an. Er zuckte die Achseln. Dann teilte er wortlos den Perlenvorhang und betrat das Hinterzimmer, das ich nicht einsehen konnte. Ich lehnte mich an die Theke, holte meine Zigaretten aus der Tasche und steckte mir eine an. Vielleicht schaffte ich es ja diesmal, hier einen Kaffee zu trinken. Durch den Perlenvorhang kam der Zyprer zum Vorschein, mit einer Bierflasche in der Hand. Mit dem Handrücken fuhr er sich über die Lippen, bevor er sich mir gegenüber auf die andere Seite der Theke stellte.

Der Mann kannte das Geheimnis eines gepflegten Dreitagebartes, hatte heute aber kein Gel in den Haaren. Er trug ein unbedrucktes weißes T-Shirt und über den Schultern ein weißes Jackett. Ein leichtes, gut sitzendes Jackett. Hakan Şükür hatte sich neben dem Durchgang mit dem Perlenvorhang aufgebaut.

»Wohl bekomms«, sagte ich.

»Willst du auch eins?«, fragte er, indem er die Bierflasche leicht anhob. Ich empfand etwas Herablassendes in dieser Bewegung.

»Danke«, erwiderte ich. »Aber über einen Kaffee würde ich mich freuen.«

Er überlegte kurz. Dann gab er Hakan Şükür ein Kopfzeichen. Mit einer Gewandtheit, die man ihm nicht zugetraut hätte, sprintete der grobschlächtige Riesenkerl nach hinten.

»Weißt du was?«, fragte der Zyprer und lehnte sich genauso wie ich über die Bar. Kaum noch eine Handbreit Platz war jetzt zwischen uns verblieben. »Bist du bescheuert oder bist du mutig? Das habe ich noch nicht kapiert.«

»Von beidem ein wenig«, antwortete ich.

»Solange du nicht masochistisch veranlagt bist …«

Ich spürte, dass mein nur widerstrebend gefällter Entschluss nun unverrückbar feststand. Offensichtlich war die Gelegenheit, die Unterhaltung allein mit Worten zu bestreiten, schon verstrichen. Ich betrachtete meine Zigarette, als würde ich darüber nachdenken, ob ich nun masochistisch veranlagt sei oder nicht. Der Zyprer kam mir zuvor. »Letztes Jahr hatten wir hier einen alten Knacker in der Straße«, begann er. »Der war ganz heiß auf Prügel. Nach jeder Tracht kam er mit blutiger Nase wieder angeschlichen. Hakan Şükür hat sich prächtig amüsiert.«

»Jeder amüsiert sich eben anders«, sagte ich. »Ich bin gekommen, um etwas Geschäftliches zu besprechen.«

»Was habe ich denn mit dir zu besprechen?«, fragte er.

Der Perlenvorhang geriet in Bewegung. Hakan Şükür kam herein, in der Hand eine Tasse Kaffee. Er hielt mir die Tasse hin. Der Filterkaffee drinnen im Hinterzimmer war also schon fertig gewesen. Ich legte meine Zigarette in den Aschenbecher auf der Theke, nahm mit der linken Hand die Tasse entgegen und stellte sie auf der Theke ab.

»Danke«, sagte ich und streckte meine Linke aus, als wolle ich ihm die Hand schütteln. »Danke für die Mühe.« Verwirrt gab Hakan Şükür mir seine Hand. Das hätte er nicht getan, wenn er gewusst hätte, was kommen würde.

Im Geiste bat ich zuerst Morihei Ueshiba, dann alle anderen *Senseis* dieser Welt um Entschuldigung für das, was ich jetzt tun würde. Der Griff hieß *Koosa nikyo ura,* glaube ich.

Als Hakan Şükürs Hand in meiner lag, drehte ich mein Handgelenk ein wenig, sodass er zupacken musste. Und er packte zu. Mit meiner Rechten fixierte ich seine Finger an meinem Handgelenk, die Finger meiner linken Hand umfassten sein Handgelenk. Er hatte breite Gelenke, aber meine Finger waren lang und diese Art von Griffen gewohnt.

Mit aller mir zur Verfügung stehenden Kraft, wie ich sie beim Training nie angewendet hätte, drückte ich – tut mir Leid – nach unten. Seine Augen weiteten sich. Damit es ihm nicht noch mehr wehtat, ging er in die Knie. Ich gab seiner schwächlichen Vorstellung noch einen drauf und knallte ihm mein linkes Knie mitten ins Gesicht. Schon einmal hatte ich diese Technik angewendet, aber damals die korrekte Bezeichnung noch nicht gekannt. Jetzt lag der grobschlächtige Riesenkerl flach auf dem Boden. Er hatte die Hände vor dem Gesicht. Ich glaubte nicht, dass er das Bewusstsein verloren hatte. Vielleicht schämte er sich.

Ich ging zur Bar zurück. Links hielt ich die Zigarette, mit der Rechten nahm ich die Kaffeetasse und trank einen Schluck. Ich verzog das Gesicht. Der hatte lange in der Maschine gestanden. »Können wir jetzt reden?«, fragte ich den Zyprer.

Anstatt mir zu antworten, drehte der sich rasch nach links und bedeutete mir mit der Hand, stehen zu bleiben. Dann drehte er sich genauso rasch wieder zurück.

Gerade als er mit einem Hocker in der Hand auf mich losstürmen wollte, blieb Hakan Şükür wie angenagelt stehen. Seine Nase blutete, der arme Kerl. Der hätte mich umgebracht.

»Schluss jetzt«, befahl der Zyprer. »Geh und wasch dir das Gesicht. Ich regle das hier.«

Als sei nichts vorgefallen, wandte er sich wieder mir zu. Jetzt hatten wir uns offiziell miteinander bekannt gemacht.

»Du sagtest, es gebe da etwas zu klären«, meinte er und nahm noch einen Schluck aus seiner Flasche. Hakan Şükür stellte den Hocker wieder hin und verdrückte sich durch die Tür, ohne noch einmal in unsere Richtung zu schauen.

Ich zog an meiner Zigarette. »Ist das Mädchen nicht da?«, fragte ich, als sei nichts vorgefallen.

»Dein Anliegen hat doch nichts mit ihr zu tun, oder?«

»Nein«, sagte ich. Aber so, dass klar war, dass ich eine Antwort erwartete.

Der Zyprer ging mir auf den Leim. »Heute ist sie nicht aufgetaucht«, entgegnete er, »vielleicht ist sie krank.«

»Heute Morgen haben wir uns gesehen, sie zieht sich viel zu dünn an.«

Der Zyprer nahm noch einen Schluck Bier. Ich schob die Tasse neben den Aschenbecher. Wieder war es mir nicht vergönnt, hier einen anständigen Kaffee zu trinken.

»Ich hoffe, du bist nicht böse auf sie wegen dieser Sache gestern.«

»Nein, nicht wegen gestern. So was passiert ab und zu. Aber ich bin verärgert, weil sie mir eine Knarre vor die Nase gehalten hat.«

»Sieh mal an!« Der Zyprer verzog den Mund zu einem Lächeln. »Wo hat sie die denn her?«

»Hat sie wohl von einem Freund«, entgegnete ich.

»Die Knarre ist aber nicht losgegangen, was?«

»Losgegangen nicht«, sagte ich, »aber ich hab sie ihr abgenommen, für alle Fälle.«

»Gut gemacht«, sagte der Zyprer, »Mädchen sollten auch nicht mit Knarren rummachen.«

»Wenn das so ist, warum hat ihr dann der Freund das Ding gegeben?«

»Vielleicht ist dem Freund etwas von einer Razzia zu Ohren gekommen«, entgegnete der Zyprer.

Ich grinste verständnisvoll. Jeder Berufsstand hatte so seine speziellen Verbindungen. »Verstehe. Aber nun weiß ich nicht, wohin damit.«

»Gib sie doch dem Besitzer zurück«, schlug er vor.

»Der kann seine rechte Hand für längere Zeit nicht gebrauchen«, sagte ich. »Und außerdem kenne ich da Leute, die sind außerordentlich interessiert an dem Ding.«

»Nicht doch, was du nicht sagst.« Zum ersten Mal verzog er angewidert das Gesicht, weil ich etwas wirklich Unangenehmes gesagt hatte.

»Vorgestern ist in einer Wohnung in Moda mit einer Knarre gleichen Kalibers geschossen worden.« Er nickte wissend. Ich redete weiter. »Du weißt, das Ergebnis war höchst unerfreulich. Es könnte jemand auf die Idee kommen, dass eben jene Knarre, die ich jetzt bei mir habe, das angerichtet hat.«

»Die hat den Bosporus nicht überquert«, sagte er. »Das merken die sofort.«

»Weiß ich doch«, antwortete ich, »aber es braucht Zeit, um das rauszukriegen. Sie kommen ein paar Mal hierher. Sie stellen Fragen. Du weißt doch, fünfzig Mal stellen die dieselbe Frage. Und solange da noch ungeklärte Fragen herumschwirren, kann das eine oder andere Geschäft schon mal in die Hose gehen. Eine Hand wäscht die andere.«

»Da hast du Recht, könnte in die Hose gehen«, sagte der Zyprer.

»Ich möchte nicht, dass du denkst, ich würde mich in Dinge einmischen, die mich nichts angehen. Manche Vereine sind gemeinnützig, andere nicht. Was gehts mich an? Aber Leute können reden. Oder zum Reden gebracht werden«, sagte ich.

»Komm zur Sache!«, forderte der Zyprer mich auf.

»Da komme ich langsam, aber sicher hin«, entgegnete ich und

nahm noch einen Zug. »Ich kenne da jemanden, der hat dem Verein eine größere Spende versprochen«, begann ich.

»Scheint ein guter Mensch zu sein«, sagte der Zyprer.

»Sagen wir es mal so, der, der ihn überredet hat, hat außerordentliche Überzeugungskraft«, erwiderte ich.

Der Zyprer gab keine Antwort. Er wollte noch einen Schluck Bier nehmen, pfefferte die Flasche aber unter die Theke, als er sah, dass sie leer war. »Ich hab die Schnauze voll von diesem Gequatsche«, sagte er. »Sag endlich, was du von mir willst.«

»In Ordnung, du streichst Ali Mumcus Schulden, und ich vergesse, dass ich die Knarre gesehen habe.«

»Hier geht es um viel Geld«, sagte der Zyprer.

»Du gewinnst aber mehr«, erwiderte ich. »Und sieh mal, von Orhan Sofuoğlu rede ich hier gar nicht. Sein Vater probt den Aufstand.«

»Der Arsch soll sich verpissen.«

»Finde ich auch. Aber den halte ich schon in Schach. Der will doch nur mit eigenen Augen sehen, dass sein Sohn nicht in der Scheiße steckt.«

»Gib mir mal eine Zigarette«, sagte der Zyprer.

Er musste wohl nachdenken. Ich nahm meine Schachtel aus der Tasche und warf sie auf die Theke. Ganz langsam und vorsichtig, als handle es sich um einen Diamanten, nestelte der Zyprer eine Zigarette heraus. Er rollte sie zwischen den Fingern, um den Tabak zu lockern, und steckte sie in den Mund. Unter der Theke holte er Streichhölzer raus.

»Pass auf, du steckst sie verkehrt rum an«, sagte ich.

Er fixierte meinen Blick und drehte die Zigarette um. »Okay, einverstanden«, meinte er schließlich. »Aber ich will diesen Idioten von Theaterregisseur danach nie wieder sehen.«

»Ein letztes Mal wirst du ihn noch sehen müssen«, sagte ich.

Nachdem er die Zigarette angesteckt hatte, wedelte er das Streichholz mit großkotzigen Bewegungen aus. »Morgen Abend treffen wir uns hier«, sagte ich. »Es wird eine geschlossene Gesellschaft sein, die Bar bleibt zu für eine Geburtstagsparty.«

»Wessen Geburtstag? Aus dem Alter bist du doch raus.«

»Für das in Moda ermordete Mädchen. Ihre ältere Schwester ist hier. Wir sollten uns alle mal treffen, haben wir gedacht.«

»Wie viele Leute?«

»Nicht so viele, Verlierer haben nicht viele Freunde in diesem Land.«

Der Zyprer sah mich misstrauisch an. Seine Hand näherte sich der Zigarette im Aschenbecher, dann entschied er sich anders. Verschwand hinter der Bar und kam mit einer neuen Flasche Bier wieder zum Vorschein. Unter der Theke kramte er einen Öffner hervor. »Willst du auch was?«, fragte er mich.

»Nein danke, auch keinen Kaffee mehr.«

Ich beobachtete ihn, wie er die Flasche an den Mund setzte.

»Da soll aber nicht irgendeine Scheiße bei herauskommen«, meinte er und wischte sich den Mund ab.

Ich tat so, als hätte ich seine Bedenken nicht bemerkt. »Sag ihr Bescheid, deine Bardame soll auch kommen«, sagte ich. »Und Orhan auch. Sie war ja mit beiden befreundet.«

Der Zyprer tat so, als bliebe ihm nichts anderes übrig, als meinen Optimismus zu teilen. »Um wie viel Uhr kommen die?«

»Um zehn«, erwiderte ich.

Er nahm noch einen Schluck Bier. Als bliebe ihm nichts anderes übrig, als sich über die Situation zu amüsieren, fragte er mit einem sarkastischen Lachen: »Und wer besorgt den Kuchen?«

»Es gibt keinen Kuchen«, antwortete ich. »Jeder wird sich mit dem begnügen, was ich an Geschenken verteile.«

Es herrschte starker Feierabendverkehr. Als ich den Barbaros Boulevard hinauffuhr, wurde das Klappern unter meinem Auto wieder stärker. Ich kümmerte mich nicht darum, machte stattdessen das Radio an, um das Scheppern zu übertönen. Ohne eine einzige Zigarette erreichte ich das Vereinslokal mit dem *Dojo,* in dem ich das Mädchen, das neu angefangen hatte, zum ersten Mal gesehen hatte. Bis zum Training war noch eine halbe Stunde Zeit.

Ich warf meine Sporttasche über die Schulter und ging in das Café, in dem wir uns vor dem Training immer trafen. Mein Freund aus der Werbebranche saß allein an einem Tisch. Ein schlankes Glas mit Tee stand vor ihm.

Er begrüßte mich sichtlich erfreut. »Mein Guter, du bist ja wirklich gekommen!«, rief er schon von weitem.

»Na klar«, sagte ich, ließ die Tasche zu Boden fallen und zog mir einen Stuhl heran.

»Die Meister sind noch nicht da.«

»Die werden schon noch kommen«, beruhigte ich ihn.

»Trink einen Tee«, sagte er.

»Nicht jetzt, zum Tee muss ich immer eine Zigarette rauchen.«

Er nahm einen Schluck. »Sieht sie gut aus?«, fragte er dann.

»Wer?«

»Die Frau heute, so gut wie ihre Schwester?«

»Nicht schlecht«, antwortete ich. »Reifer.«

»Das konnte man hören, so wie die geredet hat«, sagte er. »Und, wie geht die Sache voran?«

»Es gibt da keine Sache«, sagte ich. »Es ist wie immer, Tote bleiben unter sich.«

»Recht hast du«, sagte er und blickte plötzlich aufgeregt zum Eingang. »Sie sind da!« Durch die Schwingtür – so eine wie in Cowboyfilmen – betraten Mustafa Hodscha und unser *Sensei* das Café und schauten sich um.

Beide hatten Sporttaschen, größer als meine. Beide zentrierten nach jahrelanger Übung ihr *Hara* nahe am Boden. Wir erhoben uns. Als sie uns erblickt hatten, kamen sie lächelnd an unseren Tisch. Wir schüttelten uns die Hände und setzten uns.

Mustafa Hodscha war ein Mann mit einem äußerst liebenswerten Gesichtsausdruck, wie man ihn von einem Ausbilder für fernöstlichen Kampfsport nicht unbedingt erwartet hätte. Ein Van-Dyke-Bart zierte sein Kinn. Er hatte die längsten Haare und das sportlichste Outfit von uns. Niemand bestellte etwas, als der Kellner herbeigekommen war.

»Bist du bereit?«, fragte unser *Sensei* meinen Freund.

»Ich bin bereit«, erwiderte der. Und blickte mich kampfentschlossen an. Ich war mit meinen Gedanken woanders.

»Haben Sie auch bald Prüfung?«, fragte mich Mustafa Hodscha.

»Morgen«, antwortete ich.

Alle drei sahen mich verblüfft an. Ich schlug mir mit der Hand vor die Stirn, um zu zeigen, dass ich nicht ganz bei der Sache gewesen war. »Äh, nein, morgen habe ich einen wichtigen Termin«, erklärte ich. »Ich war gerade mit den Gedanken bei diesem Termin.«

»Und sind Sie bereit?«, fragte mich Mustafa Hodscha.

Bin ich bereit? Bin ich bereit, fragte ich mich. Werde ich die Schuld des Mädchens, das neu angefangen hatte, restlos begleichen können?

»Ich hoffe, ich gewinne nicht«, sagte ich.

»Dann wünsche ich Ihnen, dass Sie nicht gewinnen«, sagte Mustafa Hodscha.

Wir brachen auf.

Ich blieb absichtlich etwas zurück, als die anderen zum Umkleideraum gingen. Vor der Damenkabine blieb ich stehen. Die Tür war nicht ganz geschlossen, trotzdem klopfte ich. Die Frau, die sich um den Damenumkleideraum kümmerte, kam heraus. Sie trug eine hellblaue Uniform. Und ein Kopftuch.

»Entschuldige mal bitte, Schwester«, sagte ich.

»Ja bitte?«

Besser, ich hätte sie nicht so vertraut angesprochen, dachte ich. »Erinnerst du dich? Neulich hat hier eine junge Frau mit uns trainiert.«

»Ja, ja!«, sagte sie. »Die ist ermordet worden.«

»Leider.«

Sie faltete die Hände und blickte zu Boden.

»Sie soll dir ein, zwei Fragen gestellt haben«, sagte ich.

»Jawohl, mein Herr.« Sie errötete leicht. »Hätte ich doch den Mund gehalten!«

»Nicht so wichtig! Was hat sie denn genau gefragt?«

Die Frau wandte ihr Gesicht etwas ab, bevor sie zu sprechen begann. »Sie hat gefragt: ›Kennst du den Mann mit der Visage?‹« Sie lächelte verschämt.

Mir war klar, was sie geantwortet hatte, deshalb bohrte ich da nicht weiter. »Sonst hat sie nach niemandem gefragt?«

»Nein«, erwiderte die Frau. Sie hielt ein, als genierte sie sich, als gäbe es da noch etwas zu erzählen.

»Ja?«, sagte ich eine Spur ungehalten.

»Da ist jemand vorbeigekommen und hat einen Blumenstrauß abgegeben.«

»Ja?«, sagte ich in gleichem Tonfall.

Die Frau vom Umkleideraum für Damen war jetzt richtig beunruhigt. Ängstlich schaute sie sich um. »Das erzählen Sie aber nicht weiter, mein Herr, beim Leben meines Mannes!«

»Ich sags nicht weiter«, versicherte ich.

»Ich hab die Blumen, die sie weggeschmissen hat, aus dem Müll geholt und mit nach Hause genommen«, gestand sie. »Als alle weg waren.«

Ich wurde aufgeregt. Das könnte morgen alles leichter für mich machen. »Lag bei den Blumen eine Karte?«, fragte ich sie.

Jetzt fühlte sie sich überhaupt nicht mehr wohl in ihrer Haut, sank in sich zusammen. »Da war eine, aber die hab ich auf dem Nachhauseweg weggeworfen, mein Herr«, sagte sie. »Wenn mein Mann die gesehen hätte, der hätte mich umgebracht.«

Was solls, da war nichts mehr zu machen! Ich zog die größte Banknote heraus, die ich in meiner Börse fand, und gab sie der Frau. Jetzt wurde sie richtig rot. Diesmal vielleicht aus Freude.

Mein Freund aus der Werbebranche war völlig aufgeregt im Umkleideraum. Ohne die unter nackten Männern an solchen Orten üblichen Witzchen zogen wir uns um. Das kam mir gelegen. Gemächlich, ohne ein Wort zu sagen, kleidete ich mich an.

Auf der Matte begannen wir hin und her tänzelnd mit dem Aufwärmen. Niemand da heute, der noch keinen *Gi* hatte. Anfänger kamen ja nicht so häufig. Na ja, manchmal schauen sie zu, besonders die ganz Jungen sehen sich immer mit einer Mischung aus Neugier und Sehnsucht die Kampfanzüge und *Hakamas* an. Und wir, wir nehmen sie in unsere Mitte und machen weiter mit Würfen. Und dann kommt irgendwann mal wieder ein Neuer. Manche von ihnen bleiben, andere lassen sich nicht mehr blicken.

Demonstrativ, als würde schon allein seine Gangart uns etwas vermitteln, schritt Mustafa Hodscha vor das Bild von Ueshiba. Sofort wurden wir ernst und stellten uns zur Begrüßung in einer Reihe auf. Das Training fing an.

16

Es wurde ein hartes Training.

Zuerst gingen mein Freund aus der Werbebranche und ich uns als Übungspartner an. Dann trainierte ich mit einem Oberschüler, der seine Grifftechnik härter einsetzte als wir Gegner mittleren Alters …

Ein-, zweimal kam Mustafa Hodscha herbei und korrigierte unsere Hand- und Armhaltung. Dann schickte ich wieder meinen Freund zu Boden. Und er mich. Er war bemüht, sich nicht zu verausgaben, um Kräfte für die Prüfung zu sparen. Ich passte mich an und erlaubte ihm Atempausen, wenn er zwischen den Würfen am Boden lag.

Ab und zu ging mein Blick zum Spiegel. Da ist er, Remzi Ünal … Er greift an … Sein Gegenüber saugt den Angriff wie ein Schwamm auf, absorbiert die Kraft, leitet sie in eine Drehung um und gibt sie zurück. Da ist er, Remzi Ünal am Boden … Bewegungsunfähig. Rührt sich nicht, schlägt dann mit der flachen Hand ein paar Mal leicht auf die Matte, und der Gegner löst seine Fessel. Sie stehen auf. Der andere greift Remzi Ünal an.

Mustafa Hodscha unterbrach das Training. Wir grüßten uns. Er demonstrierte mit unserem *Sensei* als Partner einen neuen Griff.

Beim Fallen und Aufstehen stellte ich mir die Frage, ob ich vorbereitet war auf die Prüfung morgen. Es würde eine Prüfung werden, ohne Zweifel. Das war ja immer so. Sie wehrten sich immer. Sie stellten Fragen, sie widersprachen, um eine Schwachstelle zu finden.

Fragen, auf die ich eine Antwort wusste, beantwortete ich, die anderen tilgte ich aus meinem Gedächtnis. Meistens schluckten sie das. Nicht, weil sie es schlucken mussten, sondern weil sie keinen Widerstand mehr leisten konnten. Es war immer schwierig, für uns alle schwierig.

Mustafa Hodscha unterbrach das Training noch einmal. Diesmal zeigte er einen Griff, der in der Prüfung drankommen würde. Noch einmal grüßen. Mein Freund widmete sich nun mit noch größerer Aufmerksamkeit der Aufgabe, mich zu Boden zu schicken. Sie galt nicht mir, sondern jedem Detail seiner Bewegungsabläufe.

Zunächst einmal würden alle den Mund halten, morgen Abend. Sie würden einander fragend ansehen. Sie würden sich als Schicksalsgenossen fühlen, die sich eigentlich nicht besonders gut kannten.

Der Zyprer wird wahrscheinlich erst mal nur herummaulen. Er wird so tun, als gingen ihn all diese Leute und die ganze Sache nichts an, als sei er nur dabei, weil ihm der Laden gehört. Das würde ihm aber nicht glücken.

Şeyda Tapan würde sich als Gast ebenso wie auch als Gastgeberin gebärden. Sie würde zunächst immer öfter hinter der Bar hervorkommen, schließlich vorne bleiben. Würde sich am stärksten für Ali Mumcu interessieren.

Ali Mumcu würde derjenige von uns sein, der sich anscheinend am besten amüsiert. Er würde seinen Spaß haben an einem Abend, an dem er Raki trinken konnte, ohne zu zahlen. Und er würde bemüht sein, dem Zyprer auszuweichen.

Hakan Şükür, etwas geknickt in seiner Ehre, würde regungslos irgendwo dicht neben der schweren Stahltür am Eingang stehen.

Riza Sofuoğlu, innerlich fluchend und sich fragend, was zum Teufel er hier verloren habe, würde seine Augen ständig auf die Tür richten und auf seinen Sohn warten. Eine freundschaftliche Regung von ihm hätte, wenn überhaupt, nur Tuğçe Yavaş zu erwarten.

Tuğçe Yavaş würde nach und nach zu der Überzeugung gelangen, dass es besser sei und vielleicht auch amüsanter, dort zu sein, als allein zu Hause herumzusitzen, und würde ihre anfängliche Trauerstimmung langsam überwinden.

Kandemir Bey würde die ganze Zeit finster darüber nachgrübeln, warum ihn sein Chef bloß hierher gebracht hatte, und sich einen Kürbiskern nach dem anderen in den Mund schieben.

Und ich, ich würde als der Buhmann auf der Bildfläche erscheinen, der alles weiß, der aber nur die Hälfte davon preisgibt, und der sich mit dem, was er sagt, anschickt, das Leben anderer Leute zu verändern.

Orhan Sofuoğlu jedoch würde später als wir alle in der Kanka-Bar eintreffen. Ganz der Vater. Im Gegensatz zu ihm würde er ein höchst erbärmliches Erscheinungsbild abgeben.

Tuğçen Yavaş brächte es fertig, unter uns zu sein, ohne bei uns zu sein.

Mustafa Hodscha stoppte das Training und wir stellten uns wieder vor ihm auf. Wir dankten ihm, dass er mit uns trainiert hatte, hoben zuerst den rechten, dann den linken Arm. Wir alle verneigten uns, ohne den Blick von seinem Gesicht abzuwenden. Er erwiderte unseren Gruß. Wir gingen aber noch nicht, wie sonst nach dem Training.

Es ist gut, anderen zuzuschauen, wenn sie eine Prüfung ablegen. Nicht so gut ist es, für einen anderen in einer Prüfung den *Uke* abzugeben. Mustafa Hodscha saß majestätisch im *Seiza* und rief meinen Freund aus der Werbebranche mit Namen. Dieser kam mit einem gut einstudierten *Shikko* vor den Hodscha. Sie grüßten sich.

»Mae ukemi!«, befahl Mustafa Hodscha. Mein Freund erhob sich und machte eine Rolle vorwärts.

Würde ich der sein, der morgen in der Kanka-Bar die erste Rolle macht?

Schon am Vortag war in der Bar »Wer war der Mörder?« gespielt worden. Würde ich es fertig bringen, so wenig Erbarmen an den Tag zu legen, dass ich ihnen vorschlagen konnte, das gleiche Spiel noch einmal zu spielen? In Tuğçes Augen würde sich plötzlich ein Funken Widerstand zeigen. Würde ich diesem mit einer kleinen, aber selbstbewussten Kopfbewegung Einhalt gebieten können? Ziemlich sicher, ich würde es hinkriegen.

Dem Zyprer würde das Spiel gefallen. Er könnte zum Beispiel behaupten: »Sie muss ihren Mörder gekannt haben. Sie hat ihm doch selbst die Tür aufgemacht.«

Ich weiß, dass sich ein Türschloss unbeschädigt und ohne dass der Eigentümer es mitbekommt, öffnen lässt. Ich würde trotzdem schweigen.

Dann würde er mir zuzwinkern und sagen: »Es kommt also jeder von uns hier im Raum infrage …«

Die Feststellung, dass Tuğçen ihren Mörder gekannt haben musste, würde bei allen Teilnehmern der Geburtstagsparty ein seltsames Gruppengefühl auslösen. Alle würden sich am Tresen versammeln. Und zuerst würde jeder Einzelne versuchen, zu beweisen, warum gerade er oder sie es nicht gewesen sein konnte.

Ali Mumcu würde sich, schon jetzt mit reichlich schwerer Zunge, ins Gespräch einmischen. »Nach dem, was in der Zeitung stand, denkt die Polizei auch in diese Richtung. Ja mehr noch, ich bin sicher, die glauben, es war ihr Liebhaber.«

Şeyda Tapan würde ihm ins Wort fallen. »Tuğçen hatte keinen Liebhaber. Das habe ich doch schon gesagt, wenn sie einen gehabt hätte, hätte ich das gewusst.«

»Ushiro ukemi!«, befahl Mustafa Hodscha. Mein Freund aus der Werbebranche stoppte seine Vorwärtsrollen über die rechte und linke Schulter und machte eine Rückwärtsrolle. Die Rückwärtsrolle war meines Erachtens nicht so gut. Meine auch nicht.

Jetzt würde sich Kandemir Bey zum ersten Mal einmischen. Vor Aufregung wäre er ganz rot im Gesicht. Riza Sofuoğlu wäre verärgert, würde ihn unverwandt anstarren. Kandemir Bey würde das gar nicht bemerken, vielleicht, weil er schon einen doppelten Raki getrunken hatte. »Also, was ich gehört habe, das heißt, ich habe es auch in der Zeitung gelesen, in der Wohnung haben sich zwei Frauen gestritten …«

Hurrem Sultan und Daye Hatun, würde ich zu mir sagen.

Tuğçe und ich würden einander anblicken. Ich aber würde weiter schweigen. Die Sultansmutter, der Padischah, die Eunuchen oder eine andere Haremsdame hätten den Streit mit angehört haben können. Şeyda würde sich mir zuwenden. »Sie hatten mich nach einem Ayhan gefragt. Wer soll das sein?«

»Ich bedanke mich«, sagte Mustafa Hodscha. »Nun such dir einen *Uke* aus.«

Mein Freund blickte mich an. Die anderen, die mit uns im *Seiza* in einer Reihe saßen, rührten sich nicht. Mit einem *Shikko,* dem man ansah, dass ich nicht besonders motiviert war, bewegte ich mich nach vorne, und setzte mich neben ihn. Zuerst grüßte ich Mustafa Hodscha, dann meinem Freund.

»Kokyu ho!«, befahl Mustafa Hodscha.

Wir drehten uns, bis wir uns gegenübersaßen. Im Fersensitz ergriff ich seine Handgelenke. Ein Ernst lag in seinem Gesicht, wie ich ihn noch nie wahrgenommen hatte.

»Wo haben Sie den Audi geparkt?«, könnte ich dann möglicherweise Tuğçe fragen. Jeder, der dachte, dies sei eine wichtige Frage, würde uns ansehen.

»Ich bin mit dem Taxi gekommen«, würde Tuğçe antworten. »Wieso fragen Sie?«

»Sie wissen, dass ich Tuğçen am Abend, als sie ermordet wurde, nach dem Training im Auto mitgenommen habe«, würde ich so laut sagen, dass alle es hören konnten. »Ein Wagen hat uns bis nach Etiler verfolgt. Tuğçen sprach von jemandem in einem Audi. Jemand, der Ayhan heißt. Ich habe keinen Audi gesehen, aber Tuğçen hat darauf beharrt.«

Tuğçe würde vor sich hinstarren.

»Und wer ist dieser Ayhan?«, würde der Zyprer fragen.

»Jemand, der denkt, Tuğçen gehöre ihm«, würde ich antworten. »Sie hat es selber so ausgedrückt.«

Als habe sie einen Entschluss gefasst, würde Tuğçe jetzt den Kopf heben und das Wort ergreifen. »In meinem Führerschein«, würde sie sagen, »steht Tuğçe Ayhan Yavaş. Mein Vater hatte einen seltsamen Geschmack, was Namen angeht.«

Riza Sofuoğlu würde den Kopf schütteln, als wolle er sagen, was gibt es nur für Väter. Tuğçe würde fortfahren. »Im Alltag haben wir die Namen Ayhan und Beyhan nie benutzt. Sie klingen ja auch wie Jungennamen. Warum ich Tuğçen in dem Moment mit diesem

Namen eingefallen bin, keine Ahnung. War wohl ein theatralischer Auftritt, den sie da abgezogen hat.«

»Sie waren das also nicht, die ihr gefolgt ist, versteh ich das richtig?«, würde Şeyda fragen. »Dass Sie ihr finanziell geholfen haben, weiß ich. Tuğçen glaubte vielleicht, dass Sie sie deshalb kontrollieren wollten.«

Alle würden Tuğçe ansehen, eine Antwort fordernd. Sie würde erröten. »Gut, ich habe einen Audi. Stimmt. Und einer meiner Namen ist Ayhan. Stimmt. Aber ich bin ihr nicht nachgefahren. Ich weiß nicht mal, wo sie beim Training war. Und ob sie Aikido oder was überhaupt gemacht hat, weiß ich auch nicht. Ob Sie es glauben oder nicht. Ich war in Izmir.« Und wütend, kaum um Fassung bemüht, würde sie Şeyda anfahren. »Hätte ich sie doch nur kontrolliert, wie Sie behauptet haben. Dann wäre alles nicht so ausgegangen.«

Der Grund unseres Zusammenseins würde nach diesen Worten allen wieder bewusst sein. Stille würde sich breit machen. Mir würde es egal sein, ob die anderen Tuğçes Worten Glauben schenkten oder nicht. Meiner Absicht käme es entgegen, ihr zu glauben.

»Shomen uchi ikkyo!«, befahl Mustafa Hodscha. *»Omote, ura!«* Einen Augenblick lang konnte ich mich nicht mehr daran erinnern, wie ich den Angriff auszuführen hatte. Meine Gedanken waren woanders. Ich grübelte, ob die Übung stehend oder am Boden ausgeführt wurde, und ich sah meinen Freund an. Er war nicht aufgestanden. Mit seinem rechten Arm soufflierte er mir den Auftakt. Da fiel es mir wieder ein. Ich holte tief Atem und griff an.

»Schluss mit dem Blödsinn«, würde Riza Bey sagen. »Ayhan oder Beyhan oder was auch immer, Schluss damit. Wir hauen ab, komm Orhan, los!« Er würde Orhan am Arm packen und versuchen, ihn zur Tür zu drängen, und dabei Kandemir Bey mit dem Kopf ein Zeichen geben.

»Nur keine Eile, mein Lieber«, würde ich eingreifen. »Ich hab mit Orhan noch etwas zu besprechen. Er war ja verschwunden.«

»Was gibts denn da zu besprechen?«, würde Orhan erschrocken auffahren.

»Vielleicht warst du es ja, der Remzi Bey und dem Mädchen nachgefahren ist«, würde Ali Mumcu losposaunen, angetrunken und somit ziemlich enthemmt. »Wer weiß, das wäre doch möglich, oder?«

»Was redet dieser Kerl da für einen Blödsinn?«, würde Orhan Sofuoğlu entgegnen. »Was soll ich denn mit Tuğçen zu schaffen gehabt haben?«

»Vielleicht war da ja was«, würde sich der Zyprer einmischen. »Wer weiß?« Ohne es zu wollen, hätte er mir damit den Ball zugespielt.

Für den Vater wohl nichts Neues, würde ich mir denken. Und würde die Sache zu Ende bringen. »Vielleicht wolltest du ja vor deinem Vater verheimlichen, dass deine Investitionen gar keine Investitionen sind«, würde ich sagen. »Ganz abgesehen von der Verfolgung, ein schönes Motiv wäre das, auch noch für ganz andere Dinge.«

Mit dünner, heiserer Stimme würde Hakan Şükür in seiner Ecke loslachen. Doch niemand würde ihn beachten. Ohne meine Boshaftigkeit zu kaschieren, würde ich fortfahren. »Dein Vater hat Geld. Tuğçen wusste, dass du Geld von ihm bekommen hast, unter dem Vorwand, du würdest Teilhaber der Kanka-Bar werden. Vielleicht wollte sie, dass du dasselbe noch mal machst, für ihr Theaterprojekt. Vielleicht hat sie, um dir auf die Sprünge zu helfen, angedeutet, sie könnte dein Geheimnis mit deinem Vater teilen …«

Riza Sofuoğlu würde vor Scham rot anlaufen, Hakan Şükür noch einmal heiser lachen. Der Zyprer würde ihn zornig ansehen.

»Tuğçen hätte so was niemals gemacht«, würde Tuğçe auf diese These reagieren. »Erpressung wäre das, ganz schlicht und einfach Erpressung.«

»Hätte sie vielleicht gemacht, vielleicht auch nicht«, würde ich einwenden. »Wir reden ja gerade darüber.«

Orhan würde dann sehr aufgeregt den rettenden Beweis in die Runde werfen. »Wie soll ich ihnen denn gefolgt sein? Ich habe doch nicht mal ein Auto!«

Ich würde seinen Vater anblicken und dagegenhalten. »Es war ein Range Rover, der uns verfolgt hat. Vielleicht hast du ja das Auto deines Vaters genommen.«

»Auu«, würde der Zyprer aufstöhnen und noch einen Schluck Bier nehmen.

»Ich habe mich doch ständig woanders vor meinem Vater versteckt«, würde Orhan einwenden. »Wie hätte ich da überhaupt seinen Wagen holen sollen ...«

Riza Bey würde dazwischengehen, um seinem Sohn beizustehen. »Wenn jemand meinen Wagen genommen hätte, so hätte ich dir das gesagt. Hör also auf, Unsinn zu erzählen.«

»Vielleicht sind Sie uns ja selbst nachgefahren«, würde ich erwidern. »Vielleicht waren Sie das in Ihrem eigenen Wagen.«

»Quatsch«, würde er mich anfahren, mit einem Gesichtsausdruck, als wolle er mir ins Gesicht spucken. »Hab ich dich dafür bezahlt? Du Trottel, ich war an dem Abend mit den Gebrüdern Mardiniac im ›Papermoon‹ essen!«

Wäre ich eingeschnappt, weil er mich vor anderen Leuten Trottel genannt hatte? Ich weiß es nicht. Betroffenes Schweigen würde sich daraufhin in der Kanka-Bar breit machen, aus Mitleid mit mir.

»Katadori nikyo!«, befahl Mustafa Hodscha. Ich tat es meinem Freund nach und stand auf. Ich wusste, dass ich jetzt aus dem Stand etwas tun musste, aber mir war die Schrittfolge vollkommen entfallen. Diesmal gab mir unser *Sensei,* der dicht hinter Mustafa Hodscha stand, versteckt ein Zeichen. Ich streckte die Hand aus und packte meinen Freund in Schulterhöhe am Ärmel. Er warf mir wütende Blicke zu. Bei dieser Technik wandte er mehr Kraft als nötig auf. Beinahe hätte ich aufgebrüllt vor Schmerz.

Zur Entspannung der Lage würde Şeyda Tapan eine CD einlegen. Die Stereoanlage stand neben dem Podium. Sie würde gut wählen: Frank Sinatra mit *Strangers in the Night*. Mit dem Lächeln eines Profis würde sie Riza Bey einen Drink servieren, in einem hohen, schmalen Glas. Und sie würde Raki nachschenken bei Kandemir Bey, der erfreut wäre, noch bleiben zu dürfen.

»Ich mag dieses Lied so sehr«, würde Ali Mumcu sagen. Mit einer fiktiven Partnerin in den Armen würde er auf einmal anfangen zu tanzen. Die Melodie undeutlich vor sich hin summend, würde er seine Schritte meisterhaft auf der kleinen Fläche setzen. Wir würden ihm zusehen, mit einem etwas gezwungenen Lächeln auf den Lippen. Schon so betrunken, dass er mit sich selbst tanzt, würde er dennoch den Takt halten können. Vor dem Ende des Stückes würde er seinen Tanz abbrechen. »Ich habe mit Ihrer lieben Schwester getanzt«, würde er nach einer angedeuteten Verbeugung zu Tuğçe sagen. »Wenn ich sie auch nicht kennen gelernt habe, ich wäre fast zu der Ehre gekommen, mir gemeinsam mit ihr ein unsäglich schlechtes Theaterstück anzuschauen.«

»Wie denn das?« Aus ihren Augenwinkeln würde Tuğçe Yavaş mich fragend ansehen. Ich würde ihr mit dem Kopf bedeuten, weiter zuzuhören.

»Aus Gründen, die Ihnen bekannt sind, war sie verhindert«, würde Mumcu erklären und sich mir zuwenden. »Haben Sie eine neue Theorie zu der Theaterkarte, die ich im Briefkasten gefunden habe?«

»Was für eine Theorie?«, würde Şeyda einhaken.

Und ich würde es erklären. »Ali Mumcu hat im Briefkasten einen Umschlag gefunden. Darin war eine Eintrittskarte für ein Schauspiel. Er ist hingegangen. Einen gleichen Umschlag habe ich in Tuğçens Briefkasten gefunden. Es war der Platz direkt daneben. Weil Tuğçen ja nicht mehr kommen konnte, bin ich an ihrer Stelle hingegangen.«

Mumcu würde den Ball aufnehmen. »Zuerst haben wir gedacht, Tuğçen hat das alles arrangiert, weil sie eine Rolle von mir ergattern wollte. Dann haben wir uns aber gesagt, niemand wirft doch einen Brief in seinen eigenen Briefkasten.«

»Wer soll ihn dann eingeworfen haben?«, würde Şeyda fragen.

»Einer Theorie nach du«, würde ich sagen und ihr dabei in die Augen blicken. »Du kanntest natürlich Ali Mumcus Adresse. Schließlich ging er in den Läden vom Zyprer ein und aus. Und du hättest wissen können, dass Tuğçen einen Regisseur kennen lernen wollte … Du kaufst die Karten. Weil sie nicht zu Hause sind, wirfst du sie in die jeweiligen Briefkästen. Ich weiß zwar nicht, was das erklären könnte, aber es ist eine Theorie.«

»Eine schöne Theorie, aber falsch«, würde Şeyda entgegnen und meinen Blick erwidern. »Man muss sie nicht glauben.« Und dann zu den anderen sagen: »Wollen Sie jetzt mal eine Theorie von mir hören?«

Jeder der Zuhörer würde zustimmend mit dem Kopf nicken. Und Şeyda heftig gestikulierend zu reden beginnen. »Kein Mensch wirft einen Brief in den eigenen Briefkasten. Stimmt. Das zum einen. Dann schauen wir mal weiter: Wer hat den Brief in Tuğçens Briefkasten gefunden? Jemand anderes.« Dabei würde sie auf mich deuten. Dann würde sie mit dem Finger auf Ali Mumcu zeigen. »Und wer hat die Karte in Ihrem Briefkasten gefunden? Sie.«

Sogar Rıza Sofuoğlu würde jetzt neugierig darauf warten, was Mumcu zu entgegnen hätte. »Und was bedeutet das?«, würde der fragen.

»Lasst uns mal vom Gegenteil ausgehen«, würde Şeyda fortfahren. »Genau vom Gegenteil. Es könnte doch sein, dass Sie ein Stück gebraucht haben, bei dem Sie Regie führen konnten, genauso wie Tuğçen ein Stück gebraucht hat, in dem sie mitspielen konnte. So wie Tuğçen Ihre Adresse herausbekommen haben könnte, könnten Sie auch ihre Adresse herausgefunden haben. Außer Ihnen hat niemand die Karte in Ihrem Briefkasten gesehen. Das können Sie doch organisiert haben. Wie klingt das?« Sie würde die Arme ausbreiten, den Kopf zur Seite neigen und hämisch grinsen.

Ali Mumcu würde Şeyda Tapan nachahmen. »Eine schöne Theorie, aber falsch. Man muss sie nicht glauben.« Jetzt würde auch er beginnen, zu spielen. »Ich habe bloß keine eigene Theorie anzubieten.«

Die Idee, alles andersherum zu denken, gefiel mir. Sie löste ein Problem, über das ich schon lange nachgegrübelt hatte. Ich würde vor mich hin murmeln. »Das heißt, man kann einen Brief auch in den eigenen Briefkasten werfen.«

Mustafa Hodscha rief: *»Junte katate dori! Shiho nage!«* Daran konnte ich mich gut erinnern, das war ein Griff, den ich mochte. Ich preschte auf meinen Freund zu, um mit meiner rechten Hand sein linkes Handgelenk zu packen. Ich ergriff es. Mein Freund drehte sich leicht zur Seite, nun standen wir Schulter an Schulter. Er zog mich mit seinem linken Arm, den ich festhielt, nach vorne, und konnte nun mit seiner freien rechten Hand einen Scheinstoß gegen mein Kinn ausführen, das in seine Reichweite gekommen war. Theoretisch hätte es mich umgehauen. Bei der nächsten Aktion ergriff er mein Handgelenk und zog es über seine Schulter. Wir standen fast Rücken an Rücken. Ich konnte mich nicht mehr wehren. Dann machte er einen Schritt vorwärts, und drehte sich um hundertachtzig Grad unter meinem Arm. Als wir so wieder Angesicht zu Angesicht standen, verdrehte er meinen Arm nach unten. Ich hatte keine Chance und musste zu Boden gehen. Sofort sprang ich wieder auf die Füße. Nun war ich wieder an der Reihe.

»Das heißt also, man kann auch einen Brief in den eigenen Briefkasten werfen«, würde ich in den Raum werfen. Und alle würden mich ansehen. Verflucht noch mal, würde es mir durch den Kopf schießen, der Zeitpunkt ist da, den allwissenden Remzi Ünal zu geben. »Man schaut in den Briefkasten, wenn man nach Hause kommt«, würde ich zu bedenken geben. »Man schaut nach und nimmt den Inhalt heraus. Ist ein Briefumschlag dabei, ist man neugierig, was drin ist. Also öffnet man ihn und schaut nach.«

»Das haben wir verstanden«, würde der Zyprer sagen, mit echter Neugier in der Stimme. »Komm jetzt mal zur Sache.«

»Einen Umschlag, von dem man weiß, was drin ist, öffnet man nicht so schnell, wenn man ihn im Briefkasten findet. Deshalb wirft man ja auch keinen Brief in den eigenen Briefkasten, wenn man doch weiß, was drin ist. Ist doch klar, oder?«

»Klar doch, fass dich kurz«, würde diesmal Mumcu reagieren. »Spann uns nicht auf die Folter.«

»Und wenn noch jemand dabei ist?«, würde ich fragen.

»Verdammte Scheiße!«, würde es ihm entfahren.

»Tuğçen Yavaş wollte an dem besagten Abend mit jemandem zusammen nach Hause kommen«, würde ich erklären. »Sie wollte in den Briefkasten sehen, während diese Person dabei ist. Und sie wollte die Eintrittskarte herausholen, während diese Person dabei ist.«

»Auu!«, würde der Zyprer noch einmal aufstöhnen. Im Hintergrund wäre immer noch Frank Sinatra zu hören.

»Deshalb hat sie den Brief selbst in den eigenen Briefkasten geworfen«, würde ich fortfahren. »Um eine ganz bestimmte Reaktion hervorzurufen, von dieser ganz bestimmten Person in ihrer Begleitung.«

Gekonnt schlüpfte Ali Mumcu nun für uns in die Rolle des eifersüchtigen Liebhabers: »He, Mädchen, na sag schon, welcher Unbekannte himmelt dich denn so an und lädt dich ins Theater ein?«

»Genau so«, würde ich sagen. »Aber es ist anders gekommen.«

»Was ist anders gekommen?«, würde Tuğçe fragen. »Ich versteh nichts mehr.«

»Tuğçen konnte mit der besagten Person nicht nach Hause kommen. Das Cocktailkleid hat sie sich nach dem Training umsonst angezogen, und den Brief hat sie ebenfalls umsonst in ihren Briefkasten gelegt.«

Sogar Orhan könnte es jetzt nicht mehr aushalten. »Was heißt das denn?«, würde er dazwischenfahren. Sein Vater würde die Stirn runzeln.

»Die Verabredung zum Essen nach dem Training ist abgesagt worden«, würde ich weiter erläutern. »Weil demjenigen, mit dem sie sich treffen wollte, etwas Wichtiges dazwischengekommen war.«

Niemand würde Fragen stellen. Und mir würde dieses Spiel langsam ein wenig auf die Nerven gehen. »Und Sie, Riza Bey, werden Sie nicht langsam unruhig?«, würde ich sagen. »Gestehen Sie doch und ziehen Sie Ihren Kopf aus der Schlinge.«

»Yokomen uchi!«, befahl Mustafa Hodscha. *»Shiho nage!«* Mit vorgestelltem rechtem Bein hieb ich mit der flachen linken Hand haarscharf am Ohr meines Freundes aus der Werbebranche vorbei. Er trat einen Schritt zurück, fing mit der rechten Hand meine Bewegung ab und tat so, als würde er mir mit der linken Hand ins Gesicht schlagen. Ich tat so, als habe er mich getroffen. Er packte meinen linken Arm, den er abgefangen hatte, fester und drehte ihn kreisförmig herunter in seine freie Hand, packte damit mein Handgelenk und drehte sich unter meinem Arm um die eigene Achse. Als er dann mein verdrehtes Handgelenk nach unten drückte, blieb mir wieder nichts anderes übrig, als flach auf die Matte zu klatschen.

Schwerfällig erhob ich mich wieder. Ohne auch nur Atem zu holen, erwiderte mein Freund den Angriff auf dieselbe Art und Weise. Ich trat einen Schritt zurück, wehrte seine Rechte gegen mein Ohr ab und tat so, als würde ich mit der freien linken Hand in sein hübsches Gesicht schlagen. Er warf den Kopf nach hinten, als hätte ich ihn erwischt. Mit einer kreisförmigen Bewegung drückte ich seine linke Hand nach unten, packte sein Handgelenk mit beiden Händen und drehte mich unter seinem Arm weg. Dann kam die Schlussaktion. Sowie ich sein angewinkeltes Handgelenk nach unten gedrückt hatte, klatschte er auf die Matte, wie ich zuvor. Ich bemerkte, dass unser *Sensei* zufrieden lächelte.

»Was soll ich gestehen?« Sofuoğlu würde versuchen, Ruhe zu bewahren, und das schlanke Cocktailglas an die Lippen führen.

»Wirklich, was soll er gestehen?«, würde Tuğçe mit zittriger Stimme fragen.

Ich würde noch viel ernster als vorher fortfahren: »Dass er Tuğçen umgebracht hat.«

Auf dem Boden würde ein Glas zersplittern. Kandemir Beys Raki. Aber niemand würde sich darum scheren. Riza Bey würde sein Glas leeren und es auf der Bar abstellen. Er hätte sich in der Gewalt.

»Jetzt wird es aber ernst für dich. Ich gebe dir noch eine Chance, dich zu entschuldigen. Andernfalls verklage ich dich auf Schadensersatz, so hoch, dass du dich davon nie mehr erholst.«

»Ich habe eine Anwältin.« Dabei würde ich auf Tuğçe deuten.

»Wenn du weiter so herumspinnst, wirst du bis zum Hals in der Scheiße versinken«, würde Riza Sofuoğlu drohen. »Lass es gut sein.«

Nimmt man nur einen Buchstaben weg, wird, schwuppdiwupp, aus einer Frau ein Mann, aus Zahide, der Frommen, wird Zahid, der Fromme, würde ich zu mir sagen. Und dann laut werden. Wer will, soll mal im Wörterbuch nachsehen, unter *sofu* und *zahid.* »Dann frage ich Sie noch einmal, werden Sie nicht langsam unruhig, Riza Bey? Oder kann ich Sie auch mit Zahid Bey ansprechen?«

Niemand hatte verstanden, was ich gesagt hatte. Außer Riza Sofuoğlu, dem Frommen.

»*Die Physiker* sind bei mir. Die Bücher des Mädchens hast du umsonst durchgewühlt.«

Ein leichtes Zittern würde sich auf seiner Wange andeuten.

»In die Wohnung nach Beşiktaş bist du doch nur gekommen, weil du dir gesagt hast, dass du vielleicht das Buch dort findest, und nicht, weil du sehen wolltest, wo sich dein Sohn aufhält.«

Das Zittern auf seiner Wange würde stärker. »Ich kannte das Mädchen doch nicht einmal«, würde er einwenden.

»Erinnerst du dich an die Lügen, bei denen ich dich in unserem ersten Gespräch erwischt habe?«, würde ich sagen. »Eine habe ich damals nicht bemerkt. Du hast auch gelogen, als du gesagt hast, du würdest Tuğçen Yavaş nicht kennen.« Ich würde mich an Orhan wenden. »Als Tuğçen dich um die Telefonnummer von unserem Meister gebeten hat, um mit Aikido anzufangen, hast du da deinen Vater gefragt?«

Orhan würde sich mit der Antwort Zeit lassen. Würde erst mich, dann seinen Vater ansehen. Ich würde ihm zuvorkommen. »Du hattest dich mit deinem Vater gestritten. Hättest du ihn wegen so einer Kleinigkeit angerufen?«

»Nein«, würde Orhan antworten, »ich habe ihr seine Telefonnummer gegeben, damit sie selber anruft und ihn danach fragt.«

»Und weil sie dann mit uns trainiert hat, heißt das, dass sie ihn angerufen hat«, würde ich folgern. Als wäre eine große Last von mir gefallen, würde ich mir dann eine Zigarette anstecken. Und würde das tun, was ich immer mache. »Soll ich deine anderen Lügen auch aufdecken?«

Riza Sofuoğlu würde keine Antwort geben. Hinter seinen sehr dünnen Brillengläsern würde ich erste Tränen erkennen. Und alle würden schweigen. Sich darüber klar sein, dass er nicht mehr antworten würde. Sie wären allesamt neugierig, was jetzt wohl passierte. Riza Sofuoğlu würde anfangen zu weinen, Tränen würden ihm über die Wangen rollen. Aber schluchzend mit den Schultern zucken würde er nun auch wieder nicht.

Hoffentlich macht der bloß keine Dummheiten, würde ich beten und an meiner Zigarette ziehen. Sie würde bitter schmecken, und ich würde sie in dem großen Aschenbecher aus Kupfer ausdrücken. Ich würde nicht wollen, dass er mich angreift. Schließlich war ich ja in der Prüfung vom Vortag oft genug hingefallen und zu Boden geschmettert worden. Und mich würde es nichts angehen, wer hier als Sieger und Besiegter hervorgehen würde.

Riza Bey würde mich nicht enttäuschen. Er würde seine Brille abnehmen und sich die Augen wischen. Ohne irgendjemanden anzusehen, würde er sich langsam der Tür zuwenden. Einige unentschlossene Schritte machen. Hakan Şükür, noch an die Wand gelehnt, würde sich aufrichten. Ich würde dem Zyprer und der Zyprer würde Hakan Şükür ein Zeichen geben. Keiner würde sich von der Stelle rühren. Sofuoğlu würde die schwere Stahltür öffnen, ohne zurückzuschauen, und einfach gehen. Ich würde Tuğçe ansehen. Auch sie würde Tränen in den Augen haben.

Orhan Sofuoğlu würde zu sich kommen und hinter seinem Vater herlaufen. Und Kandemir Bey würde ihm folgen.

Mustafa Hodschas Anweisung lautete dieses Mal: *»Shomen uchi! Irimi nage!«* Wir führten die Griffe vor. *»Junte katate dori! Kote gaeshi!«*, rief er dann. Auch diese Griffe führten wir vor.

»Möchtest du was trinken?«, würde Şeyda fragen.

»Einen Kaffee, bitte«, würde ich antworten.

»Was für eine Scheiße«, würde sich der Zyprer vernehmen lassen.

»Da hast du Recht«, würde Ali Mumcu beipflichten. Er würde wieder etwas nüchterner wirken. Sonst würde niemand ein Wort sagen. Ich würde einen Schluck Kaffee trinken und denken, schlussendlich habe ich hier doch noch einen anständigen Kaffee bekommen. Dass bloß niemand den Mund aufmacht, würde ich denken, ziemlich erschöpft.

»Mich interessiert da noch eine Menge«, würde Tuğçe Yavaş irgendwann sagen.

»Mich auch«, würde Şeyda ihr beipflichten. Die, die übrig bleiben, interessieren sich immer für alles.

»Gebt es auf«, würde ich sagen, »das sind nur unwichtige Details.«

»Koosa katate dori! Kote gaeshi!«, brüllte Mustafa Hodscha. Soweit ich mich erinnerte, war das die letzte Technik, die wir vorzuführen hatten. Danach würden wir uns den Gruß entbieten und uns ausruhen. Mein Freund aus der Werbebranche würde einen Rang höher eingestuft werden. Es würden von nun an einige andere Schüler mehr zwischen ihm und mir stehen, wenn wir uns vor dem Training zur Begrüßungszeremonie aufreihten. Ich würde mich nicht darüber beschweren.

Ich dachte eigentlich nur darüber nach, ob ich auf die Prüfung am nächsten Tag genügend vorbereitet war. War alles am rechten Platz? Was hatten wir in der Hand?

Da haben wir eine junge Frau, entschlossen, ein eigenes Theater aufzumachen. Seit langem war sie auf der Suche nach einem Sponsor gewesen, aber nicht fündig geworden. Von ihrer großen Schwester wollte sie nicht noch mehr Geld annehmen.

Auf der Suche nach einer Möglichkeit, Aikido zu machen, lernt sie am Telefon einen reichen Mann mittleren Alters kennen. Wann sie sich dazu entschlossen hatte, weiß ich nicht, vielleicht hatte sie sich von dem Stück, das sie mit einer Freundin auf Band aufgenommen hatte, inspirieren lassen, als Ergebnis war aus dem ersten Telefongespräch ein Treffen geworden. Eine junge, hübsche, lebenslustige und darüber hinaus noch unabhängige Frau. Und ein Mann, gut gekleidet, wortgewandt, in dem Alter, in dem man zu einer jungen Geliebten mit Niveau nicht Nein sagt. Vielleicht war seine Frau hässlich, vielleicht auch nicht. Das war nicht von Bedeutung.

Bei dem wievielten Treffen, ich weiß es nicht, macht der Mann seiner gebildeten Geliebten ein angemessenes Geschenk. Ein Buch. Ein Theaterstück. Und weil es ihm peinlich ist, offen eine Widmung hineinzuschreiben, kommt er auf die Idee, die Ähnlichkeit der Bedeutung zwischen dem Vornamen der Übersetzerin und seinem eigenen Familiennamen für ein Spielchen zu benutzen. Zwei Fliegen mit einer Klappe.

Sicherlich hätten sie das Thema Theatersponsoring noch einmal angesprochen, nach dem Aikido-Training im Restaurant. Die junge Frau hatte sich besonders ansprechend angezogen, um für ihre Idee mit weiteren überzeugenden Argumenten zu werben. Nach dem Essen sollte es nach Moda gehen. Was in ihrer Wohnung in Moda stattfinden sollte, weiß ich nicht. Aber sie hätte aus dem Briefkasten den Brief mit der Eintrittskarte geholt, während er dabei war. Der Mann sollte sehen, dass sie noch über eine Alternative in der Theaterszene verfügte.

Die Gebrüder Mardiniac machten den Plan vom gemeinsamen Abendessen im ›Papermoon‹ zunichte. Der Mann musste zwischen Arbeit und Vergnügen wählen. Und Arbeit ging vor. Aber auf die Gespielin wollte er auch nicht verzichten.

Anstatt seiner schickte er einen seiner Leute los, in seinem

Wagen und mit einem riesigen Blumenstrauß. Die junge Frau hatte sich aufgeregt. Reagierte, wie es ihrer Strategie entsprach, und verließ das Training an der Seite eines anderen Mannes. Wäre sie zufällig auf jemanden gestoßen, der bereit gewesen wäre, sich nur ein kleines bisschen weniger für seine eigenen Angelegenheiten zu interessieren, wäre sie vielleicht noch am Leben. Wer weiß. Sie hat ihren Verfolger sicher abgehängt und ist nach Hause gefahren.

Der Mann hatte nach dem anstrengenden Essen gemacht, dass er zu dem Mädchen nach Moda kam. Wenn er die Adresse nicht gekannt hatte, konnte er anrufen. Das Mädchen war wütend. Es kam zum Streit. Der vermengte sich mit dem aufrührerischen Geschrei von Hurrem Sultan und Daye Hatun. Entweder hat Hurrem Sultan der Tuğçen Yavaş die Rolle abspenstig gemacht oder es war umgekehrt. Ich weiß nicht, wer wem die Rolle weggenommen hat!

Warum tötet ein Mensch einen anderen? Er hat sie jedenfalls getötet. Umso leichter, weil in der Wohnung ein Revolver war.

Dann ist er zur Tür hinaus und abgehauen. Drinnen haben sich die beiden Mädchen weiter angebrüllt. Aus Angst ist niemand von den Nachbarn raus auf den Flur und hat nachgesehen.

Ich spürte, dass ich mit einem Mal sehr müde geworden war. Morgen würde es noch anstrengender werden. Und so was wollte ich mir eigentlich nicht antun.

Ich entschied mich, nicht zu Tuğçen Yavaş' Geburtstagsparty zu gehen. Sie würde ja auch nicht da sein.

Schon einmal hatte ich aus einer Telefonzelle die 155 gewählt, ohne meinen Namen zu nennen. Der müde Beamte, der den Hörer abnahm, tendierte dazu, mir nicht zu glauben. Ich konnte ihn aber überzeugen. Das war leichter, als den ganzen Abend damit zu verbringen, den Mann abzugeben, der alles weiß.

»Ich bedanke mich«, sagte Mustafa Hodscha. Die Prüfung war zu Ende.

Und ich, ich war davongekommen.

Sobald ich zu Hause sein würde, würde ich die Frau anrufen, deren Sohn weggelaufen war, das nahm ich mir zum Abschied vor. Und irgendwo auf dem Nachhauseweg würde ich schließlich noch den Revolver aus meinem Kofferraum verschwinden lassen.

Celil Oker

Celil Oker, geboren 1952 in Kayseri, besuchte die Amerikanische Mittelschule in Talas bei Kayseri, dann das Amerikanische Gymnasium in Tarsus. Von 1971 bis 1979 studierte er Englische Sprache und Literatur an der Bosporus-Universität in Istanbul. Bis 1983 verschiedene Tätigkeiten als Journalist, Übersetzer und Verfasser verschiedener Artikel der Enzyklopädie *Berühmte Persönlichkeiten in der Türkei und in der Welt.* Ab 1984 auch als Werbetexter tätig. Nach Mitarbeit in den Werbeagenturen Markom und Merkez Ajans gründete er 1987 mit Kollegen die Agentur Reklamcilik. Daneben war er weiterhin als Textautor für verschiedene Werbezeitschriften tätig. An der Fakultät für Kommunikation der privaten Hochschule Istanbul Bilgi Üniversitesi unterrichtet er das Fach Werbetexten.

Anfang 1980 erschienen in der Zeitschrift *Yarin* einige seiner Kurzgeschichten. Er hat diese Linie der E-Literatur dann allerdings nicht weiterverfolgt. Mit seinem ersten im April 1999 bei Oğlak Yayinlari erschienenen Kriminalroman gewann er den ersten Preis des neu gegründeten Kriminalroman-Wettbewerbs »Kaktus«. Celil Oker ist verheiratet und Vater zweier Söhne.

Bibliografie

Çiplak Ceset (1999, dt. *Schnee am Bosporus,* 2000); *Kramponlu Ceset* (1999, dt. *Foul am Bosporus,* 2001); *Bin Lotluk Ceset* (2000); *Rol Çalan Ceset* (2001; dt. *Letzter Akt am Bosporus,* 2004); *Son Ceset* (2004).

»Der Detektivroman ist eine Tragödie mit Happy End«

Celil Oker im Interview mit Thomas Wörtche

Thomas Wörtche: Herr Oker, Sie haben den zeitgenössischen türkischen Privatdetektivroman sozusagen erfunden. Das ist gerade mal sechs Jahre her. Inzwischen kommen eine Menge Kriminalromane aus der Türkei. Sind Sie stolz, diese Welle ausgelöst zu haben?

Celil Oker: Mir ist bewusst, dass ich das Kind einer starken kriminalliterarischen Tradition in der Türkei bin. Dabei handelt es sich natürlich hauptsächlich um Übersetzungen, aber seit rund hundert Jahren verfolgen die türkischen Leser das Genre anhand französischer, englischer und amerikanischer Autoren, und ein paar unserer türkischen Schriftsteller haben sich auch daran versucht. Wir haben sogar das Copyright von Mr. Spillane schwerstens verletzt und ungefähr dreihundert Mike-Hammer-Romane aus einheimischer Produktion auf den Markt gebracht. Ja, dreihundert. In den Fünfzigerjahren gab es einige Verlage, die ausschließlich Krimis gemacht haben. Und der Schriftsteller Ümit Deniz erfand in den Sechzigerjahren einen Journalisten als Ermittler und schrieb eine ganze Serie, die perfekt in dieses Format passte. Inzwischen benutzen auch einige moderne Schriftsteller eine gewisse kriminalliterarische Anmutung in ihren Büchern. Aber ein Privatdetektiv war nicht darunter, was natürlich verständlich ist. In gewisser Hinsicht habe ich tatsächlich der Kriminalliteratur in meinem Land einen neuen Schub gegeben. Stolz darauf? Ja, sehr sogar. So stolz wie ein Torhüter, der in der letzten Minute einen Unhaltbaren gehalten hat.

Warum aber kam die türkische Kriminalliteratur erst so spät zur Blüte? Istanbul ist ja seit Jahrzehnten und Jahrhunderten eine Metropole, nicht erst seit gestern …

Die türkische Gesellschaft, die Wirtschaft, der Alltag, die populäre Kultur und die zwischenmenschlichen Beziehungen haben sich seit Beginn der Regierung Özal drastisch verändert. Vielleicht haben wir endlich den Traum unserer rechten Politiker aus den Fünfzigern realisiert: ein kleines Amerika zu sein. Das hat natürlich auch das Verbrechen entscheidend verändert. Jahrzehntelang hatten wir den Typus Mörder, der öffentlich zu seiner Tat gestanden hat, die er aus diesen oder jenen Gründen begangen hat. Bekennende Mörderin oder bekennender Mörder war man hauptsächlich aus zwei Gründen: um soziale Akzeptanz zu bekommen, weil man aus Gründen der Ehre getötet hat, und um von erheblichen Strafminderungen dafür zu profitieren. In den letzten Strafrechtsreformen fallen diese Strafminderungsgründe weg. Also ist es heutzutage nur logisch, das zu verbergen, was man getan hat. Dazu kommt, dass die Akkumulation von Reichtum in gewissen Händen zu mancherlei legalen und illegalen Art der Umverteilung führt; so kam das so genannte Mafia-Phänomen in unseren Alltag, besonders in den großen Städten. Das hört sich für das Land natürlich furchtbar an, ist aber ein Paradies für einen Kriminalschriftsteller. Was immer man sich ausdenkt, den Lesern kommt es plausibel vor.

Die Figur des Privatdetektivs funktioniert aber schon sehr gut in Istanbul, obwohl sie keine echte Tradition hat.

Ohne lebensweltliche Tradition und vor allem ohne rechtliche Grundlage. Aber das Detail aus den Remzi-Ünal-Romanen, ich meine die Zeitungsanzeigen von Privatdetekteien, das stimmt schon. Es gibt eine ganze Menge Leute, die sich Privatdetektiv nennen. Es gibt ein Gesetz hinsichtlich privater Sicherheitskräfte. Banken, Firmen, Prominente haben ihre eigenen Sicherheitsdienste. Aber dass die literarische Figur Privatdetektiv in einer Gesellschaft ohne solche Privatdetektive so gut funktioniert, liegt möglicherweise an der oben erwähnten literarischen Tradition. Und natürlich könnte es sein, dass die Literatur der Wirklichkeit vorgreift. Ich persönlich würde nicht mal im Traum daran denken, einen Kriminalroman ohne Privatdetektiv zu schreiben.

Für Sie persönlich, wie sieht der perfekte Kriminalroman – neben Ihren eigenen, natürlich – aus?

Danke für das Kompliment, das ich gar nicht verdiene. Ich weiß nicht, wie man den perfekten Kriminalroman definieren sollte. Ich könnte natürlich Beispiele nennen, aber das machen wir jetzt lieber nicht, weil das gefährlich ist. Wenn zwei Aficionados damit anfangen, kann das Stunden und Tage dauern … Auf jeden Fall versuche ich die Bücher zu schreiben, die ich gerne lesen würde.

Derek Raymond hat einmal gesagt: »Der Detektiv ist der Dosenöffner der Gesellschaft. Aber wenn die Dose offen ist, dann zeigt sich, dass sie voller verfaulter stinkender Fische ist.« Können Sie dem zustimmen?

Ganz und gar. Ich glaube, wir laden die ganze Last des Lebens in einer Welt, in der fast alles Lüge ist, auf dem armen Detektiv ab und sagen: Übernimm du!, während wir auf der Couch sitzen. Es ist eine geringe Erleichterung, für die er bezahlt wird. Manchmal.

Wo liegt eigentlich der Unterschied zwischen Istanbul und anderen großen Städten?

Ich war schon in einigen großen Städte, aber nie lange genug, um alle Subtexte dort zu lesen. Aber ich glaube, Istanbul ist nicht gänzlich anders als die anderen. Der größte Unterschied ist vielleicht, dass Istanbul eine Stadt mit sehr vielen Schichten ist. Vermutlich ist das bei jeder Metropole so, aber Istanbul hat seine eigenen spezifischen Lagen von Geschichte, europäisch-asiatischen Demarkationslinien, ethnischen Mischungen und künstlerischem Erbe.

Mögen Sie Ihre Stadt? Lieben Sie sie gar?

Ich bin mit einundzwanzig Jahren nach Istanbul gekommen. Seitdem lebe ich hier. Die Beziehung zu meiner Stadt dauert länger als meine Ehe. Und wie ich irgendwo bei einer Lesung in Deutschland mal gesagt habe: Ich habe das Gefühl, dass die Hälfte jedes meiner Bücher von der Stadt geschrieben worden ist. Wie also kann man seinen Koautor nicht lieben?

Fühlen Sie europäisch?

Sehr sogar. Die Kriterien von Kopenhagen haben mein persönliches Leben seit Jahrzehnten sehr effektiv beeinflusst. Wie Sie wissen, hat man seit Jahrhunderten Istanbul in die europäische und die anatolische Seite geteilt. Das bedeutet auch unseren Willen, Teil von beidem zu sein. Auch da, wo die Teile aufeinander prallen. Ich wurde mit einer ganz natürlichen europäischen Perspektive geboren und erzogen, ich habe nach dieser Perspektive gearbeitet, geschrieben, gelebt. Trotzdem leugne ich nicht, ziemlich oft die anatolische Seite meiner Seele zu besuchen.

Mögen Sie Remzi Ünal?

Ich sehe ihn als einen Freund, den man ein-, zweimal im Jahr auf einen Kaffee mit Blick über den Bosporus trifft. Er erzählt nicht allzu viel über seine Abenteuer, und so muss ich seine dahingemurmelten Bruchstücke zusammensetzen und mir die Leute erträumen, mit denen er geredet hat, die er mit Fragen gelöchert hat oder mit denen er in eine Schlägerei geraten ist. Zu sich nach Hause lädt er mich nicht ein, und ich mache mich nicht über sein größtes Dilemma lustig. Seinen Widerwillen, das Leben anderer Leute zu verändern, obwohl es jedes Mal genau so kommt.

Er ist ein Einzelgänger – Sie sind ein verheirateter Mann mit Frau, Kindern und Familienleben. Mag Ihre Frau Remzi?

Ich frag sie mal. Aha – sie findet ihn sehr attraktiv. Sie kreidet ihm an, dass er so unsozial ist. Er hat noch nicht mal eine Katze, sagt sie. Außerdem findet sie, dass er manchmal ziemlich langweilig ist. Er ist sportlicher, charismatischer und stattlicher als mancher Mann, den sie kennt, aber nicht so liebevoll und zärtlich. Sie hat auch noch nicht ganz raus, ob er ein komplexer Typ ist oder ein Typ voller Komplexe. Ich habe nur genau übersetzt, was sie gesagt hat …

Was ist eigentlich Ihr ganz persönliches Ding mit Privatdetektivromanen? Realistische Romane über Istanbul oder Unterhaltung? Oder gibts da keinen Widerspruch?

Zuallererst unterhalte ich mich dabei. Klar, der Akt des Schreibens ist nicht immer das reine Vergnügen, aber ohne heimliches Grinsen, während ich in die Tasten haue, wäre das nichts. Dann glaube ich ganz fest daran, dass Privatdetektivgeschichten zur populären Kultur gehören, und ich weiß, dass jedes Werk der populären Kultur etwas über seine Zeit, über seine Gesellschaft sagt, in der es steht. Was mein Werk dazu sagt, das steht mir nicht zu, zu formulieren. Ich hoffe, es hat was zu sagen, was Bedeutsames oder auch nicht. Aber das Gefühl, dass die Leute gerne lesen, was ich schreibe, das hält mich immer auf Trab.

Chandler und mehr noch Hammett hatten ja eine offen sozialkritische Einstellung zur Kriminalliteratur. Remzis Fälle sind eher menschliche Tragödien, die in jedem Umfeld passieren können.

Wenn wir gerade von Chandler und menschlichen Tragödien reden – es gibt ein Zitat von ihm, das genau beschreibt, was ich seit Jahren versuche: »Der Detektivroman ist eine Tragödie mit Happy End.« Ich will gar nicht über diese Definition hinaus. Ich überlasse es den Schriftstellern, die Literatur mit einem großen L machen, sich um Tragödien zu kümmern. Die machen das toll. Also, lasst mich meinen Spaß mit dem Ende aller meine Bücher haben, die genau so happy ausgehen, wie Chandler das gemeint hat. Und ich weiß, dass ernsthafte Leser von Detektivromanen das genauso sehen und erwarten …

Hatten Sie schon einen Gesamtplan, als Sie mit der Serie angefangen haben?

Bevor ich auch nur einen Satz hingeschrieben habe, habe ich lange überlegt, was die Grundlagen für einen türkischen Detektivroman sein könnten. Der Held, seine Vergangenheit, der rechtliche Status und alle Probleme, die sich da anschließen. Wie ich gerade gesagt habe, nicht mal im Traum könnte ich mir vorstellen, einen Kriminalroman ohne Privatdetektiv zu schreiben. Nachdem dieses Hauptproblem gelöst war, ergab sich daraus alles andere: Wie geht der Held mit Mord um und so weiter. Was ich damals noch nicht kannte, war die Rolle von Ärzten und Piloten in bestsellernden Deppen-Büchern. Für mich war die besondere Position eines Piloten von Turkish Airlines, ich meine sein militärischer Hintergrund, nachgerade perfekt. Um die Wahrheit zu sagen: Lange bevor ich den »Kaktus-Preis« für das erste Buch *(Schnee am Bosporus)* gewonnen habe, habe ich alles aus imaginären Interviews heraus entwickelt. Mögliche Mängel und Einwände gegen Kritik waren schon in diesen imaginären Interviews enthalten. Jetzt kommt ein Geständnis: Vor dreißig und noch was Jahren, als ich noch sehr, sehr jung und literarisch sehr ambitioniert war, habe ich Stunden damit verbracht, meine Dankesrede für den Nobelpreis zu konzipieren. Das ist eine gute Technik, um sich über viele Dinge klar zu werden.

Und was kam dann – die Plots oder die anderen Figuren?

Von der eben besprochenen Basis aus gehts los: Manchmal hab ich den Eindruck, dass mein Held hart arbeitet, bis er den Mörder gefunden hat. Er tut, was er kann, als Privatdetektiv, geht Spuren nach, redet mit Leuten, denkt, muss kämpfen, schwitzen und so weiter! Und wenn er am Ende den Mörder hat, ist er genau da, wo die türkische Polizei auch ist, einfach indem sie einem der Verdächtigen ein paar Minuten lang die Fresse poliert. Die anderen Figuren, das Milieu, das alles basiert auf meinen Erfahrungen als Werbemensch. Und werden es auch weiter tun.

Remzi Ünal versucht immer, der Polizei aus dem Weg zu gehen. Ist das tatsächlich Remzi, oder sind das Sie?

Das hat mir der Situation zu tun, die ich gerade beschrieben habe. Die türkische Polizei hat seit langem die Reputation, ihre Fälle zu lösen, in dem sie nicht den Spuren zu einem Verdächtigen folgt, sondern den Verdächtigen erst mal dazu bringt, zu gestehen, und dann dazu die passenden Spuren zu sammeln. Allerdings scheint sich das seit kurzem zu ändern. Aber dennoch: Jeder Versuch – egal ob als Roman, Film oder Fernsehserie –, einen Helden, der der türkischen Polizei nahe steht, konträr zu dieser Wirklichkeit handeln zu lassen, kommt mir immer sehr unwahrscheinlich vor. Nicht nur Remzi Ünal, sondern mein ganzes Konzept versucht, der Polizei aus dem Weg zu gehen. Und unter uns: Ich weiß nicht genug darüber, wie die Polizei arbeitet, spricht, scherzt, flucht, um daraus eine ganze Welt zu bauen. Und sowieso will das kein normaler Mensch wissen.

In diesem Buch, Letzer Akt am Bosporus, *hat Remzi Ünal schwer den Blues. Sie auch, als Sie das Buch geschrieben haben? Wird Remzi wieder auf die Beine kommen, und wie geht es Ihnen?*

In der Tat hatte ich damals ein paar persönliche Probleme. Ich habe mich älter und müder gefühlt, als ich war. Und vielleicht ist davon unbewusst einiges in das Buch geraten. Vielleicht aber auch bewusst! Jetzt gehts mir wieder gut. Und ich hoffe, Remzi auch!

Vielen Dank.

Der Übersetzer

Nevfel Cumart, geboren 1964, studierte Turkologie, Arabistik und Islamwissenschaft und lebt seit 1993 als freiberuflicher Schriftsteller, Übersetzer und Journalist in Stegaurach bei Bamberg. Neben vierzehn Gedichtbänden in Deutsch, Englisch und Türkisch veröffentlichte er eine Sammlung mit Erzählungen. Er übersetzte aus den Werken türkischer Autoren, darunter auch Yaşar Kemal, Fazil Hüsnü Dağlarca und Yaşar Nuri Öztürk. Für sein literarisches Werk erhielt er verschiedene Preise und Stipendien.

metro – Spannungsliteratur im Unionsverlag

»Die *metro*-Bände gehören auf jeden Fall zum Besten, was derzeit an so genannter Spannungsliteratur zu haben ist.« *Michaela Grom, Südwestrundfunk*

Guillermo Arriaga *Der süße Duft des Todes*
In einem kleinen Dorf in Mexiko entsteht aus Lügen eine Wahrheit, von der niemand verschont bleibt.

Bernardo Atxaga *Ein Mann allein*
Der große Roman einer vom Scheitern ihrer Revolution enttäuschten Generation – im Rhythmus eines Thrillers geschrieben.

Mongo Beti *Sonne, Liebe, Tod*
»Ein schwelgerisches Buch, bunt mäandernd zieht es uns in seinen Bann.« *Sächsische Zeitung*

Lena Blaudez *Spiegelreflex*
Im westafrikanischen Benin ist Vodou Staatsreligion und damit so real wie Profikiller, Bürokraten und internationale Abzocker.

Pierre Bourgeade *Das rosa Telefon*
In den Labyrinthen des Telefonsex: »Eine frivol und mit laszivem Zungenschnalzen servierte Story.« *Neue Luzerner Zeitung*

R. Bradley, S. Sloan *Temutma*
Ein blutdürstiger Mörder macht Hongkong unsicher. »Mystery mit Biss: gruselig, philosophisch, spannend.« *Brigitte*

Jerome Charyn *Der Tod des Tango-Königs*
»Mehr als nur ein Thriller: das visionäre Porträt einer Stadt, in der sich der Wahnsinn des globalen Zeitalters konzentriert.« *taz*

Driss Chraïbi *Inspektor Ali im Trinity College*
Inspektor Ali aus Casablanca kombiniert wie Sherlock Holmes und kommt daher wie ein marokkanischer Bauer.

Liza Cody *Gimme more*
»Mit Birdie Walker gelingt Cody ein großer, ein wunderbarer Bluff.« *Die Zeit*

Pablo De Santis *Die Übersetzung; Die Fakultät; Voltaires Kalligraph*
»De Santis ist ein meisterhafter Erzähler. Kafka und Agatha Christie hätten ihr Vergnügen daran.« *NDR*

Garry Disher *Drachenmann; Hinter den Inseln*
»Garry Disher ist zurzeit einer der besten Kriminalschriftsteller der Welt.« *WDR*

Jon Ewo *Torpedo; Rache*
»Das organisierte Verbrechen agiert, als habe nicht der Staat, sondern die Mafia das Gewaltmonopol.« *Stuttgarter Zeitung*

Giuseppe Fava *Ehrenwerte Leute*
»Eine höchst temporeiche, fesselnde und literarische Antwort auf die Frage, wie Mafia entsteht und funktioniert.« *Doppelpunkt, Nürnberg*

Rubem Fonseca *Bufo & Spallanzani; Grenzenlose Gefühle, unvollendete Gedanken; Mord im August*
Rubem Fonseca zeichnet witzig, satirisch, virtuos und opulent die Bourgeoisie Brasiliens.

Jorge Franco *Die Scherenfrau*
Rosario Tijeras will raus aus den Slums von Medellín. Sie ist schön, sie ist stark und sie ist eine Killerin im Dienst der Kartelle.

Santiago Gamboa *Verlieren ist eine Frage der Methode*
In Bogotá gerät der Journalist Silanpa in einen Strudel aus Traum und Albtraum. »Ein raffinierter Großstadt-Krimi.« *Der Spiegel*

Jef Geeraerts *Der Generalstaatsanwalt; Coltmorde*
»Geeraerts legt die Mechanismen von Korruption, Machtmissbrauch, politischer Gewissenlosigkeit und religiösem Wahn bloß.« *ZDF*

Friedrich Glauser *Schlumpf Erwin Mord; Matto regiert; Der Chinese; Die Speiche*
»An Glauser kommt kein Krimifreund vorbei.« *Peter Zeindler*

Chester Himes *Die Geldmacher von Harlem; Lauf Mann, lauf!; Der Traum vom großen Geld; Fenstersturz in Harlem; Heiße Nacht für kühle Killer; Plan B*
»Wer Chester Himes' Krimis liest, taucht ab ins tiefste Harlem.« *Annabelle*

3,–

233